T0007085

MISTERIOS DEL MUNDO

MADO MARTÍNEZ

MISTERIOS DEL MUNDO

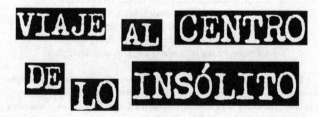

VIAJE AL CENTRO DE LO INSÓLITO

Penguin
Random House
Grupo Editorial

Título: *Misterios del mundo*
Primera edición: octubre, 2023

© 2023, Mado Martínez
© 2023, de la presente edición en castellano para todo el mundo:
Penguin Random House Grupo Editorial, S. A. S.
Cra 7 No 75 – 51, piso 7, Bogotá – Colombia
PBX: (57-1) 743-0700

Diseño de cubierta: Penguin Random House Grupo Editorial /
Patricia Martínez Linares
Diseño de páginas interiores: Lorena Calderón Suárez
Créditos de las imágenes de cubierta e inicios de capítulo:
Pasillo de hotel en la cubierta: © alexeyrumyantsev, Getty Images
Capítulo 1 - Sombra con ojos brillantes: © David Wall, Getty Images
Capítulo 2: © David Wall, Getty Images
Capítulo 3 - Hotel: © RonTech2000, Getty Images
Capítulo 4 - Tren: © MikeyGen73, Getty Images
Capítulo 5: © Maciej Toporowicz, NYC, Getty Images
Capítulo 6: © chainatp, Getty Images
Capítulo 7: © Getty Images
Capítulo 8: © germi_p, Getty Images
Capítulo 9 - Faro: © Sean Gladwell, Getty images
Capítulo 10: © David Wall, Getty Images
Capítulo 11 - Ouija: © fergregory, Getty Images
Capítulo 12: © Matt84, Getty Images
Capítulo 13: © Gerardo Morese, Getty Images
Capítulo 14: © Ralf Nau, Getty Images
Capítulo 15 - Vampiro: © kjohansen, Getty Images
Capítulo 16: © Sean Gladwell, Getty images
Capítulo 17: © Wirestock, Getty Image
Capítulo 18: © kontrast-fotodesign, Getty Images
Capítulo 19: © Stanislav Hubkin, Getty Images
Sombra tras una ventana: © liebre, Getty Images
Bonus track y epílogo: © Archivo particular de la autora
Foto de la autora: © José Fernando Pardo Galeano
Edición foto de la autora: © José Luis Melo Rodríguez

Penguin Random House Grupo Editorial apoya la protección del *copyright*.
El *copyright* estimula la creatividad, defiende la diversidad en el ámbito de las ideas y el conocimiento,
promueve la libre expresión y favorece una cultura viva. Gracias por comprar una edición autorizada
de este libro y por respetar las leyes del *copyright* al no reproducir, escanear ni distribuir ninguna
parte de esta obra por ningún medio sin permiso. Al hacerlo está respaldando a los autores
y permitiendo que PRHGE continúe publicando libros para todos los lectores.

Impreso en Colombia - *Printed in Colombia*

ISBN: 978-628-7634-23-7

Compuesto en caracteres
Impreso por Editorial Nomos, S.A.

CONTENIDO

Con permiso de los fantasmas 9

1. Los acechantes 11

2. Objetos siniestros 33

3. Hoteles para no dormir 53

4. Trenes fantasma 79

5. Combustión espontánea 93

6. Lugares malditos 111

7. Sonidos de música celestial en
El Parque nacional de Yellowstone 137

8. Estigmas: las marcas de Dios 145

9. Faros embrujados 161

10. Procesiones espectrales
y Santas Compañas 173

11. *Ouija* 193

12. Monstruos 209

13. Lugares embrujados 221

14. Espectrofilia 251

15. Vampiros 263

16. *Poltergeist* 289

17. Casas sangrantes 319

18. Sueños dobles 335

19. Niños ferales 349

Bonus Track 361

Epílogo 375

CON PERMISO DE LOS FANTASMAS

Hay muchas maneras de empezar un libro y a mí me gustaría hacerlo, con permiso de los fantasmas, dando las gracias a todas y cada una de las personas que aparecen en esta selección de casos insólitos que, sin ser todos los que guardo en mi dosier del misterio, sí constituyen una nutrida muestra de los más destacados. A todos ellos mi infinito agradecimiento por las confidencias a media luz, por esas experiencias que a veces uno no se atreve a compartir con otros, por esos relatos que a veces uno prefiere olvidar por temor a atraer malos augurios. Detrás de cada una de las historias que me confiaron, cada pista que investigué, cada huella de lo bizarro, hay un anhelo por querer saber qué hay al otro lado de la puerta. La niña que habita en mí todavía se asombra a pesar de los años de estudio, de las explicaciones que puedo darle a tal o cual fenómeno aferrándome a la antropología, la psicología, la neurociencia, esos pilares de los que jamás me distancio pero que, a pesar de todo, me siguen dejando en tinieblas en esos territorios inexplorados, inexplicados, imposibles e incomprensibles hasta para la ciencia más avanzada. Seguramente porque el mayor misterio del mundo somos nosotros mismos.

A lo largo de las páginas de este libro desfilan historias de fantasmas, vampiros, milagros, lugares malditos, casas encantadas, niños ferales, monstruos, sueños dobles, hoteles para no dormir… Todos y cada uno de ellos hablan de nosotros, son un reflejo de nuestros sistemas de creencias. Podemos aprender más del pescador que nos cuenta un relato sobre el Mohán, una criatura mitológica que acecha en las aguas, que sobre el propio Mohán. La experiencia de quien vive un encuentro fronterizo es real y el hecho de que el ser humano sea capaz de entrar en esa dimensión mental es algo absolutamente mágico se mire por donde se mire. El mundo que nos rodea es maravilloso y los ojos con los que lo miramos influyen en gran medida en lo que vamos a ser capaces de distinguir en ese tapiz de realidades.

Los animo a acompañarme en este viaje al centro de lo insólito. Déjense llevar por los fantasmas que todos llevamos dentro…

CAPÍTULO 1
LOS ACECHANTES

LOS HOMBRES DE LAS SOMBRAS

Dicen que los hombres de las sombras están ahí, acechando nuestros sueños. Los que los han visto los definen como seres extraordinariamente altos, hechos de la mismísima sustancia de la oscuridad. No les gusta que los descubran, aunque el mejor momento para cazarlos es antes de dormir o al despertar. ¿Qué son? ¿Están ahí realmente o son producto de nuestra imaginación? Esto es lo que se han preguntado incluso científicos, pues ya se trata de uno de los fenómenos más frecuentes entre la población.

Hace años tuve una experiencia que no sabría muy bien cómo definir. Me encontraba en las ruinas de un viejo colegio abandonado junto a mi amigo Antonio Palencia. El inmueble estaba situado en mitad de la sierra de Agost, retirado del pueblo. Yo había ido allí muchas veces a investigar la zona. Si alguien quería ir a probar suerte con la grabadora para ver si cazaba alguna psicofonía, el colegio abandonado de Agost solía ser el sitio elegido. Aquella noche, Antonio y yo habíamos estado tratando de grabar las esquivas voces del supuesto más allá en el más distendido de los ambientes, con nuestro bocata, patatas bravas, Coca-Cola y poco más, salvo las ganas de pasar el rato. En un momento dado, ambos vimos flotar unos ojos rojos, como dos brasas ardientes, a la altura del techo. Aquel ¿ser?, más oscuro que la propia oscuridad, parecía alimentarse de nuestro miedo. Tratamos de calmarnos el uno al otro, restándole importancia, y nos dimos toda suerte de explicaciones absurdas (será un gato, será esto, será lo otro…), aunque la realidad de nuestros latidos desbocados indicara que estábamos muertos de miedo. Nos apresuramos a recoger nuestras cosas, deseábamos largarnos de allí. Al volver a casa, nos pusimos a hablar de otras cosas… Pero no de aquellos ojos rojos y aquella anécdota se me olvidó por completo, hasta que años más tarde, realizando una investigación sobre un fenómeno llamado "los hombres de las sombras", me di cuenta de que lo que habíamos visto era precisamente eso…

La primera persona en concederme una entrevista sobre los hombres de las sombras fue Percy Taira. Vivía en la colonia japonesa de Lima, en Perú, cuando yo le conocí. Era periodista, poeta y político, y hace años, cuando apenas iniciaba su carrera universitaria, vio algo que jamás se le borraría de la memoria. "Era de noche y era una de esas noches en las que uno no puede dormir. Entonces, mientras daba vueltas en mi cama, vi la puerta de mi habitación, que estaba abierta por completo y daba a un pasillo angosto que la cruza de lado a lado. De un momento a otro, vi claramente la sombra negrísima de una persona muy alta, de 1.90 m, con sombrero y como si tuviera uno de esos sacos largos que van más allá de la rodilla", me contó.

Percy no salía de su asombro porque aquella figura no solo estaba allí, sino que caminaba y lo hacía de forma encorvada. "Como digo, la pude distinguir bien. Esta sombra caminó por el pasillo, cruzando el marco de la puerta. Caminaba a un ritmo normal y con la cabeza algo encorvada. Esto de la cabeza encorvada me pareció que lo hacía por su tamaño, pues si la tenía erguida se golpearía con el techo. La visión duró unos segundos, hasta que perdí de vista aquella sombra de la puerta".

Me puse a hacer cábalas. ¿Cómo sabía que era una presencia y no una persona? ¿Puede la oscuridad jugarle malas pasadas a la mente y dibujar sombras donde no hay nada? Prosiguió contándome: "Lo curioso del asunto es que, pese a que era de noche y todos en la casa estaban con las luces apagadas, esa sombra se distinguía a la perfección. Era más negra que la propia oscuridad, por decirlo de alguna manera. Otro hecho curioso es que parecía no ser una sombra sin más, sino algo físico; es decir, no se proyectaba sobre la pared, sino que parecía, efectivamente, ser alguien caminando. Debo apuntar además que no había ninguna luz que alumbrara el pasillo para proyectar alguna sombra. Es más, diría que el pasillo es el lugar más oscuro de toda la casa. Cuando la vi nunca pensé que se tratara de un ladrón. Tampoco pensé que se tratara de un miembro de mi familia, ya que ninguno pasa del metro sesenta de estatura y, como he dicho, la figura era mucho más alta".

Si aquello no le pareció nada humano a Percy, aunque sí le pareció que tenía cierta consistencia física, ya que incluso se agachaba para no chocarse con el techo y caminaba hacia él, entonces, ¿qué impresión le dio? "Pensé que se trataba de un fantasma y así lo sentí", aseguró. La madre de Percy le dijo que seguramente aquel visitante de dormitorio no era otro que el fantasma de su abuelo fallecido, que había sido muy alto y solía caminar encorvado. Al parecer, en la colonia japonesa de Perú existe la creencia de que, en la fiesta del mes de agosto, que ellos llaman *Tanabata*, los hogares con *butsudan* (una especie de altar en donde se guardan las tablillas con los nombres de todos nuestros antepasados) reciben la visita de los familiares fallecidos. Así terminó por creerlo Percy cuando su madre le explicó esto, ya que, además, todo ocurrió en el mes de agosto.

Pasaron los años y Percy guardó en su memoria esta anécdota como un hecho aislado, influenciado por la historia que le había contado su madre. Sin embargo, al terminar sus estudios de Periodismo en la universidad y ponerse a investigar temas de misterio ejerciendo su profesión, se dio cuenta de que su caso concordaba exactamente con los casos de apariciones de los llamados hombres de las sombras; en concreto, con un tipo que, dentro de la terminología paranormal, se conoce como "los hombres del sombrero". Hoy en día Percy ya no está tan seguro de que aquella sombra fuera el fantasma de su abuelo: "Las coincidencias eran demasiadas, desde el detalle de la absoluta oscuridad de aquellas sombras, pasando por la sensación de que eran algo físico, la altura, el sombrero y el traje, me hicieron entender que quizá lo que vi años atrás no era la presencia de mi abuelo, sino de uno de estos seres".

Espías del sueño

Al parecer, los hombres de las sombras son vistos poco antes de dormir o en el momento de despertar, según relatan las personas que los han visto. Pero también hay quienes los han sorprendido acechando a otros en sus dormitorios. Parece como si, en cualquier caso, tuvieran predilección por acercarse a los seres humanos mientras duermen, pero ¿con qué fin? ¿Vigilan los sueños de los durmientes? ¿Influencian su conducta? ¿Roban la energía de los niños que acechan en sus cunas?

Debo confesar que pasé una época obsesionada con el tema. Recopilé gran cantidad de testimonios. En Novelda, una localidad vecina a la que yo me crie, Ana Victoria García no sabía lo que estos seres sombríos perseguían, pero lo que sí sabía era que existían, porque una vez vio uno a los pies de la cama del que por aquel entonces era su novio. Así me lo contó: "Yo vi una de esas sombras. Fue hace dos años. Era por la noche y estaba viendo la tele. Recuerdo que estaba acostada en el sofá de madrugada. Justo enfrente estaba la habitación de matrimonio y se veía perfectamente la cama. Me había quedado dormida durante unos instantes y, al despertar y mirar hacia el cuarto, la vi a los pies de la cama, donde estaba durmiendo mi exnovio. Era muy alta y no tenía forma determinada, pero se notaba la forma de la cabeza y los brazos, que los tenía como los del señor Burns de los Simpson".

¿Qué pasa cuando uno descubre la presencia de estos seres? Según cuentan los testigos, a pesar de que a ellos les encanta mirar, no les hace mucha gracia ser mirados. "Cuando se percató de que yo la estaba viendo, se escondió detrás de la puerta". Ana Victoria trató de explicarme, asimismo, qué fue lo que supuso este encuentro para ella: "Me quedé helada, pero pensé que si le daba vueltas no dormiría. Fui al aseo y me metí en la habitación. Por supuesto miré detrás de la puerta y no había nadie. Al día siguiente lo pensé mucho, y es que fue muy real lo que vi". En cualquier caso, su descripción coincide con la de otros muchísimos casos: "No la he vuelto a ver, pero tengo esa imagen grabada. Era muy, muy, muy alta, negra. Por la silueta, diría que llevaba una capa o una túnica con capucha, y al esconderse fue cuando le vi los brazos encogidos y las manos hacia fuera. Fue escalofriante".

Francisco Vivas, de Madrid, conocido viajero y director de la Sociedad Histórica (www.sociedadhistorica.com), fue otro de los testigos que decidió hacerme partícipe de su encuentro con los seres de las sombras. No creía en fenómenos paranormales ni había oído nunca hablar de los hombres de las sombras, pero en su casa todos conocían al "hombre de negro", que fue como llamaron al ser que una noche se apostó a los pies de su cama mientras dormía. "Yo estaba durmiendo. Al despertar, vi una figura oscura a los pies de mi cama. Me entró muchísimo miedo, estaba paralizado, pero logré moverme y grité. Mi madre vino corriendo y encendió la luz. Me preguntó qué había pasado, y le dije que justo detrás de ella había un hombre de negro, aunque ya no estaba allí… Ella se asustó y fue a llamar a mi padre, pero allí, como digo, ya no había nadie. Mi madre me dijo que yo estaba pálido como la cera", me contó.

¿Qué podría ser aquello? No lo sabía, pero durante mucho tiempo su familia vivió atormentada ante la idea de que algo o alguien estuviera rondando la casa. "Estuvimos preocupados un tiempo. Nos sugestionamos mucho. Mi hermano y yo estábamos muy asustados".

Jason Offutt: el cazador de sombras

El periodista y escritor Jason Offutt, de Missouri, lleva varios años investigando de forma seria el fenómeno de las sombras, aunque ha estado interesado en el tema toda su vida. Me puse en contacto con él, con la esperanza de que me contara cuál era la naturaleza de estas experiencias: "Es una pregunta difícil, porque mis investigaciones me han llevado a concluir que los hombres sombra son muchas cosas. Dados sus diferentes comportamientos, se trata de distintos tipos de entidades que simplemente tienen el mismo aspecto: seres demoníacos, fantasmas, viajeros interdimensionales, o algo para lo que todavía no tenemos nombre…". Su respuesta me dejó pensando.

Offutt ha llegado a clasificar a estos seres en sombras benignas, malignas, de ojos rojos, encapuchadas y el hombre del sombrero. Como periodista, obviamente sus investigaciones se han basado en entrevistas a testigos, así como a expertos de distintos campos de la ciencia, pero también ha prestado siempre una especial atención a la historia del área donde la gente las veía. "He entrevistado a gente que las ha visto en Norteamérica, en África, en Asia, en América del Sur, en Australia… Así que, independientemente del país o de la cultura, estas entidades llevan viéndose desde hace siglos". El motivo por el que Jason Offutt ha estado tan interesado desde siempre en este fenómeno no es otro que el de haber sido él mismo un protagonista de esta serie de encuentros con lo insólito: "Lo que me hizo interesarme en este tema en un principio fue que yo mismo veía sombras. De pequeño las veía andando junto a mi cama por las noches. No había ninguna explicación para ello. Tenían que ser entidades sobrenaturales".

La ciencia trata de dar una explicación

Son tantas las personas que aseguran haber visto estas sombras —algunas de ellas de forma tan frecuente— que los científicos han tenido que tratar de buscar alguna explicación. En el 2006, unos investigadores del Hospital de Ginebra, en Suiza, publicaron un artículo en la revista *Nature*, titulado "Multisensory Brain Mechanisms of Bodily Self-Consciousness", en el que daban los resultados de sus investigaciones en este campo. Entre los miembros del equipo de investigación se encontraba Olaf Blanke, quien aseguraba: "Si estimulamos eléctricamente de forma repetida al sujeto, le producimos la sensación de sentir la presencia de otra persona en su espacio extrapersonal". En el artículo describían el caso de una joven de veintidós años, sin historial de problemas psiquiátricos, que estaba siendo evaluada por tratamiento de epilepsia. Cuando la intersección tempoparietal de su cerebro era sometida a estímulos eléctricos, la mujer empezaba a describir encuentros con un ser de sombra que imitaba sus movimientos corporales.

Al parecer, según Blanke, "la extraña sensación de que alguien está cerca cuando de hecho no hay nadie presente, ha sido descrita por pacientes con problemas psiquiátricos y neurológicos, así como por sujetos sanos. La intersección tempoparietal está relacionada con la creación del concepto de uno mismo y la distinción de uno mismo y del otro". La mujer del estudio, a pesar de saber que estaba siendo sometida a estimulación eléctrica, no concebía esta sombra como una ilusión producida por su propio organismo, sino como algo real.

CLASIFICACIÓN DE LOS HOMBRES DE LAS SOMBRAS SEGÚN JASON OFFUTT

Sombras benignas: parecen viajar a través de la vida de una persona. Estas entidades no dan la impresión de darse cuenta de que hay gente alrededor de ellos; solo están yendo desde un punto hacia el siguiente. Nosotros, simplemente, las vemos.

Sombras negativas: estos seres acechantes están asociados con un sentimiento de terror irracional.

Sombras de ojos rojos: son siempre negativas y se quedan mirando fijamente a los testigos con sus ojos rojos brillantes y encendidos. Las víctimas a menudo sienten como si estos seres se alimentaran de su miedo.

Sombras encapuchadas: van vestidas con una especie de hábito monacal. Los testigos sienten como si debajo de la capucha hubiera un ser lleno de rabia.

El hombre del sombrero: lleva un sombrero de fieltro en la cabeza y se les aparece a personas de todo tipo de culturas alrededor del planeta.

EL SÍNDROME DE MUERTE SÚBITA
INESPERADA NOCTURNA

El síndrome de muerte súbita inesperada nocturna mata a soñadores con creencias estrechamente vinculadas a la existencia de demonios capaces de robarte la vida mientras duermes. El primer caso detectado aconteció en Estados Unidos, en 1977, a un refugiado *hmong* de origen chino. En Singapur, un estudio retrospectivo contabilizó doscientos treinta fallecidos tailandeses entre 1982 y 1990, la mayoría de ellos hombres de unos treinta y tres años en promedio. Todos murieron de forma súbita e inexplicable mientras dormían y ninguno tenía problemas médicos. Estaban totalmente sanos. ¿Qué tenían en común? La creencia en demonios ancestrales que les visitaban en sueños con la intención de arrebatarles la vida, pesadillas que les dejaban paralizados al sentir que les oprimían el pecho, impidiéndoles respirar. En Filipinas, este mismo síndrome afecta a cuarenta y tres de cada cien mil personas y también está relacionado con la fuerte tradición folclórica que recoge centenares de leyendas sobre unos seres demoníacos que les atacan mientras duermen, sentándose en cuclillas sobre su pecho, asfixiándolos hasta la muerte.

PARÁLISIS DEL SUEÑO: QUÉ SON Y QUÉ NO SON LOS HOMBRES DE LAS SOMBRAS

Es difícil saber lo que son los hombres de las sombras, pero tremendamente fácil discernir lo que no son en algunos casos. Habría que descartar los episodios de parálisis del sueño en todos aquellos testimonios de personas que aseguran haber visto a los hombres de las sombras. Estos episodios están bien descritos por la medicina y no tienen ninguna relación con la fenomenología sobrenatural. Las parálisis del sueño ocurren durante el periodo de transición del sueño a la vigilia. Son consideradas uno de los eventos del sueño más comunes, pues al menos el 50%-60% de personas sufren un episodio durante su vida, mientras que los enfermos de narcolepsia, por ejemplo, pueden sufrirlo de forma bastante más asidua, ya que la parálisis del sueño se encuentra catalogada como una sintomatología asociada a esta enfermedad. Las personas que tienen una parálisis del sueño se despiertan, pero no pueden moverse ni hablar. Durante este episodio, son frecuentes las alucinaciones visuales, sonoras y táctiles en las que los individuos perciben presencias y sombras, que a veces les oprimen el pecho y les ocasionan una sensación de asfixia.

FILMOTECA

Shadow People, a caballo entre la ficción y el documental, explora este fenómeno médico de muerte súbita inesperada nocturna, haciéndose eco de los millones de testimonios de personas alrededor del mundo que aseguran haber tenido encuentros con estas criaturas de la oscuridad que les vigilan por las noches. El creador del filme, Matthew Arnold, apuntaba que la historia estaba basada en hechos reales y recreaba la investigación de un locutor de radio obsesionado con la muerte súbita inesperada nocturna y su vinculación con los hombres de las sombras. Un último apunte: el director también vio a estos extraños seres de las tinieblas. Así lo relató en una entrevista concedida al portal *Daily Dead* en marzo de 2013: "Me desperté en mi cama y vi una figura que me estaba vigilando. Me quedé completamente paralizado de terror. Me forcé a reincorporarme y la figura se lanzó a través de la pared y pensé: ¿qué demonios es esto? Acabé descubriendo que se trata de un fenómeno a escala mundial y que la gente ve estas figuras… Y después de verlas, muere".

LOS NIÑOS DE OJOS NEGROS

La gente que los ha visto asegura que se trata de niños con la mirada negra y vacía del abismo, como si no tuvieran ojos. Por eso se les conoce como los niños de los ojos negros. A menudo se presentan como pequeños que andan mendigando, haciendo autostop o apareciéndose en las entradas de las casas. ¿De dónde vienen? ¿Qué es lo que quieren?

Todo empezó con un tejano llamado Brian Bethel, quien, en 1996, tuvo un terrorífico encuentro con dos de estos siniestros muchachos en Abilene. La experiencia le causó tanto impacto que la compartió con pequeño grupo de amigos de una lista de correo electrónico a la que estaba suscrito. La historia trascendió a internet como la pólvora. Pronto bautizaron el fenómeno como BEK (en inglés, *Black Eyed Kids*, niños de ojos negros), aunque Bethel habría preferido llamarlos de otra manera. Unos años después, concretamente en abril del 2013, tras su aparición en el programa *Monsters and Mysteries in America*, asediado por una marea de periodistas, navegantes y preguntas, decidió escribir un artículo en el periódico local *Abilene Reporter-News* relatando su experiencia. El artículo se llamaba "Brian Bethel Recounts His Possible Paranormal Encounter with BEKs".

¿Cómo pasó todo? Para saberlo tenemos que viajar a Estados Unidos, concretamente a Abilene, una ciudad del estado de Texas. Brian había ido a la avenida North 1st Street a pagar una factura de internet y se encontraba aparcado en su coche frente a un cine, aprovechando la luz de su marquesina para rellenar el cheque que se disponía a echar en el buzón de pagos:

> Sumido en esta tarea, no los oí acercarse. Me tocaron en la ventanilla. Eran dos jóvenes, tendrían entre nueve y doce años, e iban encapuchados en sus sudaderas. Bajé la ventanilla un poquito, anticipando que me soltarían la típica perorata para pedir dinero, pero me embargó una incomprensible sensación de terror de forma instantánea. No sé por qué. Entablé conversación con uno de ellos, de piel suave y aceitunada y pelo rizado.

El otro, un pelirrojo de piel pálida y pecosa, permanecía tras el primero. El portavoz, como yo decidí llamarle, me dijo que su amigo y él necesitaban que alguien los llevara en el coche. Querían ver la película Mortal Kombat, pero se habían dejado el dinero en casa de su madre. ¿Los podía llevar? Probablemente habría podido llevarlos, pero todo aquel intercambio no hacía más que acrecentar mi terror irracional. No tenía ningún motivo para estar asustado, pero lo estaba. Terriblemente asustado. Conversamos un rato más, levanté la vista hacia la marquesina del cine y luego miré la hora en el reloj digital de mi coche. La última sesión de Mortal Kombat ya había empezado. Para cuando los llevara a su casa y les trajera de vuelta, la película ya habría terminado. En aquel instante el portavoz me garantizó que no tardaríamos mucho. Tan solo eran dos niños. No es que tuvieran una pistola ni nada de eso.

No, no es que portaran armas, pero algo en el interior de Bethel le decía que podía estar en peligro. Segundos después se confirmaron sus peores pesadillas:

Se me quedaron mirando con unos ojos negros y vacíos, como esos con los que caracterizan a los alienígenas y los vampiros en las películas. Dos orbes sin alma, como dos grandes bolas de noche sin estrellas. Sentí lo que creo que cualquier persona racional sentiría en una situación así. Me cagué de miedo al tiempo que traté de aparentar calma. Me disculpé con los chicos, les di toda la retahíla de excusas que me vinieron a la mente, todas ellas especialmente diseñadas para largarme de allí de una puñetera vez, ¡y rápido! El aura de terror ya era palpable, como una soga negra, casi como si la mismísima realidad me estuviera tragando. Puse la mano en el cambio de marchas, metí la marcha atrás y empecé a subir la ventanilla, disculpándome. Mi miedo debía ser evidente. El muchacho vestido de negro parecía confuso. El portavoz golpeó con fuerza el cristal de la ventanilla conforme la subía. Sus palabras, llenas de furia, todavía resuenan en mi mente hoy en día: "*¡No podemos entrar si no nos das tu permiso! ¡Déjanos entrar!*". Salí del aparcamiento ciego de miedo, y aún me sorprende que no me chocara con otro coche en la maniobra. Eché un vistazo rápido a través del espejo retrovisor antes de perderme en la noche, pero los muchachos ya no estaban. Incluso, si se hubieran ido corriendo, no creo que hubiera ningún sitio donde se pudieran haber escondido tan rápido.

Así fue como Bethel escapó de aquella situación, con el corazón en un puño, preguntándose qué eran aquellos seres de ojos abismales, aunque aquel desesperado grito de angustia tenía bastantes semejanzas con el mito vampírico. Recordemos que uno de ellos, el llamado "portavoz", le dijo: "*¡No podemos entrar si no nos das tu permiso! ¡Déjanos entrar!*".

Tanta expectación levantó esta escalofriante historia, y tan harto estaba ya el pobre Bethel de las preguntas de los internautas, que decidió agregar a aquel artículo publicado en el *Abilene Reporter-News* una lista de preguntas frecuentes (FAQ) debidamente contestadas. No era de extrañarse, Bethel es un afamado periodista y sabe qué es lo que otros colegas deseamos preguntarle. La primera pregunta es: ¿esperas que te creamos ciegamente? "Por supuesto que no. Si alguien me contara algo así, yo tampoco lo creería"; ¿qué viste exactamente? "Cualquier cosa que puedas imaginar, literalmente. Desde vampiros y demonios a fantasmas, alienígenas o incluso una alucinación. Todo es posible [...]"; ¿te gustaría volver a verlos? "¡Diablos! ¡No! [...] Si hubiera montado al portavoz y su amigo en mi coche aquella noche, no creo que estuviera aquí ahora mismo escribiendo estas palabras. Fin de la historia".

Bethel comentó en su artículo que una de las consecuencias más interesantes de haber hecho pública su historia fue que, a partir de ese momento, empezaron a contactarle otras personas que aseguraban haber visto esa misma clase de niños, ya bautizados popularmente como BEK.

La niña de ojos negros de Cannock Chase

En el 2014, el periódico británico *Daily Star* le dedicó tres portadas en una sola semana al fenómeno de los BEK, con supuestos casos de avistamientos, asegurando que se estaba produciendo una auténtica oleada de encuentros en todo el mundo. En la zona boscosa de Cannock Chase, uno de los bosques más encantados de Staffordshire (Reino Unido), reaparecía el fantasma de una niña de ojos negros después de treinta años de ausencia espectral. Lee Brickley, investigador de fenómenos paranormales, lo confirmó en el periódico *Birmingham Mail* el 28 de septiembre del 2014. Por lo visto, en Cannock Chase conocían desde hacía muchísimos años a este fantasma infantil, que llamaban precisamente la "niña de los ojos negros". Según el artículo de Brickley, una mujer que andaba paseando con su hija por allí entró en estado de alerta al oír unos gritos. "Corrimos hacia donde parecía provenir el ruido", dijo la mujer. "No vimos a nadie, así que nos detuvimos un momento para recuperar el aliento. Fue entonces cuando me giré y vi a una niña detrás de mí, de no más de diez años, ahí parada, tapándose los ojos con las manos, como si estuviera esperando que le trajeran una tarta de cumpleaños. Le pregunté si se encontraba bien y si era ella la que había estado gritando. Bajó los brazos y abrió los ojos. Fue cuando vi que eran totalmente negros, sin iris, sin blanco, nada. Pegué un salto hacia atrás y cogí a mi hija. Cuando volví a mirar, la niña ya no estaba. Fue tan raro".

A Brickley le sonaba mucho el testimonio de esta mujer porque su tía también lo había visto en Cannock Chase, solo que en 1982, como él mismo lo explicaba en su página web dedicada a los fenómenos paranormales locales (paranormalcannock.blogspot.co.uk):

En el verano de 1982, mi tía, que por aquel entonces tenía dieciocho años, y unas amigas suyas solían encontrarse en Cannock Chase por la tarde, tal y como hacen muchos adolescentes hoy en día. Una de esas tardes, justo antes del anochecer, oyó que una niña gritaba frenéticamente pidiendo ayuda. Se apresuró a localizar el lugar de donde procedían aquellos lamentos, se metió por un viejo sendero y logró vislumbrarla: era una niña de unos seis años, corriendo en dirección opuesta. Cuando mi tía alcanzó a la niña, esta se volvió a mirarla y luego corrió a esconderse en la oscuridad del bosque. Sus ojos eran completamente negros, sin rastro de blanco. Hubo una búsqueda policial, pero no la encontraron. En aquella época nadie tenía motivos para pensar que fuera algo paranormal. De hecho, la niña, lejos de tener el aspecto de un espectro, apareció como un ser de carne y hueso.

La reacción en cadena ante estas confesiones que se iban haciendo públicas hizo que más personas se sumasen a la lista de los que aseguraban haber visto recientemente a la niña de ojos negros de Cannock Chase. El siguiente testimonio es de un hombre que, al ver publicadas las historias, decidió ponerse en contacto con Brickley para contarle la suya. Todos estos testimonios se encuentran registrados en un recopilatorio que el investigador británico publicó en el 2021, titulado *The Black Eyed Child of Cannock Chase*: "Después de leer los periódicos, me veo en la necesidad de contactar contigo para contarte mis experiencias en Cannock Chase. Creo que he visto a la niña de ojos negros en más de una ocasión durante los últimos doce meses". El hombre le explicó que solía salir a pasear por el área con su perro, y cómo, en una de aquellas ocasiones, durante uno de sus paseos nocturnos, se le apareció el espectro de una niña de ojos negros: "Iba siguiendo mi ruta cuando empecé a oír crujidos entre los arbustos. Pensando que sería una ardilla o algo así, seguí caminando durante diez minutos más. Sin embargo, el sonido parecía seguirme. Tras bajar por un pequeño sendero flanqueado por árboles, el sonido empezó a venir desde otra dirección. Parecía que lo tenía justo detrás de mí. Me quedé de piedra al ver que había una niña de no más de diez años tapándose los ojos con las manos". Según el hombre, su perro empezó a ladrar histéricamente, y él, mientras tanto, le preguntó a la niña si se encontraba bien, pero esta no respondió. A pesar de la confusión del momento, siguió caminando. "De repente, la niña apareció delante de mí. Esta vez tenía los brazos abajo. Casi me caigo al suelo al ver sus ojos negros. Mi perro se volvió loco otra vez, tirando de mí hacia el lado contrario. Y en un abrir y cerrar de ojos la niña desapareció". El hombre aseguraba que el encuentro le había perturbado sobremanera. Cuando se lo explicó a sus amigos y su familia, ellos no hicieron más que reírse de él, hasta que vio las noticias en el periódico y se dio cuenta de que le había pasado a más gente.

Por su parte, los miembros del *Daily Star* que firmaban las notas aseguraban que estaban recibiendo una avalancha de llamadas de lectores asustados por el encuentro con estos seres también en Liverpool, Escocia y el suroeste del Reino Unido. El 3 de octubre de 2014, el tabloide hablaba ya de una auténtica plaga y de una explosión de terror ante una posible invasión de estos seres de aspecto demoníaco. En febrero del 2023, los BEK volvieron a ser portada de un rotativo británico, el *Daily Mail*, a propósito de un video que un dron grabó, de nuevo en el bosque de Cannock Chase. En él se apreciaba la figura humana de una mujer vestida de blanco, que algunos se apresuraron a identificar como la niña de ojos negros tantas veces avistada en el pasado en ese mismo lugar.

Mucho se ha especulado sobre la identidad de esa niña de ojos negros que algunos aseguran haber visto tratando de llamar la atención en el bosque a golpe de lágrimas. Ciertos lugareños creen que se trata del alma en pena de Christine Derby, una de las niñas de entre cinco y nueve años que murieron a manos del asesino múltiple Raymond Leslie Morris. Julia Taylor, Margaret Reynolds y Diana Tift corrieron la misma suerte. La búsqueda para identificar y capturar a este depravado violador y asesino de niñas fue una de las más exhaustivas en la historia de la policía británica. Lo detuvieron en el intento infructuoso de secuestrar a una quinta víctima, la pequeña Margaret Aulton, que logró escapar por los pelos.

Lamentablemente, solo pudieron acusarle de uno de los asesinatos. Al menos fue a la cárcel. Morris murió por causas naturales en el 2014, pero el recuerdo de aquellas inocentes permanecerá siempre vivo en la memoria de los lugareños. Tal vez sus llantos desesperados todavía aúllan pidiendo auxilio en el Cannock Chase.

PERFIL DEL ENCUENTRO CON UN BEK

- Su apelativo principal es que tienen los **ojos completamente negros**, sin iris y sin rastro de blanco.

- Pueden ir **solos o acompañados**, aunque abundan los casos en los que se los ha visto en parejas.

- Su aspecto es el de un **niño-adolescente**.

- Insisten en que se les conceda **permiso para entrar** a una casa, al coche, etc.

- **Presionan a sus víctimas para que les hagan el favor** de usar el teléfono para llamar a su madre, beber un vaso de agua, llevarlos a algún sitio o peticiones similares, siempre con la intención de que se les deje acceder al espacio-lugar de otro.

- Pueden llamar la atención con **llantos y lamentos**.

- El encuentro suele producirse al **oscurecer** o por la noche.

- Pueden hacer acto de presencia en **bosques** y senderos, pero también en **callejones** solitarios.

- La leyenda de los BEK surge en el contexto de las **culturas pop** y urbanas de los años noventa.

¿QUÉ SON LOS BEK? PRINCIPALES TEORÍAS

- **Espíritus malignos**: en Estados Unidos, principalmente, se cree que los BEK son espíritus malignos y demoníacos (*ghouls*).

- **Alienígenas**: la representación popular de los alienígenas define a menudo a los extraterrestres como seres de ojos totalmente negros, sin iris ni rastros blancos.

- **Vampiros**: una de las características más típicas de los vampiros, según la mitología, es la de solicitar permiso para entrar en los hogares de sus víctimas. Sin él, no pueden entrar. También se dice que tienen los ojos negros porque son no-muertos, así que no tienen alma, y los ojos son el espejo del alma.

- **Adolescentes drogados**: algunos expertos creen que el comportamiento extraño de los BEK, así como sus característicos ojos negros, podría deberse a la ingesta de drogas, cuyo principal efecto radica en la dilatación de las pupilas.

- **Adolescentes con lentillas**: convertirse en un BEK es relativamente fácil, pues existen lentillas con las que transformarse en uno. En los países donde la celebración de Halloween cuenta con gran arraigo, conocen bien estos trucos de maquillaje y representación.

FILMOTECA

The Black Eyed Children. La leyenda de los BEK fascinó tanto al director de cine Matt Mazzen, en especial a partir de la historia de Brian Bethel, que decidió hacer una película sobre ello en la que contó con la colaboración del mismísimo Brian Bethel en el guion. El filme cuenta la historia de Maura, una joven que, tras la muerte de su padre, empieza a tener visiones extrañas con niños de ojos totalmente negros.

CAPÍTULO 2
OBJETOS SINIESTROS

EL ESPEJO ENCANTADO

¿Qué reflejan dos espejos si se ponen uno frente al otro? ¿Cuál es el misterio que guarda el secreto de sus maravillas? ¿Hay alguien que nos mira al otro lado? Pero ¿y si hay espejos realmente embrujados? ¿Y si son capaces de comunicarse con nosotros y de transmitir mensajes? El espejo encantado de Pinoso, de más de cien años de antigüedad, sorprendió a una familia que, de la noche a la mañana, vio cómo una reliquia familiar se transformaba en un increíble tablero de símbolos extraños.

Recuerdo este caso como si hubiera sucedido ayer. Un hombre llamado Amador me llamó para decirme que unas allegadas estaban atravesando un difícil momento debido a un extraño suceso que les tenía sumamente intrigados. Me pusieron en contacto con Inmaculada, de Pinoso. Era allí, en su casa, donde habían tenido lugar los insólitos hechos. Cuando hablamos por teléfono no entendí muy bien qué me estaba contando. Yo había investigado toda suerte de fenómenos, fantasmas, extraterrestres, *poltergeists*, *ouija*… Todos menos ese. Al parecer, todo el asunto se reducía a un objeto: el espejo de la casa. Decidí acercarme al lugar para ver con mis propios ojos a qué se refería y obtener una imagen visual de sus palabras, pues lo que me relató me parecía increíble. Al llegar al inmueble toqué al timbre. Allí me esperaban Inmaculada y su madre.

Inmaculada se había levantado el 25 de diciembre de aquel mismo año como cualquier otro día. Siempre se miraba en el espejo de la entrada antes de salir de casa para dar el último toque y visto bueno a su imagen, pero aquella mañana se iba a encontrar con algo muy extraño. El cristal estaba totalmente preñado de ¿símbolos? La joven se preguntó qué era aquello. ¿Letras? Algunas parecían corresponderse con el alfabeto latino. ¿Cómo había aparecido eso allí de la noche a la mañana? Llamó a su madre, también de nombre Inmaculada, para que viera el sorprendente fenómeno. ¿No era raro? El espejo estaba lleno de grabados que parecían haber brotado desde el interior mismo del cristal, y además lo habían hecho la noche del 24 al 25 de diciembre, cosa que, si bien podría deberse a la casualidad, añadió todavía más misterio al asunto para las intrigadas dueñas de la reliquia familiar. Los días transcurrían y los familiares que las visitaban se quedaban maravillados. Uno de ellos, Amador, el tío de Inmaculada, farmacéutico de profesión y hombre de ciencia, se quedó especialmente impactado. Por mucho que examinaba el espejo y cavilaba sobre las posibles causas de aquella eclosión espontánea de símbolos que, además, se repetían de acuerdo con un patrón de formas limitado y tamaño similar, no lograba hallar una explicación. Él describía aquellos símbolos como "unas señales en el espejo muy extrañas". Fue a través de Amador que logramos contactar con la familia.

Inmaculada y su madre se hacían mil preguntas: ¿sería un defecto del cristal? Tenían una gran inquietud. Querían saber cuál era el origen de aquello. Me hicieron notar que los símbolos seguían patrones de repetición, y que algunos de ellos se correspondían, incluso, con letras reconocibles del alfabeto latino. "Mi hija se mira todos los días en este espejo. Ese día me llamó gritando: '¡Mamá, mamá, ven, que el espejo está lleno de letras!'. Tiene más de cien años. Había estado antes en otra casa muy antigua. Pasó de padres a hijos, de generación en generación, de unas manos a otras, a través de los años. Mi hermano, que es una persona muy reacia, tampoco se lo explica. Piensa que no es normal". De esta forma nos resumió someramente el suceso la madre de Inmaculada. Por su parte, la hija comentó: "A lo mejor es cosa del espejo que se ha estropeado, pero de una forma un poco rara. Nunca he visto nada igual. El espejo estaba intacto la noche anterior. Mira que tenemos espejos antiguos en la casa, más que este, a los que incluso les ha aparecido alguna mancha propia del deterioro del tiempo alguna vez, pero esto es rarísimo, ¡son letras!".

Tras retirar el contrachapado, pudimos observar que la superficie estaba completamente lisa. No había sido rayado. Tampoco había rastros de humedad. Decidí consultar el caso con expertos en este tipo de materiales y me trasladé a la ciudad de Novelda, con el fin de hablar con Susi, propietaria de un negocio de tradición familiar de varias generaciones de cristalería y espejos. Al mostrarle las fotos y preguntarle su opinión, esto fue lo que me contestó: "Si no está rayado por detrás ni estaba en contacto con humedad, no tienen por qué aparecer esas señales. Además, los espejos suelen estropearse de forma gradual y por las esquinas, poco a poco, con el tiempo, pero no se llena de la noche a la mañana un espejo con símbolos regulares como estos. Tampoco es normal que las señales que aparecen sean de color blanco, porque cuando un espejo se deteriora, las manchas son marrones. Desde luego es algo fuera de lo normal. Antes, los espejos como estos se plateaban. Llega un momento en el que se van deteriorando y empiezan a presentar erosiones en la plata, pero lo hacen, como digo, de forma gradual, por las esquinas, a puntitos, y con un color marrón muy característico. Yo no me he encontrado nunca un caso como este". Según se podía apreciar en una pequeña pegatina adherida a la parte posterior del espejo, fue la compañía Viuda e Hijos de J. Pillet quien lo había fabricado. Seguí el rastro de la empresa, pero al parecer ya no existía. Tan solo pude encontrar en lugares de compraventa de antigüedades y colección un par de referencias postales que alguien había conservado, datadas de 1924.

Decidí volver con refuerzos al lugar de los hechos. Me acompañaban en aquella ocasión el investigador Daniel Valverde, director del conocido programa radiofónico *El Sótano Sellado* (www.elsotanosellado3.com), y Mel Baquero. Durante la jornada, Valverde realizó pruebas rutinarias sin resultados aparentes y examinó el espejo. Por otro lado, las moradoras de la casa tampoco habían notado nada insólito jamás, a excepción del suceso del espejo. ¿Jamás? Bueno, no exactamente, pues como ellas mismas confesaban, una extraña teleplastia en forma de cruz había aparecido en el suelo de la entrada años atrás, en el mismo lugar donde se encontraba el espejo; algo a lo que, en un principio, no le prestaron mayor atención, pero que, a la luz de los nuevos acontecimientos reflejados en el enigmático cristal, empezaron a relacionar con timidez. "Aquí apareció una cruz hace muchos años que nunca se borra —contaba la madre—, pero no le dimos mayor importancia. Es lo único raro así, aparte del espejo, que ha sucedido en este sitio, pero nada más". Madre e hija se mostraban tranquilas. No tenían miedo ni creían que nada malo estuviese sucediendo en su hogar. Tampoco habían tenido ningún encuentro con lo insólito, ni habían percibido el ambiente enrarecido. Lo único que tenían era una enorme curiosidad e intriga por descubrir cuál podría ser el origen de aquellas extrañas señales que habían aparecido en el espejo de la noche del 24 de diciembre a la mañana del 25.

Daniel Valverde se llevó el espejo consigo, dispuesto a realizarle pruebas más profundas y detalladas, y a examinar el objeto en un laboratorio. ¿Qué fue lo que descubrió? Al parecer, tras estudiar la superficie trasera con un aumento microscópico, observó unos microimpactos que podrían coincidir con las áreas de las señales. No tardó mucho en compartir con nosotros sus resultados: "Son microimpactos por presión en la pintura, o desnaturalización de esta por el paso del tiempo. Las protuberancias aparecidas tienen un eco de presión en el espejo. No es posible que apareciera de la noche a la mañana. Ahí es donde tenemos el problema". Es decir, se trataba de abultamientos, abombamientos desde el interior mismo del espejo hacia afuera, en la superficie posterior, aunque, como Valverde apuntaba, resultaba bastante extraño que hubiesen aparecido en una sola noche por toda la superficie, formando aquellas siluetas que, de forma regular, se repetían alternativamente. Seguir investigando en el laboratorio suponía romper el espejo, cosa que, debido al valor sentimental de aquel objeto familiar, nos pareció innecesario. "Es que mira, ¿ves? —nos señalaba Inmaculada, apuntando a las señales del espejo—, parecen letras. Una y griega, una jota, una ce; muchas se repiten y tienen forma regular. Fíjate en la ge aquí, la equis… ¿Será un mensaje?". La pregunta todavía resuena en mi mente.

EL MISTERIO DE LOS ESPEJOS

Los espejos parecen convocar fatalidad. Romper un espejo trae mala suerte, según una popular superstición. Por su parte, el feng shui piensa que los espejos pueden reflejar espíritus y aconseja cubrirlos con una tela o retirarlos de la habitación para curar las noches de insomnio. Las historias de fantasmas que asoman su imagen en estos objetos son incontables y una de las leyendas urbanas de la cultura pop más aterradoras alerta sobre el peligro de retar a nuestra propia imagen repitiendo un determinado número de veces el nombre de Verónica (María la Paralítica, la Vieja del Quinto, Bloody Mary), con el fin de invocar a un peligroso espíritu que, si bien puede dar respuesta a inquietudes relativas al amor y la muerte, ataca a aquellos que la han conjurado. En el cuento infantil de Blancanieves, el espejo aparece relacionado con la madrastra, el ser malvado de la historia. Los laberintos de espejos confunden y aturden a quien se adentra en ellos. Todo aquello que es capaz de reflejar nuestra imagen (espejo, fotografía, agua, etcétera) es considerado en algunas culturas algo que atrapa o muestra nuestra alma. Según el folclore, los vampiros, por ejemplo, no se reflejan en ellos porque no tienen alma.

Capaces de ofrecer una réplica de la realidad, como si de una dimensión paralela se tratase, los espejos están así ligados a lo oculto, lo pagano y lo esotérico, siendo en algunos casos considerados, incluso, portales que comunican con otros mundos. Centenares de testimonios de personas aseguran que han visto en ellos reflejados a seres, fantasmas y familiares fallecidos, o que han recibido a través de ellos un mensaje escrito del más allá. También se ha utilizado con frecuencia el espejo como oráculo, cosa que Tolkien, por ejemplo, retoma en el espejo de Galadriel, a través del cual se mostraba el futuro.

FILMOTECA

Oculus: el reflejo del mal. Un terrible asesinato deja huérfanos a dos niños, y uno de ellos es señalado culpable y encarcelado. Al finalizar la condena, ya con veinte años, sale de la cárcel con la intención de empezar una nueva vida, pero su hermana está decidida a demostrar que fue el espejo el que destrozó a la familia.

MUÑECOS DIABÓLICOS

¿Quién no se ha dormido de pequeño con reticencias ante la mirada fría y sospechosa de uno de los muñecos de su habitación? Los niños no se fían ni de sus propios juguetes. El miedo está siempre debajo de la cama, dentro del armario y en la mirada de ese payaso que mantiene los ojos abiertos cuando nosotros los cerramos.

Cuando era pequeña tenía una lamparita de mesa de noche en el dormitorio. Me la habían regalado cuando tenía nueve años. Básicamente, estaba constituida por una cara de payaso, con su nariz roja, sus pelos rizados a ambos lados y un minúsculo sombrero azul. Tenía la peculiaridad de que estaba sobre un soporte móvil, de modo que, si la tocabas, se movía. Nunca he sido de muñecas, prefería los balones de baloncesto, pero sí adoraba un pequeño osito de peluche que todavía conservo. Sin embargo, aquella lámpara me inquietaba. Era como si estuviera viva y me mirase... muy adentro. Pero su luz era cálida y proporcionaba un ambiente amable, así que digamos que la lámpara del payaso y yo teníamos una relación ambigua. A veces me gustaba y a veces me asustaba.

¿Alguna vez les han contado una historia de un muñeco embrujado? A mí sí... La primera vez fue cuando una mujer argentina llamada Karina vino a cenar a casa como acompañante de una de mis amigas. Me dijo que cuando ella era pequeña, su tía, que era modista y tenía mucha mano para los apaños, encontró en la calle lo que era el armazón de una muñeca musical. "La reparó, la pintó, la arregló, le puso vestidito. Quedó como muy rara, pero ella me la regaló. Entonces me llevó esa cajita con muñeca, que le dabas cuerda y sonaba. Las cajas de música eran mi pasión, las coleccionaba, pero mi hermano, cuando se enfadaba conmigo, me las tiraba por la ventana. Solo me quedaban dos, esa y otra. Estaba en Buenos Aires y cada vez que me mudaba la caja de música se venía conmigo". Sin embargo, aquella muñeca de aspecto raro —que a nadie le terminaba de gustar porque decían que era muy fea, pero que Karina conservaba con cariño porque se la había regalado la mujer que la había criado— hacía cosas extrañas y sembraba el desconcierto entre los miembros de la familia. Sin que nadie le diera cuerda se ponía a girar sobre sí misma emitiendo su música, algo que sucedía con bastante frecuencia: "De vez en cuando, la muñeca se ponía a hacer música sola. Pensábamos que tal vez era el viento o cualquier otra cosa. Una noche, por ejemplo, mientras cenábamos, estábamos precisamente hablando de espíritus y cosas paranormales. Justo terminamos de hablar y la muñeca empezó a girar sola. Nos quedamos sin habla". Karina tenía otra cajita de música que también tenía vida propia, según nos contó: "Luego tuve una cajita de música que llevaba un payaso, que si le abrías el cajón sonaba y giraba. Pues el cajón se abría solo. ¿Quién se lo abría? Eso también lo vieron varios de la familia, no solo yo".

ENERGÍAS NEGATIVAS

Viajamos a Buenos Aires, donde los periódicos despertaron un buen domingo con este titular: "Revelan que muñecas poseídas causan terror a vecinos de Bolívar". El investigador Jorge Sosa, a quien pude entrevistar, aseguraba que, en una casa de Bolívar, estaban sucediendo cosas que tenían aterrorizado al matrimonio que la habitaba, y que toda aquella actividad, que él calificó como paranormal, estaba originada por una muñeca poseída: "Lo que pasaba en aquella casa era que al marido, además, le había cambiado la personalidad. Se mostraba absolutamente desconocido, violento y agresivo con su mujer. La esposa le había cogido miedo, temía que el marido la matase y me pidió ayuda. Nada más entrar en la habitación de matrimonio vi una muñeca de plástico de alrededor de un metro de altura. Sentí de inmediato como si me estuviera invadiendo una energía negativa. La tenían puesta dentro de una cuna, como si fuera una nena durmiendo.

Pero cuando me di la vuelta para volverla a mirar, esta había abierto los ojos hasta la mitad". Era una de esas muñecas que contaban con un dispositivo mecánico con el fin de emitir ruidos. Sosa decidió que lo que había que hacer era quemar la muñeca, aunque al principio la mujer se mostró reticente. Para Sosa no había duda: "Se trataba de un caso de posesión diabólica". Una energía maligna, según el parapsicólogo argentino, se había metido dentro del juguete. El parapsicólogo asegura que todos los problemas se arreglaron en la casa tras destruir aquel objeto. Sosa ha intervenido en otros casos de muñecas poseídas. Según él, la humanidad estaba siendo objeto de acoso por parte de una energía negativa que aprovechaba los mecanismos electrónicos, como el que tienen algunas muñecas, para actuar. Los teléfonos móviles y otros dispositivos electrónicos entran en la categoría de objetos poseídos que, de acuerdo con Sosa, sirven de morada para esta supuesta energía negativa.

Muñecas agresivas

En Colombia, mi amiga Melisa C. y yo íbamos en un taxi cuando surgió el tema de las muñecas diabólicas, a raíz de un reportaje que yo había publicado en la revista *Año/Cero*. Fue entonces cuando rememoró que ella misma, siendo pequeña, había tenido un desencuentro con una muñeca que su padre le había regalado. "En esa época vivíamos en Barranquilla. Mis hermanas y yo dormíamos juntas en un cuarto. Teníamos las muñecas en una repisa, pero esa amanecía siempre en el piso, un día tras otro. Yo presentaba magulladuras y arañazos y mi papá creía que me las hacía yo misma para llamar la atención. Una noche mis hermanas y yo nos despertamos como de madrugada, muy asustadas. La muñeca estaba encima de nosotras. Empezamos a gritar. Mi papá vino corriendo y le contamos, pero no nos creyó. Nos dijo que dejáramos de ser tan mentirosas. Una noche nos cansamos tanto de aquella muñeca que mis hermanas y yo decidimos acabar con aquello y le prendimos fuego. Entonces abrió los ojos. La quemamos completamente y ahí quedó, mirándonos".

Nos vamos ahora a México, donde vive mi colega el periodista y escritor Juan Antonio Amezcúa Castillo, uno de los que más han investigado el fenómeno de los muñecos diabólicos. Fue a través de él que supe del caso de Rosa Herrera, de la Ciudad de México, quien le había comprado a su nieta una muñeca usada: "Esto me ocurrió en un Día de Muertos. Año con año pongo mi altar para mis difuntos. De repente todas mis veladoras las encontré apagadas; regañé a mi nieta —cuando esto pasó ella tendría alrededor de cuatro años, iba al kínder— porque creí que ella había sido". La señora le dijo a su nieta que, si volvía a apagar las veladoras, le iba a pegar. No debía meterse con esas cosas. Pero su nieta le contestó que no había sido ella, sino la niña que estaba debajo de la escalera. La abuela, extrañada, miró a la escalera y le preguntó a su nieta a qué niña se refería, pero esta le respondió: "Está ahí, mírala". Rosa Herrera nunca la vio, pero a partir de ese día la pequeña empezó a sufrir accidentes dentro de la casa. "Se caía y decía que esa niña la aventaba. Nosotros no veíamos nada. Creo que todo comenzó cuando le compré una muñeca. Fui por ella al kínder y pasamos al tianguis. Por ahí se ponen muchas señoras a vender chácharas, y en uno de estos puestos había una muñeca toda fea, incluso le faltaba un ojo, toda despeinada; se veía que era de basurero. Y en cuanto mi nieta la vio, se aferró a que la quería —¡yo quiero esa muñeca, yo quiero esa muñeca!—. Le dije que no y seguimos caminando. Ella estuvo insiste e insiste hasta que ya mejor me regresé y se la compré, pero me extrañó que, habiendo otras muñecas más bonitas, ella quisiera en especial esa. Pues desde que esa muñeca toda horrible llegó a la casa, ella comenzó a hablar sola; nosotros la escuchábamos y cuando le preguntábamos con quién estaba platicando, decía que con su amiga. Además, le comenzaron a pasar estos accidentes, pero siempre cuando traía la muñeca". Ante el recelo y la sospecha, Rosa Herrera decidió deshacerse de aquel juguete y, desde entonces, nada raro volvió a pasar: "Un día que ella no estaba, agarré la muñeca, la envolví en un periódico y la tiré a la basura. Cuando ella regresó del kínder comenzó a buscarla y pues fingí que no sabía nada, incluso le ayudé a buscarla. Con el tiempo se olvidó de la muñeca, y a ella ya no le pasó nada extraño".

El segundo caso que Amezcúa me trajo era más personal, pues le sucedió a la hermana de un amigo suyo, llamada Sofía. Su tío le había regalado una muñeca que había comprado en una venta de garaje. "Desde que la muñeca llegó a sus manos, comenzaron a ocurrir extraños sucesos en la vida de la menor", relató Amezcúa. "La muñeca no usaba pilas, pero sí estaba articulada; solo movía las piernas, los brazos y la cabeza. De acuerdo con esta niña, la muñeca se movía sola; jamás la vio caminar, pero ella la dejaba en una posición y, al poco rato, la encontraba en otra. Esta chica llegó a traumarse, al grado de afirmar que una noche la muñeca bajó de su pedestal y se subió a su cama. Ella comenzó a gritar y a decir que tenía vida. Obviamente, como todo el mundo ha visto la película de Chucky, el muñeco diabólico, no le creyeron". Sin embargo, los incidentes, lejos de desaparecer, siguieron en aumento: "Al poco tiempo, la muñeca fue colocada en la sala, en un mueble sin cristal, pero inexplicablemente desaparecía y aparecía en el cuarto de esta niña. Yo le preguntaba a mi amigo si él era quien la ponía ahí para espantar a su hermana, pero él me decía que no. Sofía ya no podía dormir por las noches. Su papá, molesto, decidió terminar con esto tirándola a la basura. La muñeca no se fue a la basura". ¿Dónde fue a parar este objeto, entonces? Amezcúa me confesó que pidió que se la regalaran a él. La puso en su habitación. Al principio sentía un poco de temor: "Hubo una temporada en que noté que se movía de su pedestal, pero esto lo atribuyo a otras circunstancias, tal vez a que estaba venciéndose la base. La conservo, no porque esté embrujada, sino porque le causó miedo a una niña y para mí eso es suficiente; además, si cae en manos de otra niña, tal vez cobre 'vida' y la atemorice como a su anterior dueña".

Coleccionismo macabro

El afán de Amezcúa por conservar la muñeca no tiene otro fin más que el de evitar que vuelva a caer en manos de otra víctima inocente. Sin embargo, hay personas que coleccionan este tipo de muñecos. No solo los coleccionan, sino que realizan sesiones de comunicación espiritista con ellos, los intercambian, los venden, los adoptan, y hay todo un submundo alrededor del fenómeno. Louise es una de esas coleccionistas. Esta mujer, de nacionalidad británica, de la ciudad de Kent, tiene una página web en la que habla de su colección, de la historia paranormal asociada a cada una de las muñecas, de qué espíritu encarnan, qué sesiones de comunicación ha establecido con ellas, con qué método (psicofonías, péndulo, etcétera), y cuál es la historia de su "vida", de acuerdo con lo que estos muñecos, supuestamente, han llegado a contar. Se suele promocionar la adopción de estos muñecos-almas, que en realidad se refiere a la adquisición de estos por parte de otro coleccionista con las mismas ¿macabras? aficiones.

Louise me dijo que ella misma había tenido experiencias paranormales con muñecas desde la infancia: "Estaba esa muñeca, Emily. Me tenía absolutamente aterrorizada. Una noche oí unos chillidos agudos, como de hada llorona [espíritu femenino que anuncia la muerte en la mitología gaélica] y descubrí que la muñeca se había movido. Se había desplazado significativamente". Las cosas, según aseguraba, fueron a peor, desencadenando actividad *poltergeist* en la casa: "Yo estaba tranquila leyendo un libro en la habitación y de repente los objetos de la estantería salían despedidos, rompiéndose en pedazos. Mis padres empezaron a darse cuenta de estas cosas. También pensaban que la muñeca estaba poseída. La pusimos en el ático y no la volvimos a bajar desde entonces". Este es el motivo por el que Louise empezó a interesarse por el coleccionismo. ¿De qué forman interactúan con estos muñecos? Al parecer, usan el método de grabación para la obtención de psicofonías, cámaras térmicas, sensores, medidores, la participación de un médium y, en algunos casos, el tablero de *ouija*.

En Shrewsbury, también en Gran Bretaña, existe un grupo dedicado al coleccionismo y la experimentación paranormal con muñecas poseídas liderado por la investigadora de fenómenos paranormales Jayne Harris, que en la actualidad dirige HD Paranormal (www.hdparanormal.com). Antes de eso, tenía un grupo en Facebook —ya desaparecido— en el que los coleccionistas compartían sus experiencias de "adopción". Amy Wheathers, de Canadá, decía: "En las dos primeras horas que habían transcurrido desde que llegó mi muñeca-espíritu, vi su sombra en el vestíbulo y sentí una rápida corriente de aire frío moverse junto a mí. ¡Estoy deseando ver qué más pasa!". Una descripción típica de una de estas muñecas —de acuerdo con el espíritu que las posee, quien revela su identidad a los que realizan sesiones de comunicación mediúmnicas con ellas—, rezaría que corresponde a la muñeca poseída Caroline, que figura en el catálogo de colección de Shrewsbury: "Caroline. Espíritu del siglo XVIII. Profesora de escuela de treinta y cinco años con problemas y complicaciones de estómago. Tristemente, echa de menos su trabajo y también a los niños. Le encantaría estar en un hogar con pequeños".

No obstante, si tuviéramos que pensar en la muñeca más poseída del mundo, tal vez tendríamos que mencionar a Amanda. La última vez que le seguí la pista vivía en Atlanta, aunque viajó mucho desde su última subasta en eBay. Cuentan que la posee un fantasma muy activo y destructivo. Según aseguran, se mueve sola, araña las cajas en las que la guardan, trae la desgracia a sus dueños (tal vez por eso no deja de pasar de mano en mano) y lleva a cabo toda suerte de maldades.

En el 2017, en el Reino Unido, concretamente en Norfolk, Debbie Merrick compró en una tienda de antigüedades una muñeca vestida de novia. Una semana más tarde, su marido y ella empezaron a despertarse con arañazos, según leí en el *Daily Mail*. Un amigo con capacidades extrasensoriales les advirtió que la culpa la tenía aquella muñeca, pues estaba poseída. A Debbie no se le ocurrió otra cosa mejor que guardarla en una caja y meterla en el cobertizo. Poco después descubrió con horror que la muñeca se había movido, quitándose el collar del cuello. Aquello ya era demasiado para ella, así que la puso a la venta en eBay. Y he aquí que

la susodicha fue a parar a manos de Lee Steer, de Rother-
ham, South Yorkshire, que compró por 886 libras esterlinas
lo que a Debbie solo le había costado 5. No pasaron ni dos
días cuando el nuevo propietario empezó a levantarse con
arañazos en los brazos del tamaño de la mano de la muñeca,
según informó el mismo periódico un mes después. El padre de Lee, que vivía con él, también empezó a experimentar
aquellos mismos ataques. Es más, no se sentía a gusto con el
juguete en la casa. Empezaron los ruidos extraños, las luces
de la casa fallaban, se rompían enseres y hasta un cuadro se
balanceó en la pared. ¿Obra de la muñeca? Lee le escribió a
la expropietaria para relatarle lo sucedido, y esta se alegró de
habérsela quitado de encima.

En el Museo de Fort East de Martello, en Key West (Flo-
rida), se encuentra Robert, un muñeco que, por su aspecto,
es bastante inusual. Debemos rastrear su origen al siglo XIX,
cuando la familia del pequeño Robert Eugene Otto se mudó
a un lugar privilegiado en Key West. Por lo visto, una de las
sirvientas, la haitiana que cuidaba al pequeño, practicaba rituales vudú, cosa que no le gustó a la madre de Robert. Fue
despedida de inmediato, pero antes de irse le regaló un muñeco con pelo humano y apariencia de niño a Robert. Algunos dicen que el pelo pertenecía al pequeño. Poco después
empezaron a torcerse las cosas, y Robert comenzó a actuar
de forma extraña. Lo primero que dijo era que prefería que
lo llamasen Gene, porque Robert era el muñeco, no él. Cuando hablaba con el extraño monigote, respondía otra voz. Los
vecinos aseguraban que cuando la familia salía, podían ver al
muñeco asomándose por una de las ventanas y, de acuerdo
con Robert, podía moverse. Una serie de fenómenos *poltergeist*, muebles tirados por el suelo, etcétera, terminaron de

sembrar la alarma. Los padres del niño decidieron meter al muñeco en una caja y encerrarlo en el ático.

Allí permaneció durante años hasta que Robert, ya adulto, regresó al hogar paterno como heredero y dueño junto a su esposa, Anetter Parker. El peor error que pudieron cometer fue liberar al muñeco. Volvieron a producirse los fenómenos *poltergeist*. Anette aseguraba que la expresión del muñeco cambiaba y, de nuevo, los vecinos empezaron a decir que lo habían visto aquí y allá. Como podrán ustedes imaginar, acabó encerrado en la caja, otra vez... A la muerte de Robert, su esposa vendió la casa. Corría el año 1972. La hija de los nuevos inquilinos descubrió el juguete, inocente ella... Por las noches despertaba en mitad de terribles pesadillas, asegurando que el muñeco quería matarla. Finalmente, el objeto maldito fue trasladado al Museo Fort East Martello de Key West. Allí, sentado en el interior de su vitrina, desafía a quienes desean tomarle una foto sin pedirle permiso, pues cae sobre los incautos una terrible maldición. Hasta el cantante Ozzy Osbourne lo culpó por un año de mala suerte. Mientras tanto, los empleados y visitantes afirman que lo han visto moverse... ¿Sigue haciendo de las suyas?

Es difícil saber qué hay detrás de las historias de muñecos diabólicos; lo que sí sé es que hay en el ser humano un miedo universal, antropológico, aquel que nos producen las cosas con aspecto antropomorfo que parecen muertas, pero podrían no estarlo. Nos aterrorizan los cadáveres... ¿Y si se mueven? ¿Y si de pronto se levantan? Nos pueden llegar a producir mucho miedo los muñecos y autómatas. Son seres inanimados, que no deberían moverse, pero nos miran... ¿Y si de repente cobran vida?

MIEDO A LOS MUÑECOS O PEDIOFOBIA

Los niños pueden tenerles miedo a los muñecos. Se trata de una aversión conocida como pediofobia, en donde los más pequeños sienten terror ante los muñecos de juguete, especialmente si están hechos a su medida. El semblante de su mirada puede llegar a causar auténtico pavor entre los niños, y en algunos casos, este miedo se prolonga y persiste en la edad adulta. Así, algunas personas adultas les tienen todavía fobia a determinados tipos de muñecas, en especial a las muñecas de porcelana. Los psicólogos han llegado a observar casos en los que los sujetos aseguran que sus muñecas cobran vida y se mueven solas mientras ellos duermen. Aunque con el tiempo maduran y se convencen de que sus temores son irracionales, les cuesta dejarlos a un lado.

FILMOTECA

El muñeco diabólico. Chucky es, probablemente, el muñeco diabólico más famoso de la historia del cine. Nació en 1988 y su creador fue el guionista Don Mancini, quien hasta entonces había pasado desapercibido en la industria de Hollywood. La película cuenta la historia de un asesino que, al ser acorralado y herido de muerte por la policía, migra su alma y posee al juguete de moda del momento, el muñeco Good Guy. Desde entonces ha habido varias películas, conformando una saga de gran éxito. *Annabelle* y la saga de los Warren tampoco se quedan atrás. Menos conocida es *The Boy*, una escalofriante cinta en la que una niñera recibe el encargo más bizarro de la historia por parte de una enigmática pareja: cuidar a un muñeco que pronto se convertirá en la peor de sus pesadillas.

BIBLIOTECA

El traje del muerto, de Joe Hill, cuenta la historia de una estrella del rock, ya retirada, que tiene un curioso hobby: coleccionar objetos relacionados con lo sobrenatural. En una de las tantas subastas de internet, puja por un fantasma y, a los pocos días de ganarla, recibe en casa un paquete con el traje del muerto. Tiempo después su espectro se manifiesta y empieza a acosarlo. Cuando su asistente se suicida, comprende que él también está en peligro y decide huir con su novia, pero no es tan fácil escapar de un fantasma, máxime cuando viene de su propio pasado.

CAPÍTULO 3
HOTELES
PARA NO DORMIR

No todos los hoteles son para dormir ni todos los que se alojan allí son de carne y hueso. ¿Quién ha dejado caer su cuerpo en esa cama antes que tú? ¿Cuántas cabezas han reposado en esa almohada? ¿Persiste todavía el reflejo de otros en el espejo? Esas son preguntas que me asaltan cada vez que entro en la habitación de un hotel. Y ahora déjenme desvelarles los secretos de algunos de los que más respeto me inspiraron y, si después de leerme todavía les queda valor para reservar alojamiento, acuérdense de llevarse su alma consigo a la salida, no vaya a ser que la dejen olvidada en la mesilla de noche.

LOS FANTASMAS DEL LANGHAM

Cuando rememoro los años que pasé viviendo en Londres y Nottingham, me parece que nunca estuve allí... Y sin embargo caminé bajo sus incesantes lluvias, aspiré la humedad de sus calles y corrí tras los fugaces rayos del sol. Visitar los lugares más emblemáticos de esta tierra de nieblas es conocer la historia de los muertos, y de los que se niegan a partir...

Dicen que siete almas en pena vagan por las estancias del Hotel Langham. Un médico asesino, un príncipe suicida, un hombre con la cara partida, otro que tira a los huéspedes de sus camas, un viejo mayordomo de calcetines raídos, un criado de uniforme azul, y el mismísimo Napoleón III, quien vivió en el Langham durante los últimos días de su exilio. El terror está a la vuelta de cada esquina, pero es la habitación 333 el lugar en el que este cortejo de espectros parece tener predilección por aparecerse, y son muchísimas las personas que han salido huyendo en mitad de la noche.

Plantilla espectral

El Langham abrió sus puertas en 1865 tras tres años de construcción que costaron trescientas mil libras de la época, una cantidad que da buena muestra de lo que aquel edificio iba a significar en la historia de la ciudad. Se trataba del hotel más moderno y grande del lugar, el primer gran hotel de Europa. Lujo era, sin duda, la palabra que mejor lo definía. Pronto se convertiría en uno de los alojamientos más selectos tanto a nivel nacional como internacional. Fueron de los primeros en instalar la luz eléctrica en la entrada y el jardín, en 1879, y todas las comodidades imaginables se escribían por ese entonces con L de Langham. El escritor Mark Twain, el multimillonario Hetty Green, Napoleón III, Oscar Wilde, el compositor checo Antonin Dvorak, el músico italiano Arturo

Toscanini, la princesa Diana, Winston Churchill y Charles de Gaulle, entre otros, se alojaron allí.

Durante la Segunda Guerra Mundial fue ocupado por los militares y sufrió el delirio de los bombardeos, así que se vio obligado a cerrar sus puertas. Tras la contienda bélica, la BBC llevó allí sus estudios de grabación. La vieja sala de bailes pasó a ser el plató de grabación de programas como *The Goon Show*. En 1986 lo vendieron al Ladbroke Group por veintiséis millones de libras, y en 1991, tras una conveniente restauración, fue reabierto como el Langham Hilton. Hoy en día forma parte de la cadena Langham Hotels International, de la cual es su hotel bandera.

El Langham Hotel se enorgullece de su patrimonio sobrenatural; por eso, en su libro conmemorativo del 140 aniversario, se puede leer: "Todos los buenos lugares tienen fantasmas y el Langham no es una excepción". Algunas veces, cuando se acerca Halloween, les da incluso por organizar un paquete turístico especial con cóctel de tarántula, un paseo guiado por las calles de Jack el Destripador, un libro con la historia del Langham y… para los más valientes, la posibilidad de alojarse en la habitación 333, siempre que esté libre y otro valiente no se haya adelantado. Una nota curiosa: el cóctel de tarántula es un premiado brebaje creado en el Artesian del Langham por Alex Kratena, y entre otras cosas, lleva tarántula y escorpión horneados para añadirle unas notas de sabor a madera y tabaco… Sé lo que estarán pensando: tal vez haga falta más valor para beberse este cóctel que para pasar la noche en la habitación 333. Fue lo mismo que yo pensé cuando leí el anuncio.

A modo de curiosidad, vale la pena mencionar que en 1889 Arthur Conan Doyle y Oscar Wilde compartieron una cena en este hotel con el agente literario Joseph Marshal Stoddart, quien les convencería, esa misma noche, de que escribiesen para la revista *Lippincott's*. Wilde escribió *El retrato de Dorian Gray*, y Conan Doyle, *El signo de los cuatro*. El Langham aparecería en más de una ocasión en los misterios de Holmes, como en *Escándalo en Bohemia*, cuando Holmes le pregunta al protagonista, el conde Von Kramm, dónde se aloja y este le contesta: "Me encontrará usted en el Langham, bajo el nombre de conde Von Kramm".

En los últimos ciento setenta años, al menos cinco fantasmas se han aparecido de forma regular en el Hotel Langham. Esto es lo que cuentan los propios dueños del hotel y muchos de los trabajadores de la BBC. ¿Quiénes son estos huéspedes espectrales que, al parecer, se niegan a abandonar el edificio? Según las descripciones de los testigos, el primero de ellos es un doctor que asesinó a su mujer durante la luna de miel y después se quitó la vida. Tiene el pelo gris y todo el aspecto de un auténtico caballero victoriano, con su capa y su corbata; un hombre de aspecto impecable, con ojos de mirada fija y totalmente blancos… El segundo fantasma vendría a ser el de un príncipe alemán que saltó por la ventana desde la cuarta planta. El tercer espectro ofrece una imagen horrible, con una herida abierta en la cara y una especial predilección por aparecerse clavado en mitad de los vestíbulos y recibidores. El cuarto de los integrantes de este rosario de fantasmas es bien conocido, y es que cuentan que Napoleón III prefiere ahora vagar por los sótanos del hotel. Poco gracioso les resulta a los huéspedes otro espíritu que tiene la dichosa manía de tirarlos de la cama mientras duermen. También el fantasma de un mayordomo hace de las suyas, deambulando descalzo por los pasillos con sus calcetines agujereados. El séptimo y último figurante de esta galería espectral, que de forma permanente habita el edificio del Langham, es un criado de uniforme azul claro y peluca, que, además, cuando se aparece, suele provocar un descenso en picado de la temperatura.

No es solo uno, como vemos, sino hasta siete los fantasmas que habitan las estancias del viejo Hotel Langham. ¿Son rumores y leyendas? ¿Son las descripciones fruto del delirio y la sugestión? ¿Cuántas personas han pasado por este lugar? ¿Cuántos huéspedes e invitados? ¿Cuántos trabajadores? ¿Cuántas celebridades? ¿Pudieron dejar algunos de ellos la impronta de su espíritu, habida cuenta de este elevado censo fantasmal que el hotel ha registrado? ¿Qué historias, engaños, traiciones, pasiones, penas y alegrías han contenido sus cuatro paredes, sus camas, sus cortinas, sus bañeras, sus salones de baile, sus sótanos, sus vestíbulos y sus restaurantes?

Reporteros de la BBC, principales testigos del encuentro fantasmal

¿Y quiénes han visto a los fantasmas del Langham Hotel? Muchísimas personas. Sin embargo, tendríamos que destacar el periodo en el que la BBC trasladó allí sus estudios de grabación como una de las épocas doradas en cuestión de avistamientos. Fueron tantos los trabajadores de la BBC que vieron apariciones espectrales, y que fueron testigos de situaciones sobrenaturales extremas, que da la impresión de que, en un momento dado, la convivencia forzosa entre seres del más acá con los seres del más allá llegó a convertirse en algo cotidiano, y los miembros de la plantilla no tuvieron otro remedio que el de acabar acostumbrándose.

Algunos de los testimonios de estos trabajadores han pasado a la historia con nombres y apellidos, mientras que otros han trascendido de forma anónima, haciendo alusión al oficio o el puesto de trabajo que desempeñaban en la BBC. Uno de aquellos antiguos trabajadores de los que podemos dar datos concretos es James Alexander Gordon, un conocido presentador y locutor de la BBC. En 1973 tuvo la suerte —o la desgracia, según se mire— de toparse con el fantasma del doctor que asesinó a su esposa. Muchos de los periodistas de la BBC se veían obligados a pasar la noche en el edificio por motivos de trabajo. Fue durante una de esas noches, mientras James Alexander Gordon intentaba echar una cabezadita, cuando vio una bola fluorescente que lentamente fue tomando la forma y silueta de un hombre de aspecto victoriano. Lejos de amilanarse, quién sabe si por deformación profesional, el periodista quiso entrevistar al fantasma, así que le preguntó qué quería. El espectro empezó a volar hacia él, con sus piernas como si estuvieran enterradas unos centímetros bajo el suelo, los brazos extendidos, la mirada fija y vacía... Ante una escena de terror como esta, por mucho interés que James Alexander Gordon pudiera tener, como es lógico imaginar, no tuvo otra que levantarse y salir huyendo en una carrera sin tregua. No se quedó a esperar la respuesta. Tampoco fue el único que lo vio, ya que otras personas, entre ellos otro trabajador de la BBC, vieron al fantasma del doctor que mató a su esposa, en el mismo lugar. El motivo por el que parece como si sus piernas estuvieran cortadas y enterradas unos centímetros bajo tierra podría incluso tener una explicación histórica lógica, ya que el suelo de las plantas del Langham sufrió una elevación tras instalar los conductos de calefacción.

Una mujer, esta vez ya en la era en la que volvía a ser utilizado como hotel, contó cómo una amiga suya había visto también a ese fantasma... ¡En el mismo lugar! Esta pobre testigo, totalmente aterrorizada, le tiró su botín y vio estupefacta cómo este atravesaba la masa etérea. En 1991, un periodista americano corrió la misma suerte en aquella habitación. Pero volvamos a los tiempos de la BBC y rescatemos más testimonios con nombres y apellidos, como los recogidos en el 2014 por Alan Murdie en la legendaria revista británica *The Fortean Times*.

El locutor y presentador de la BBC, Ray Moore, tuvo la mala pata de cruzarse con otro de los inquilinos fantasmas del Langham, esta vez con el príncipe alemán suicida. La descripción que dio fue la de un hombre con aspecto musculoso, pelo muy rapado y chaqueta militar abotonada hasta el cuello. Al parecer, este desolado príncipe es uno de los fantasmas más activos y dinámicos del hotel, pues se aparece en innumerables ocasiones, sobre todo de madrugada, caminando a través de las puertas. Otros testimonios de varios trabajadores de la BBC recogidos por *The Fortean Times* aseguraron haber visto al fantasma del criado de uniforme azul pálido en la sala que utilizaban como biblioteca de referencias. Decían que cada vez que se aparecía o que sentían su presencia siempre hacía mucho frío, y que, por su aspecto, este hombre de uniforme azul claro y peluca les recordaba a un personaje del siglo XVIII, por lo que han situado sus orígenes en los días en los que la Mansión Foley se erigía sobre aquel mismo lugar que después fue el Hotel Langham.

Otro espectro, con fama de graciosillo —maldita la gracia que le hace a quienes han sido sus víctimas—, zarandeó y tiró de la cama a un huésped con tal violencia que el aterrado hombre salió huyendo del hotel en mitad de la noche. Probablemente no volvió a alojarse allí. Por su parte, Napoleón III, quien deambula sobre todo por el sótano, se ha dejado ver también en los últimos años en la habitación 632.

Suena el timbre de recepción. ¿Tiene una habitación libre, por favor? Sí, la habitación 333. ¿Quiere reservar, señor? Cuidado con lo que respondes porque, a estas alturas, la conclusión a la que llegamos a medida que vamos investigando es que, si hay una habitación en el Langham en la que las apariciones se suceden de forma repetida y con una actividad sobrenatural excepcional, es la 333. Efectivamente, el Hotel Langham reconoce que la habitación 333 es el cuarto maldito, aquel donde no han dejado de repetirse la mayor parte de las apariciones, los testimonios, las huidas en mitad de la noche... La fenomenología sobrenatural más extrema y aterradora siempre ha tenido el mismo escenario: la habitación 333.

Una psicóloga decide pasar la noche en el Langham

Pero ¿por qué esta habitación? Nadie lo sabe. Se especula con el hecho de que su número tiene un poder simbólico innegable, expresado bajo el prisma cristiano del emblema de la Trinidad, pero también por la cifra de la bestia que se esconde en su interior, al ser la mitad del 666. Sin embargo, el enigma de la habitación 333 trasciende en el Hotel Langhan a cualquier posible explicación. Todos se preguntan qué extraña conjunción de energías insondables se ocultan allí. Los más miedosos aceleran el paso cuando cruzan frente a la puerta, mientras que los más atrevidos, por el contrario, y si el bolsillo se los permite, se alojan en este cuarto de los horrores con la esperanza de enfrentarse a lo insólito, al más puro estilo de John Cusack en la película *Habitación 1408*.

La doctora en Psicología Clínica Ellen Ladowsky, una norteamericana autora de varios libros y colaboradora habitual de periódicos como *The Washington Post*, *The New York Times* y *The Wall Street Journal*, entre otros, fue una de las intrépidas que se atrevieron a reservar la 333 y pasar la noche entera en ella. Nada más llegar al Hotel Langham se encontró con que la cosa era más seria de lo que ella podría haber llegado a imaginar: "Cuando hice el *check-in* y le dije al recepcionista que había reservado la habitación 333, me encontré con una reacción de terror. Se me quedó mirando fijamente, como si estuviera recordando de repente todos los horrores que habían tenido lugar allí. 'Mis manos están empezando a temblar', se disculpó. '¿Le importa si me recompongo un momento?'. Así que le dije con cierta inquietud: 'Imagino que un montón de gente quiere dormir en esta habitación, ¿verdad? Ya sabe, solo por diversión'", relató Ellen Ladowsky en el 2017 en el artículo "Room 333: The Most Haunted Hotel Room in London" del *Huffington Post*.

Pero el recepcionista del hotel no parecía estar de broma, su rostro no dejaba entrever ningún atisbo de diversión en nada que tuviera que ver con aquella habitación, y lo que le contestó a Ellen Ladowsky fue esto: "De hecho, no es mucha gente la que quiere alojarse en ella, sino todo lo contrario. Tratan de evitarla. A veces tengo que alojar gente allí, pero desde luego no a quienes conocen las historias. Yo no daría ni un paso en la tercera planta. Creo en esas cosas. No quiero tropezarme con nada raro. Especialmente ahora. Esta es la época en la que los fantasmas están más activos". Pues no, el recepcionista no estaba de broma. Mientras subía a la habitación, el botones que la acompañaba le dio un poco de alivio: "Yo estoy en esta planta todo el rato, trabajo en el turno de noche, y nunca he oído o sentido nada". Sin embargo, el alivio fue leve, pues nada más llegar a la puerta y disponerse a entrar, un grupo de botones apareció de repente. "Se amontonaron alrededor de la entrada de mi habitación, como hormigas atraídas por el azúcar", contó Ellen. "Me di cuenta de que nadie se atrevió a dar un paso dentro de la habitación. Tal vez solo estaban allí para echarme una ojeada, y así poder decir más tarde quién era yo, cuando tuviesen que contar el desafortunado accidente que tuvo lugar en la habitación 333 con más credibilidad".

A la pregunta que ustedes se están haciendo sobre lo que sucedió a continuación, tenemos que responder que Ellen Ladowsky sobrevivió. Ningún fantasma, ni siquiera el espectro del doctor homicida, se apareció para arrojársele a ella con los brazos extendidos. ¿Fue entonces una noche tranquila? Bueno, fue una noche que definitivamente decidió pasar tranquila, evitando cualquier tentación de jugar con lo desconocido. Por ejemplo, en la habitación había un gran espejo que en todo momento trató de no mirar, ya que, como ella misma confesó, los vampiros no se reflejan en los espejos, pero los fantasmas sí, y desde luego no quería ser la protagonista de una de esas escenas de cine en las que los espectros te acechan junto a la imagen de tu reflejo. ¿Fueron sus sensaciones normales? No del todo.

"¿He mencionado que la habitación estaba congelada?", comentó. Al parecer la temperatura de la 333 no era la que hubiera cabido esperar en la que se suponía que debía ser una habitación acogedora en uno de los hoteles más caros y lujosos de Inglaterra. "Me metí en la cama y escuché. Esperé oír algunos ruidos, de los que suelen escucharse comúnmente en un hotel, pero no se oía nada. Ni pasos ni el rumor de otros huéspedes bajando al *hall* o manteniendo conversaciones en las puertas. Nada. ¿Acaso era posible que la tercera planta estuviera totalmente desierta, a excepción de mí?". Tal vez. En cualquier caso, Ladowsky se fijó precisamente en dos de las sensaciones más comúnmente relatadas en los lugares encantados cuando se manifiestan las presencias fantasmales: frío y silencio repentinos. Ellen podría estar sintiendo el golpe del frío y el azote del silencio por mera cuestión de sugestión. Al fin y al cabo no podía negar que tenía algo de miedo, y el hecho de que evitara mirar al espejo así lo vendría a corroborar. Aunque también podrían haberse presentado un fantasma o dos en la habitación 333, con sus habituales tarjetas de presentación, como la bajada de temperatura, y ella no habría sido capaz de verlos (¿acaso todo el mundo tiene esa capacidad?), o no habría querido verlos de forma consciente, protegiéndose psicológicamente de cualquier posibilidad con pequeños gestos, como el de evitar mirar el espejo… Después de todo, Ellen Ladowsky es psicóloga clínica y sabe cómo mantener la mente cerrada contra desvaríos.

Sea como fuere, nos cogemos de su mano para llegar a estas líneas de Stephen King sobre el misterio que encierran las habitaciones de hotel: "Las habitaciones de hotel son, simplemente, lugares naturalmente espeluznantes… Quiero decir, ¿cuánta gente ha dormido en esa cama antes que tú? ¿Cuántos de ellos han estado enfermos? ¿Cuántos han perdido la cabeza? ¿Cuántos, quizás, estaban pensando en leer unos cuantos versos finales de la Biblia del cajón de la mesita y después colgarse en el armario junto al TV?". Y es que uno de los mayores expertos en terror, como King, tampoco es ajeno al inquietante influjo pavoroso que puede inspirar una habitación de hotel. De hecho, han sido muchísimas las novelas, historias y películas de terror que se han inspirado en este tópico del miedo. En todo caso, la habitación 333 del Langham es la habitación más encantada y maldita de todo Londres y, como hemos podido comprobar, la fama es bien merecida.

HOSTAL DEL CÓNSUL. EL MAYOR CRIMEN SIN RESOLVER DE LA HISTORIA

Debo admitir que la primera vez que fui a La Unión, un pueblo murciano de la comarca del Campo de Cartagena, no lo hice atraída por sus antiguas minas, que todavía se puede visitar alguna, ni por el Festival de Cante de las Minas, que se celebra allí anualmente, ni por el impresionante yacimiento arqueológico romano de la Villa del Paturro. Si fui a La Unión fue porque me hablaron de su pasado luctuoso y de uno de los mayores crímenes sin resolver de la historia española, el que llevó a la tumba a Alfonso Martínez, excónsul de Costa de Marfil, en su propio hostal. Le habían asestado sesenta y tres puñaladas. El lugar estaba cerrado por dentro y allí no había nadie más. ¿Por dónde entró y salió el asesino?

Tal y como relaté en un artículo de *Año/Cero*, lo primero que me llamó la atención cuando llegué al edificio abandonado del viejo hostal fue la extraña forma circular que tenía. Traté de imaginarme una escena del pasado… Hacía tiempo que allí no se recibían ni llamadas ni visitas. Sin embargo, este edificio, ahora en ruinas, alojó fiestas, partidas de cartas, juegos de tenis, besos prohibidos. Un ambiente singular, de aromas africanos, envolvía a su propietario, Alfonso Martínez Saura, excónsul de Costa de Marfil. Algunos cuentan que era amigo de extraños rituales, otros dicen que todo es mentira. Mientras tanto, las leyendas se han venido multiplicando. En cualquier caso, la única verdad es que apareció asesinado, salvajemente apuñalado, en el interior de su hostal. Hay más. Cuando se procedió al levantamiento del cadáver del infortunado Martínez Saura, el hostal estaba cerrado a cal y canto. De hecho, "alguien" había echado los pestillos desde el interior. Pero allí dentro no se encontró a nadie, excepto a Alfonso en mitad de un gran charco de sangre.

El cónsul y el fantasma pesado

El cónsul era un hombre excéntrico. Desde muy joven se había dedicado a viajar por todo el mundo y se había enamorado de África, donde llegó a ser cónsul de Costa de Marfil. De ahí el apodo y el nombre por el que todos conocían el hostal que abrió en La Unión, donde también vivía. No lo abrió en el centro del pueblo y La Unión tampoco era precisamente el municipio más turístico de Murcia. Se encontraba perdido en mitad del monte, a las afueras, en un lugar con pocas vistas panorámicas, o más bien ninguna. Tampoco la arquitectura del edificio ofrecía grandes atractivos, pues era bizarra hasta la médula debido a la planta semicircular y rectangular. Plagado de objetos de decoración africana, máscaras y otras bagatelas, el atuendo de Antonio, siempre vestido con ropas africanas, terminaba de poner la nota exótica al conjunto. Su semblante llamaba poderosamente la atención, no solo por ser llamativo, sino por el misterio que parecía envolverle. Él mismo había declarado en más de una ocasión que vivía con un fantasma que se empeñaba en tocar la puerta solo para molestarle. ¿Manías de un excéntrico? Tal vez, de no ser porque los propios agentes de la policía local, asiduos a las animadas noches del hostal, oían cómo llamaban a la puerta y, cuando acudían a abrir, no había nadie al otro lado. Una noche, el policía local Antonio Mata, fuera de servicio, fue con un compañero a tomar una copa al hostal. Notaron que tocaban con insistencia a la puerta y, como es lógico, se extrañaban al ver que Alfonso no se molestaba en ir a comprobar de quién se trataba. "¿No vas a abrir, Alfonso?", le preguntaron. A lo que él contestó, resignado: "No, si no hay nadie, ¿para qué?". Casi puedo oír el eco de esos golpes contra la puerta mientras escribo estas líneas. Los agentes, sorprendidos, le insistían para que fuera a abrir, a ver si de una vez cesaba el escándalo, pero él declinaba hacerlo, amparándose siempre en la misma frase: "que no, que es un fantasma que a veces se pone pesado". "Si no abres tú, abrimos nosotros", le espetaron, llevados por la impaciencia. Alfonso les advirtió: "Ya veréis como no hay nadie". Se quedaron quietos, a la espera de que volvieran a tocar a la puerta y, en cuanto lo hicieron, salieron despedidos a abrir. Allí no había nadie. Tan solo unos días después sería este mismo policía, Antonio Mata, quien hallase el cadáver de Alfonso en el hostal. Lo habían cosido a puñaladas. Corría 1982.

¿Quién tocaba con tanta insistencia? ¿De quién eran aquellos nudillos huidizos? Yo misma me hice estas preguntas cuando viajé hasta La Unión y me presenté en el edificio en ruinas del hostal, al que tuve que llegar tras subir una larga y empinada escalera con una veintena de peldaños. Habría sido difícil ascender para tocar la puerta y bajar de nuevo los escalones a toda prisa. Tampoco era el lugar más apropiado para jugar a tocar timbres y salir corriendo. El hostal del cónsul quedaba algo retirado. Lo que sí parece innegable es que Alfonso estaba siendo acosado, y seguramente por algo más humano que fantasmal. Un miembro de la Benemérita, Damián Sandoval, me guio y acompañó hasta el lugar. Los amplios miradores me escrutaban desde lo alto, con recelo.

El sitio había sido construido en aquel paraje alejado con la intención de esquivar miradas indiscretas. Los intercambios clandestinos requerían privacidad. Por lo visto, el hostal del cónsul era punto de encuentro para homosexuales en una época en la que, a pesar de la recién estrenada democracia tras años de persecución franquista, todavía estaban muy discriminados y se veían obligados a esconderse. Ajusté el objetivo de mi cámara y apunté hacia la planta circular, alrededor de la cual se ubicaban las habitaciones con vistas al campo de Cartagena y el mar de la Manga mientras jugabas a las cartas, tomabas un trago o algo más excitante… En el suelo ruinoso, piel de animales muertos y un tablero *ouija*. ¿Lo habían usado para intentar comunicarse con el fallecido dueño del hostal? ¿Para preguntarle quién lo había matado y resolver de una vez por todas un crimen que lleva varias décadas sin respuestas?

Mi acompañante, Sandoval, me decía que a veces acudía por aquellos lares a tomar un refrigerio y siempre le había parecido un entorno agradable y tranquilo para desconectarse un rato. No pensaban lo mismo los inmigrantes que poblaban la zona, atraídos por la demanda de mano de obra en las labores agrícolas, que ocupaban otros espacios y huían del hostal. Me incliné a observar con más detalle el tablero *ouija* que permanecía tirado en el suelo. Tenía el símbolo del demonio cornudo en el centro de un pentagrama. Alrededor, esvásticas nazis, los símbolos 666 y otros detalles que lo hacían especial. No era un tablero *ouija* común, era un tablero satánico. Los que lo habían utilizado, probablemente, no eran personas con buenas intenciones. ¿Eran los rituales y las brujerías atribuidos a Alfonso de similar calibre? ¿Por qué lo mataron? Dicen las malas lenguas que estaba escribiendo unas memorias en las que desvelaba toda suerte de secretos que habrían puesto en un compromiso a más de uno. El mayor interrogante de todos, sin embargo, no es ese, sino descubrir quién le mató y cómo hizo para huir del establecimiento hotelero si estaba cerrado por dentro. De hecho, Antonio Mata, el policía amigo de Alfonso, tuvo que romper la ventana que daba a la cafetería para poder acceder. El arma homicida nunca apareció, pero las sesenta y tres puñaladas que le asestaron habían sido efectuadas con un objeto punzante. Ninguna logró tocar órganos vitales, así que la agonía debió ser horrible. Los forenses especularon con la teoría de que su corazón dejase de latir antes de tanto ensañamiento. En la mano, unos cuantos cabellos que el desafortunado arrancó del agresor durante la lucha. Al cabo de un par de días encontraron su cartera tirada en una cuneta, con todo el dinero dentro. Extraño, ¿verdad? Nunca detuvieron a nadie. Jamás lograron resolver el crimen.

Visiones de encapuchados en los alrededores del hostal

Dicen que en los alrededores del hostal han visto procesiones de encapuchados, descritas por algunos como almas errantes. De acuerdo con los testigos, andan envueltos en sudarios y portan velas. Antonio Pérez, uno de los investigadores que más a fondo ha realizado pruebas de campo en el marco de la investigación paranormal, vio en varias ocasiones una extraña procesión de luminarias: "Corría el 2004, era bastante tarde, estábamos ya fuera del edificio guardando los equipos en los coches, cuando fuimos testigos directos de cómo deambulaba una extraña silueta neblinosa por el interior del inmueble. Solo pudimos cerciorarnos de que en su interior no había nadie... Un año más tarde fuimos testigos de cómo unas extrañas luminarias deambulaban (no puedo asegurar que salieran del edificio) por la parte trasera del hostal, como en dirección a la cima del cerro", me contó. "Años después, concretamente en el 2009, contactamos con un grupo de amigos de entre veinticinco y treinta y cinco años, naturales de esa zona, y nos comentaron que durante años habían sido testigos de extraños fenómenos en el hostal. Nos dijeron que una noche, varios de ellos vieron una fila de hombres encapuchados con una especie de túnicas negras y que cada uno de ellos portaba una tenebrosa luz…", prosiguió el investigador murciano. "Nuestra sorpresa continuó, ya que también nos comentaron que conocían múltiples testimonios que decían que en aquel inmueble se veían deambular extrañas sombras, que había misteriosas luminarias que recorrían el hostal, siendo vistas hasta desde la carretera. De nuevo nos invadió la sensación de que lo que estábamos escuchando nos sonaba mucho… Por la parte que personalmente me toca, te puedo decir que en aquel lugar he notado fuertes presencias que después se han confirmado en los mensajes dejados por 'ellos' en las grabaciones".

Tengo la ligera sospecha de que estas luminarias y procesiones de túnicas negras, lejos de ser espectrales, eran muy humanas. Especulo con la posibilidad —habida cuenta del tablero *ouija* que yo misma encontré en el hostal— de que se trataba de grupos satánicos o de corte sectario que, por otro lado, no son nada raros en el Levante español.

Existe un filme documental titulado *Lo que nos dijeron las voces*, de Ricardo Groizard, que no quiero dejar de comentar, pues recoge más de doscientas psicofonías reales registradas en diferentes escenarios de la provincia de Murcia (España). Por otro lado, son multitud de aficionados a la parapsicología los que se han acercado al lugar para realizar sus mediciones, entre ellos los miembros de la Asociación de Parapsicología de Mula, quienes, según relataban, establecieron un improvisado canal de comunicación a través de una linterna que respondía a los investigadores emitiendo haces de luz cuando estos pedían que las presuntas entidades se manifestaran para demostrar presencia en el lugar. Pude observar el emotivo momento de la linterna "poseída" grabado en video. Contacté con Javier López Fernández, el presidente de la asociación, para que me diera más detalle sobre el tema, y me explicó: "Hemos interactuado con una energía-entidad a través de una linterna, emitiendo fogonazos o dejando una luz fija. Al principio no nos dimos cuenta, pero al fijarnos vimos que, de alguna manera, la linterna actuaba de forma autónoma, de modo que decidimos colocarla sobre un muro y procedimos a hacerle preguntas, como si estuviéramos interpelando al objeto". Curioso método el que usaron estos amigos de la Asociación de Parapsicología de Mula para interactuar dialógicamente con "lo que fuera".

En otra ocasión, según me relató Javier, escucharon unas pisadas espectrales: "En plena investigación, uno de los compañeros me dijo que estaba escuchando unos pasos en las habitaciones de alrededor. Seguidamente, esos pasos parecieron acercarse a nuestra posición. El sensor estaba en la puerta más cercana, donde teníamos el campamento base. Se activó de repente... Allí no había nadie ni nada, pero supimos que no estábamos solos porque los escombros del suelo crujieron como por efecto de pisadas... Hasta que todo quedó en silencio...".

Me fui de allí con la sensación de haber estado en uno de esos lugares que no resucitan, a pesar del tiempo. Sus paredes, marcadas por el crimen, siguen oteando el pasar del tiempo, sin que nadie haya podido hacer justicia al amo que un día las erigió.

GRAN HOTEL BOLÍVAR, PERÚ

Jamás olvidaré el día que entré al *hall* del Gran Hotel Bolívar. La capital del antiguo virreinato de Perú me esperaba para recibirme en el majestuoso hotel donde, antes que yo, se habían alojado Ava Gadner, Ernest Hemingway, Orson Welles, Clark Gable, Richard Nixon, William Faulkner... El botones del majestuoso hotel me franqueó el pasó y el antiguo Ford T, modelo de los albores del siglo XX, formaba parte de la decoración. Era como si hubiera entrado en una máquina del tiempo y hubiera pulsado el botón de viajar al pasado. Las lámparas de araña, los salones de baile, los suelos decimonónicos, la radio, la papelera, el teléfono y hasta el sistema de vaciado de la cisterna del excusado eran del siglo pasado. Y cuando digo que eran del siglo pasado no me refiero a que eran de estilo *vintage*, sino a que eran los originales. No los habían cambiado desde 1924, año en el que el hotel fue inaugurado, y desde entonces ha alojado a numerosas personalidades de la política, la cultura y el espectáculo. El hotel se destaca por su arquitectura neocolonial, su elegante decoración y su famoso bar, donde se dice que se inventó el pisco sour. El Gran Hotel Bolívar es una opción ideal para quienes quieren disfrutar de la historia y el encanto de la capital peruana.

Este emblemático inmueble fue uno de los objetivos de los atentados de Sendero Luminoso en los años ochenta y noventa. Este grupo terrorista, de ideología maoísta, buscaba derrocar al Estado peruano mediante una guerra popular prolongada. Entre sus acciones más sangrientas se encuentran las masacres de Lucanamarca, Pampacancha y Tarata. El 24 de mayo de 1995, Sendero Luminoso hizo explotar un coche bomba frente al Hotel María Angola, muy cerca del Gran Hotel Bolívar. La explosión causó daños materiales y pánico entre los huéspedes y transeúntes. El Gran Hotel Bolívar fue testigo de la violencia y el terror que sembró Sendero Luminoso en el Perú durante dos décadas.

A pesar de haber pasado por varias etapas de declive y renovación, el Gran Hotel Bolívar se mantiene en funcionamiento en la actualidad, conservando gran parte de su esplendor y ofreciendo a sus huéspedes una experiencia única en un ambiente histórico. Sin embargo, el hotel también esconde una serie de historias sobrenaturales que han alimentado su fama de lugar encantado. Una de las leyendas más conocidas es la del fantasma de una mujer que se aparece en el cuarto piso, donde se ubica la suite presidencial. Según se cuenta, se trata de una antigua huésped que se suicidó en esa habitación después de que su amante la abandonara. Desde entonces su espíritu vaga por el hotel, buscando consuelo o venganza. Algunos testigos afirman haber visto su silueta vestida de blanco o haber escuchado sus sollozos y lamentos.

Otra historia escalofriante es la del ascensorista que murió electrocutado en el ascensor principal del hotel cuando intentaba reparar un desperfecto. Su cuerpo quedó atrapado entre las puertas y nadie pudo socorrerlo a tiempo. Se dice que su fantasma aún sigue trabajando en el hotel, abriendo y cerrando las puertas del ascensor para los huéspedes, o incluso subiendo y bajando por los pisos sin que nadie lo llame.

También se habla de la presencia de un niño fantasma que corre y juega por los pasillos, especialmente en el segundo piso. Se cree que se trata de un hijo del fundador del hotel, que murió de una enfermedad cuando era pequeño. Algunos empleados y huéspedes han sentido sus carcajadas o sus pasos e incluso han visto sus juguetes abandonados en las habitaciones.

Testimonios de los trabajadores

Me encontraba algo mal del estómago y estaba cansada por el viaje, así que subí a la habitación, pues mis amigas Norma y Diana no llegarían sino hasta unas horas después. A pesar del cansancio, fue imposible resistirme a inspeccionar todos y cada uno de los rincones, detalles y objetos de la habitación 405. Jamás me había alojado en un lugar tan lujoso, y al mismo tiempo tan viejo. Me acosté en la cama y dejé que el paso de las décadas me hablara. Al fin y al cabo estaba durmiendo en una estancia con un siglo de antigüedad.

Cuando mis compañeras de habitación llegaron, me encontraron tirada en la cama sin muchas ganas de hacer nada. Ellas se fueron a cenar y yo preferí quedarme a descansar. En la penumbra de la noche, pensé que mi habitación estaba justo debajo de la planta que permanecía cerrada, la planta maldita, aquella que decían que era inhabitable, aunque explicaciones más mundanas decían que el motivo de su cierre al público se debía al hecho de que el hotel tenía una gran deuda económica y no había presupuesto para reacondicionar las últimas plantas. Así que, literalmente, yo estaba descansando bajo un techo de ruinas. Como no podía dormir, decidí salir a explorar el lugar. Fue entonces cuando descubrí, horrorizada, la escalera acordonada que impedía el paso al público. Uno avanzaba por un pasillo alfombrado, iluminado y decorado, y de repente se encontraba con aquellos escalones y paredes calcinados, llenos de negrura. Alargué el cuello. Aquella cavidad despedía frío. Bajé al *hall* y me dediqué a hacer la ronda entre los trabajadores. El botones me aseguró que allí no penaban, que todo eran habladurías; por su parte, el recepcionista dijo que el ambiente se sentía pesado cuando había que subir a la azotea a cargar los bidones de diésel, y que cuando le tocaba hacerlo sentía presencias.

El sueño me venció. Norma y Diana me dieron algo que me hizo sentir mejor y el dolor de estómago desapareció. Al día siguiente me encontraba como nueva. Encendimos el televisor y al rato se apagó solo. Esa noche recorrimos los larguísimos pasillos, cien metros de longitud para la imaginación de cada uno, en un área de cuatro mil metros cuadrados. A veces se oían murmullos quedos, huéspedes de otras habitaciones. En más de una ocasión no pude evitar girar el cuello para mirar atrás. No había nadie. A cada paso descubría nuevos detalles de otros tiempos, teléfonos de otra época que ya no era la nuestra, pero allí seguían, guardando el secreto de las conversaciones que viajaron a través de sus cables.

Hubo un momento el que Diana, seguramente por el efecto de la sugestión, entró en pánico, seguido de un ataque de risa histérica. Traje a la memoria los testimonios de los antiguos trabajadores: la empleada que vio el supuesto fantasma de una mujer que se había suicidado en la habitación 666, que iba vestida de blanco y se zarandeaba como si estuviera bailando al son de una melodía; el jefe de seguridad, que en su día vio al espectro de un mozo que había formado parte del *staff* en los años cuarenta, también en la habitación 666. Abajo, en los salones de baile, el objetivo de mi cámara fotográfica no daba abasto para capturar tanta belleza. La elegancia del Bolívar era una mota de polvo en suspensión. Sentarse en una de sus sillas era una experiencia prodigiosa. Podías quedarte allí sin que nada te impeliera a hacer otra cosa, porque no había nada que hacer. El tiempo había adquirido una forma más densa, casi se podía amasar con las manos.

Todas y cada una de las noches que pasé en el Gran Hotel Bolívar de Perú deseé que aquellas historias sobre espantos fueran ciertas, llamé a las almas que, decían, penaban por sus estancias… No acudió nadie… Tal vez las que llamaban eran ellas y la que debía acudir era yo.

CASTILLO DE FRONTENAC

Canadá es un país en el que la palabra *grandeza* adquiere significado. Los árboles parecen más grandes, los pájaros gigantes, el peso del cielo infinito sobre nuestras cabezas, la espesura de los bosques, la enorme distancia entre ciudades, las ardillas saltando entre los postes de los semáforos de Toronto, las amplias avenidas, los mapaches buscando comida entre los cubos de la basura… Todo me parecía rodeado de una magnificencia sin igual. Uno de los lugares que más me impactaron por su indescriptible hermosura fueron los Grandes Lagos, un grupo de cinco lagos de América del Norte, de 245,160 kilómetros cuadrados, que abarcan las ciudades costeras de California, Chicago, Detroit, Milwaukee, Cleveland y Toronto. El de Ontario, que así se llama el canadiense, es el de menor superficie. Se formaron al final de la última era glacial. Cogí algunas piedras negras y redondas, materia milenaria. Las tengo en un recipiente de cristal, sumergidas en agua.

Allí, en una zona del lago Ontario, se encontraba el Vórtice de Marysburgh, una zona con una inusual estadística de naufragios, conocida como el Lago de las Bermudas canadiense. Esas mismas aguas son fuente de historias sobre buques fantasma y otras misteriosas naves flotantes que han dado origen a toda suerte de leyendas sobrenaturales, ovnis, perturbaciones magnéticas, etcétera. Fue también en este lago donde se reportó, en 2010, la aparición del llamado "monstruo de Ontario", el cadáver de una extraña criatura de unos 30 centímetros y pelaje marrón que nadie supo identificar. ¿Una especie de nutria deforme?

En las cataratas del Niágara sentí una felicidad extática a bordo del *Maid of the Mist*. La fuerza del agua azotándote de forma salvaje, con los chorros de agua resbalando por el impermeable azul, me sumergió en una espiral de risa y dicha incontenibles. Todavía no había descubierto el Túnel de los Gritos, en la esquina noroeste de la ciudad de Niagara Falls, que según la leyenda es un local que está embrujado por el fantasma de una chica joven. Según me dijeron, tras escapar de un incendio de una granja de los alrededores, con la ropa en llamas, murió dentro de aquellos muros de piedra caliza. Otras variantes de la leyenda dicen que la chica fue violada en el túnel, y que su cuerpo, posteriormente fue quemado para no dejar evidencias. Si enciendes una cerilla en el interior, oirás en el chasquido los gritos de la joven. Fue allí donde David Cronenberg filmó la película *Dead Zone*, adaptación de la novela de Stephen King.

Un hotel sobre una antigua fortaleza

El Castillo de Frontenac, también conocido como Château Frontenac, es un icónico hotel de estilo renacentista, ubicado en la ciudad de Quebec (Canadá). Su aspecto evoca la figura de los castillos franceses y su historia se remonta al siglo XVII. Originalmente, en ese lugar había una fortaleza francesa conocida como Fort Saint-Louis, construida en 1620 con el propósito de proteger los intereses coloniales franceses en la región. El fuerte sufrió varias modificaciones y ampliaciones a lo largo de los años.

En 1690, durante el conflicto entre Francia e Inglaterra conocido como la Guerra del Rey Guillermo, el fuerte fue asediado y destruido por las fuerzas inglesas. Sin embargo, Francia reconstruyó la fortaleza en 1693 y la renombró como Fortaleza de Saint-Louis. Ya en el siglo XIX, el área fue desmilitarizada y el Gobierno canadiense decidió construir un hotel de lujo, aprovechando su privilegiada ubicación y las vistas panorámicas del río San Lorenzo. Lo inauguraron el 18 de diciembre de 1893 y su fama creció exponencialmente hasta convertirse en uno de los destinos turísticos más populares.

Ha sido visitado por numerosos líderes mundiales y celebridades a lo largo de los años. Durante la Primera y la Segunda Guerra Mundial, el Château Frontenac se utilizó como centro de reuniones para planificar estrategias militares y como lugar de descanso para soldados heridos. A lo largo del tiempo, el inmueble ha experimentado varias expansiones y renovaciones para mantener su estatus de lujo. Actualmente forma parte de la cadena de hoteles Fairmont y ofrece una amplia gama de servicios y comodidades a sus huéspedes.

Este impresionante hotel ha dado lugar a toda suerte de historias y leyendas de naturaleza sobrenatural. Se dice que el fantasma del conde de Frontenac, quien fuera gobernador de Nueva Francia en el siglo XVII y cuyo nombre inspiró el castillo, aún vaga por las salas y pasillos del hotel. Según la leyenda, el espíritu del conde aparece vestido con su atuendo militar y se le ha visto paseando por los pasillos y las escaleras del hotel. El *staff* espectral no acaba aquí, pues se dice que por allí también merodea el fantasma de una mujer vestida de blanco, cuya aparición anuncia desgracias e infortunios. Algunos testigos afirman haberla visto deambulando por los pasillos, mientras que otros dicen haber sentido su presencia o haber escuchado sus suspiros.

Como en todos los hoteles con fama de embrujados que he conocido, hay una habitación maldita. Se trata de la 428, donde los reportes más habituales señalan que parpadean las luces, las puertas se abren y cierran solas y los objetos se mueven sin explicación.

Lo cierto es que cuando has visto de todo ya no te sorprende nada, pero si hay algo sobrenatural en Canadá es la exuberante belleza de sus paisajes. Yo tuve la suerte y el privilegio de ser testigo de los milagros de la naturaleza en esta región del planeta en diversas ocasiones: la primera durante todo un cálido mes de agosto y la segunda en el frío invierno decembrino. Temblaba, pero no de miedo... Abríguense bien.

FILMOTECA

Habitación 1401. Mikael Hafstrom llevó al cine la adaptación de la novela homónima de Stephen King, protagonizada por John Cusack y Samuel L. Jackson. En ella se narra la historia de un escritor escéptico que trata de demostrar que los cuentos sobrenaturales de la habitación de un hotel en Nueva York son falsos.

BIBLIOTECA

El resplandor. Novela de Stephen King que narra la historia de Danny, un niño acosado por una profecía en el espejo que amenaza con cumplirse cuando su padre acepta un trabajo en un hotel de lujo de más de cien habitaciones que permanecerá aislado por la nieve durante meses. ¿Sobrevivirán al deshielo?

CAPÍTULO 4
TRENES FANTASMA

El tren es uno de los medios de transporte que más se presta a la imaginación. A bordo de sus vagones pueden suceder las historias más increíbles y fantásticas. ¿Qué pasaría si pudiéramos subir a un tren fantasma? ¿Podríamos bajar?

Siempre me han fascinado los trenes. Me parecen el medio de transporte más romántico del mundo. Fueron las historias ferroviarias, la estación abandonada de mi pueblo, los relatos de los que acudían allí a que el tren les arrollase hasta el alma, extrañamente mezclados con los sucesos de otros lugares remotos, los que inflamaron mi exaltada imaginación con vagones antiguos y pasajeros fantasma. Así nació mi novela *El tren de las almas*. Los acontecimientos que voy a ir narrando a continuación fueron las estaciones en las que me detuve a repostar carbón con el que avivar el fuego de la maquinaria literaria, pero son historias de la historia, tan reales como irreales.

UN TOUR FUNERARIO DE DOS SEMANAS Y 2,661 KILÓMETROS

Washington D. C., 14 de abril de 1865. 22:25 p. m. El presidente Abraham Lincoln se encontraba disfrutando de un espectáculo en compañía de su mujer y unos amigos en el Teatro Ford. El actor John Wilkes Booth, simpatizante de la causa confederada, le disparó a bocajarro un tiro en la cabeza. No sobreviviría a la herida mortal, sino que sufriría durante horas en mitad de una terrible agonía, echado sobre un camastro de un edificio aledaño, adonde le trasladaron de urgencia. Moriría al día siguiente, el 15 de abril, a las 7:22 de la mañana. Lo que pasó a continuación con su cadáver no lo habrían podido imaginar ni los mayores locos con sus quimeras: sería el funeral más grandioso y delirante jamás acaecido en la historia de Estados Unidos.

18 de abril de 1865. Lincoln fue metido en un tren de nueve vagones en el que cruzaría el país. Partió desde Washington D. C., atravesando Nueva York y otros estados, pasando por cuatrocientas cuarenta y cuatro comunidades y lugares relacionados con la vida del presidente, hasta llegar a Springfield (Illinois), donde tenían previsto enterrarlo. Durante las dos semanas que duró el trayecto, el cortejo fúnebre recorrió un total de 2.661 kilómetros. Se trataba de la misma ruta que Lincoln había hecho como presidente electo, en 1861, a excepción de Pittsburgh y Cincinnati. Viajaba en un lecho de hielos que pretendía preservar el cadáver y evitar su descomposición mientras se desplazaba en aquella capilla ardiente rodante.

No iba solo. En el tren iba otro pasajero muy querido para el presidente, el cadáver exhumado de su hijo Willie, quien había muerto en 1862 de fiebre tifoidea a la tierna edad de once años, y con quien Abraham Lincoln había intentado comunicarse mediante sesiones de espiritismo en más de una ocasión. Padre e hijo realizaban el último viaje en aquella comitiva mortuoria sobre raíles, a bordo de aquel tren cuyo noveno vagón —el destinado a servir de coche fúnebre— estaba engalanado con negros crespones de luto. Tampoco quisieron perderse la macabra excursión los soldados y las autoridades ferroviarias y gubernamentales que le acompañaban. Y los embalsamadores, por supuesto. La suntuosa fila de vagones también llevaba las pertenencias del presidente. Casi parecía el entierro de un faraón, rodeado de su ajuar funerario y una corte de esclavos para acompañarlo al más allá. El coche en el que viajaban había sido construido para cumplir las funciones de tren presidencial —como hoy en día el Air Force One, el avión presidencial de la Casa Blanca— y constaba de amplios espacios reservados para los funcionarios, grandes salas y dormitorios. Lo acababan de terminar. A Lincoln no le había dado tiempo a estrenarlo en vida.

El secretario de Defensa, Edwin M. Stanton, había requisado el ferrocarril de la línea Washington-Sprinfield para uso exclusivo del cortejo fúnebre. Él, personalmente, fue quien se encargó de diseñar el recorrido de la capilla ardiente. Se imprimieron folletos con los horarios, de forma que los ciudadanos supieran a qué hora pasaría el tren por las ciudades que cubría el trayecto. La gente de los pueblecitos se reunía en pelotones multitudinarios simplemente para verlo pasar, algunos quitándose el sombrero, otros llorando a lágrima viva. El tour debía hacer doce paradas en doce ciudades diferentes, específicamente escogidas, donde el féretro

saldría del vagón de forma provisional para el correspon-
diente funeral. De modo que a Lincoln, que ya llevaba unos
días muerto antes de iniciar aquel insólito periplo y que había
sido embalsamado para tal fin, empezó a ponerse negro. Se
estaba pudriendo. La cara era ya una calavera. La fecha del
entierro estaba programada para el 6 de mayo, pero los ta-
natopractores que viajaban junto a él, encargados de retocar
y maquillar el cuerpo a diario, le advirtieron al secretario de
Defensa que no aguantaría más allá del 4 de mayo, y eso, a
pesar de que le sometieron a un segundo embalsamamien-
to. Tuvieron que rendirse al inevitable mandato de la muerte,
que no perdona un cuerpo.

El 21 de abril, en su parada por Harrisburg, una terrible
lluvia torrencial obligó a suspender la procesión fúnebre,
pero fueron tantos los altercados entre los cientos de miles
de asistentes que resultó imposible detener a la marabun-
ta de dolientes. En Nueva York la procesión atravesó todo
Broadway hasta llegar al Ayuntamiento. Los cálculos apuntan a que un total de nueve millones de personas acudieron a
este funeral rodante, de la cuales un millón y medio de ellas
estuvieron en una posición que les permitió ver el demacra-
do rostro de Lincoln. Estaba expresamente prohibido hacerle fotos, pero alguien se saltó la norma en Nueva York, hecho
ante el cual Edwin Stanton montó en cólera y destruyó todas
las cámaras. Años después, un chaval adolescente encontra-
ría hurgando entre las páginas de un libro una de aquellas
fotografías. Se cree que fue el propio Edwin Stanton quien la
salvó de la censura, en un arrebato de fetichismo nostálgico.
Es la única fotografía que se conserva.

Lincoln llegó a su querida ciudad de Springfield el 3 de
mayo sobre las nueve de la mañana. Le llevaron al Old State
Capitol. De allí partiría de nuevo una procesión fúnebre con

destino al cementerio de Oak Ridge, a tres kilómetros de distancia. Cuando la cabeza de la procesión llegó al camposanto, la cola de personas que formaban el cortejo todavía no había terminado de salir del Old State Capitol. Los funerales de Lincoln pasarían a los anales de la historia como algo más allá de la imaginación. No descansaría en paz. Para empezar, alguien había medido mal las dimensiones del ataúd y no encajaba en la cripta. Sus restos todavía tendrían que soportar otras calamidades: los movieron de sitio diecisiete veces, intento de robo de cuerpo incluido; los secuestradores pensaban cobrar un rescate de ciento cincuenta mil euros por él, además de conseguir que liberasen a un compinche de la cárcel para proseguir con su negocio de falsificación de billetes.

El tren fantasma de Lincoln

Estación de Albany, 27 de abril. Poca gente asegura haber visto un tren fantasma; no es un reporte muy habitual ni está presente en las recopilaciones de leyendas espectrales occidentales. Sí es probable que a muchos les suene el espectro del Holandés Errante, ese galeón maldito que alimentaba la imaginación de los marineros en mitad de la soledad de los mares; pero a pocos les suena la historia del tren fantasma de Lincoln, excepto a los curiosos que cada año acuden a medianoche a las vías de la estación de Albany, cada 27 de octubre, para *verlo* pasar, o más bien, con la *esperanza* de hacerlo. No pasa únicamente por Albany, sino que supuestamente sale de Washington D. C., atravesando Nueva York, de camino a Springfield, siguiendo la misma ruta fúnebre del pasado, pero es en Albany donde se apostan los amantes de lo paranormal porque, al parecer, es donde más avistamientos se han producido. Según los testimonios, el amasijo de hierros fantasma va deslizándose sinuosamente, sembrando inquietud en mitad de una siniestra bruma. Otros dicen que ven un ataúd cubierto por la antigua bandera de Estados Unidos, rodeado por una hueste de soldados con los uniformes azules de la Unión. Algunos periódicos hicieron eco de este insólito suceso. El rotativo *Albany Evening Times* publicó en 1978 una detallada descripción del legendario suceso:

El tren siempre aparece en Albany el 27 de abril, en el aniversario de su primer paso. Los guardavías y operarios de sección se sientan a lo largo de las vías al caer la tarde en el fatídico día, a la espera de que el tren fantasma aparezca. A medianoche —siempre a medianoche— la maquinaria emerge de la oscuridad, moviéndose en silencio por las vías con su crespón negro ondeando en los flancos y emitiendo débilmente sonidos audibles de música fúnebre. El tren fantasma se desplaza sobre una alfombra negra que parece cubrir las vías, mientras que soldados espectrales, vestidos con el uniforme azul de la Unión, van marchando a su lado. Conforme la aparición fantasmal va avanzando por las vías, se va desvaneciendo sobre algún horizonte fantasma.

Hay quienes dan todavía más detalles al especificar que, cuando aparece el tren fantasma del Lincoln, se paran los relojes y no vuelven a funcionar hasta que la procesión no se ha marchado. Cuando lo hacen, llevan cinco minutos de retraso. La rumorología popular señala que algunos vigilantes del ferrocarril lo han visto y que justo en ese momento puede oírse el aire silbando agudamente entre las vías, que algunos identifican con el silbato de una locomotora. A veces solo se oye ese silbato; a veces solo se ve un humillo espectral danzando en mitad de la niebla sin que aparezca ningún tren. Con el tiempo, la gente dejó de ver cosas. Ya nadie se acordaba del tren de Lincoln, mucho menos de su fantasma, aunque la leyenda todavía alimenta la curiosidad de los amantes del folclore, la historia y los enamorados de los trenes. Por eso, del 25 al 27 de abril no es extraño encontrar en las vías de Poughkeepsie a los cazafantasmas de lo paranormal, cargados con su equipo, intentando captar una fotografía de ese instante para inmortalizar ese tren del más allá, escoltado por los espíritus de los soldados de la Unión. Nunca nadie lo ha logrado todavía.

El tren fantasma de Bostian Bridge, el Titanic de los trenes

Bostian Bridge, 27 de agosto de 1891, 2:35 p. m. Tras el embarque de pasajeros y carga, partía de la estación de Statesville, Carolina del Norte (EE. UU.), un tren de vapor de cinco vagones de la compañía Richmond & Danville Road con rumbo a la muerte. Por lo visto, el embarque había durado más de lo normal e iba con cierto retraso, por lo que llegó a alcanzar los 65 km/hora en un intento por recuperar el tiempo perdido. A los cuatro minutos de ponerse en marcha, mientras atravesaba el puente de Bostian Bridge, se descarriló, precipitándose sobre las aguas del Third Creek, en un abismo de 18 metros. Los vagones iban machacándose unos encima de otros, convirtiendo en cuestión de segundos el paisaje en un amasijo de hierros y carne humana.

Los que pudieron escapar corrieron de inmediato a pedir ayuda. La tragedia fue de tal magnitud que tuvieron que llevar incluso a los presos de la penitenciaria a ayudar a limpiar la zona. El auténtico horror estaba a punto de salir a la luz: muchos de los que no murieron en el accidente acabaron muriendo ahogados conforme los vagones se iban hundiendo lentamente en las aguas. El tren del Bostian Bridge se había convertido en un Titanic. Tenemos testimonios desgarradores de aquella época, como el de la señorita Luellen Pool, quien estuvo sosteniendo la cabeza de su madre fuera del agua hasta que, ya rendida y sin fuerzas, se dejó vencer por el cansancio y acabó sucumbiendo al abrazo de las aguas, según el periódico *The Statesville Landmark*. Murió ahogada. Fue una de las veintitrés personas que fallecieron a consecuencia del accidente, además de los heridos. Posteriores investigaciones oficiales determinaron que la causa del accidente se debió a que habían quitado unos tornillos de las vías. Diagnóstico: sabotaje. Tardaron seis años en encontrar a los culpables del accidente.

Bostian Bridge, 27 de agosto de 1892. Un año después del fatídico suceso, coincidiendo con el aniversario del accidente, un grupo de personas iba caminando a lo largo de aquellas mismas vías cuando oyeron un estruendo. Al mirar hacia el lugar de procedencia, vieron a un hombre vestido de operario de ferrocarril que les preguntó la hora mientras miraba fijamente su reloj de bolsillo. Los componentes del grupo le ignoraron durante unos instantes, y se asomaron por el puente para ver qué había provocado tal estruendo. Allí abajo no había nada. Cuando volvieron a girarse, el hombre del reloj había desaparecido. Los rumores aseguran que se trataba del antiguo jefe de equipajes, Hugh K. Linster, quien había sido condecorado con un reloj de oro para agradecerle por sus treinta años se servicio en la compañía ferroviaria. Algunos supervivientes recuerdan haberle visto mirar la hora en el reloj con gesto de asombro, como si fuera errónea, justo antes del accidente. Fue la primera leyenda en surgir alrededor de la tragedia.

Bostian Bridge, 27 de agosto de 1941. Cincuenta años después del accidente tuvo lugar otro famoso avistamiento. La protagonista fue una mujer que se hallaba sentada en su coche, esperando a que su marido volviera para cambiar el neumático que se había pinchado en las proximidades de Bostian Bridge. De repente vio un tren salir de la nada; lo oyó, observó el vapor, escuchó los pitidos de la locomotora y el súbito estruendo que produjo al descarrilarse frente a sus ojos. Corrió a asomarse al lugar de la caída y lo que vio fue un amasijo de vagones y personas atrapadas que gritaban pidiendo auxilio y profiriendo lamentos de dolor y desesperación. A los pocos instantes, un coche aparcó junto al suyo. Se trataba de su marido, que iba acompañado por el dueño de una tienda local para cambiar la llanta. La mujer les conminó a que se apresurasen a ayudar a aquella pobre gente, pero cuando los hombres llegaron a donde ella estaba no vieron absolutamente nada. Dicen que esta fue la primera vez que se apareció el tren fantasma. Desde entonces la leyenda ha ido alimentándose con los supuestos avistamientos que han venido sucediendo a lo largo de los años. En ellos, la narrativa del avistamiento siempre es la misma: un accidente que se produce una y otra vez, piezas sueltas, sonidos típicos de una maquinaria ferroviaria, descarrilamientos, caídas.

Bostian Bridge, 27 de agosto de 2010. Todas estas historias del tren fantasma que vuelve a estrellarse una y otra vez cada 27 de agosto hicieron que Bostian Bridge se convirtiera en uno de los lugares favoritos de los amantes de lo paranormal. Christopher Kaiser, de veintinueve años, natural de Charlotte, fue uno de los cazafantasmas que quiso comprobar con sus propios ojos si era verdad que el tren fantasma de Bostian Bridge se aparecía. El 27 de agosto del 2010 se aventuró de forma ilegal por el puente, acompañado de una decena de amigos amantes de los fenómenos paranormales. Querían ver el tren fantasma, escuchar su fantasmal pitido, el estruendo espectral de su trágico accidente, tal vez encontrarse con el espíritu del jefe de equipajes. Poco antes de las 3:00 de la madrugada se apareció un tren... Pero no era el tren fantasma, sino uno de verdad. El maquinista tocó la bocina e intentó frenar, pero era demasiado tarde. Los muchachos corrieron por la vía en un intento desesperado por salvar sus vidas, durante más de cincuenta metros, en dirección a Statesville. Los amigos de Christopher lograron ponerse a salvo, pero él no corrió con la misma suerte y fue arrollado por el tren, no sin antes salvarle la vida a una de las chicas que iba en el grupo, empujándola por un precipicio de tres metros. La noticia salió en CNN.

EL SILVERPILEN:
EL TREN QUE SIEMBRA EL TERROR EN ESTOCOLMO

El Silverpilen (la flecha plateada) figura en las historias de trenes fantasmas como un antiguo modelo único de la serie C5 con vagones de color plata que, de hecho, llegó a existir en la realidad. Entró en funcionamiento a mediados de los años sesenta y estuvo en circulación hasta 1996. Las leyendas relativas al avistamiento del tren fantasma lo describen como una maquinaria blanca y resplandeciente que va surcando las vías como un rayo de luz, sembrando el terror en el metro de Estocolmo y alimentando toda serie de historias. Algunas versiones dicen que solo lo han visto operarios de la red de metro; otras, que se deja ver pasada la medianoche a toda velocidad por algunas estaciones. En ocasiones se lo ha relacionado con la estación fantasma de Kymlinge, que en realidad se trata de una estación que nunca terminó de construirse en la línea 11. Otras versiones de la historia señalan que el Silverpilen recoge pasajeros que únicamente pueden bajarse en esa estación abandonada porque ya están muertos... Si en algo coinciden las leyendas es en que es un tren muy difícil de avistar, rara vez se detiene y, cuando lo hace, es para que embarque el pasajero. Los que deciden subirse pueden desaparecer durante meses antes de volver a aparecer, o perderse para siempre. Las explicaciones que pudieron dar origen a la leyenda podrían radicar en el hecho de que el auténtico Silverpilen era un modelo tan único y exclusivo que pocos lo conocían. De hecho, en los últimos años apenas hacía trayectos y era más bien una maquinaria de sustitución cuando otros se averiaban. El hecho de que tuviera ese color plateado tan llamativo, en lugar de ser verde, como todos los demás, pudo hacer que algunas personas, al verlo, pensaran que no se tratara de un tren de verdad, sino de una auténtica flecha plateada fantasmagórica.

LA LUZ DE SAN LUIS

En Saskatchewan (Canadá) existe un extraño fenómeno conocido entre los lugareños de los alrededores como la Luz de San Luis, una enigmática luminiscencia que serpentea a lo largo de unas antiguas vías de ferrocarril (tan antiguas que ya no existen) durante la noche, emulando lo que algunos consideran un tren espectral. Este misterioso gusano de luz cambia de colores y varía en intensidad lumínica. Hace ya tiempo que la línea que unía Prince Albert y San Louis dejó de estar operativa, pero las luces, al parecer, siguen apareciendo con tanta frecuencia que hasta el alcalde afirmó haberlas visto. El testimonio del primer edil, Emile Lussier (fallecido en el 2015), apareció publicado en *Virtual Saskatchewan*: "Yo no creo mucho en estas cosas", empezaba diciendo, pero hacía años su cuñado y él iban caminando por la antigua vía cuando, de repente, "apareció una luz roja siguiendo nuestros pasos, y era tan fuerte que producía sombras."

Entre las leyendas más populares, aparte de la que relaciona esa luz con un tren fantasma, se destaca una siniestra historia sobre un guardafrenos borracho al que el tren atropelló, decapitándolo; desde entonces deambula por las vías con una linterna, intentando encontrar su cabeza. Los estudiantes de duodécimo curso de La Ronge, en el norte de Saskatchewan, se ganaron un premio de ciencias por reproducir el fenómeno mediante un experimento; la conclusión a la que estos muchachos llegaron fue que la luz estaba causada por un fenómeno de difracción de las luces de los coches que circulaban a cierta distancia. Es una explicación muy plausible, solo que, al parecer, estas luces se llevan viendo desde antes de que los coches empezaran a circular por esa región. Algunos vecinos de San Louis, como Rita Ferland, van aún más allá al afirmar que vieron el fenómeno lumínico a plena luz del día: "No creo que sean las luces de los coches. […] Fue impresionante. Aparecieron sobre la antigua vía y se fueron volviendo cada vez más brillantes. Ahí estaban y, de súbito, desaparecieron. Muy raro".

EL TREN FANTASMA DE MAIPÚ

Los ecos del accidente ferroviario de Cerrillos, que en 1956 hundió en la tragedia a Maipú, en la comuna del sector poniente de Santiago (Chile), no dejan de escucharse. Los vecinos siguen escuchando el silbido, y a pesar de que llevan décadas conviviendo con ese aullido espectral, todavía se estremecen. Algunas noches se escucha más de diez veces. La peor hora: las dos de la madrugada. A veces algún usuario de las redes tuitea escuetamente: "Acaba de pasar el tren de Maipú". Avanza, invisible, por los rieles. En la memoria permanece aquel 14 de febrero cuando el ferrocarril, rumbo a Cartagena, se estrelló contra otro convoy, dejando un rastro de veintitrés fallecidos. Muchos chilenos creen que los espíritus de aquellos que perdieron la vida vagan en busca de otro tren que los lleve al balneario, destino turístico al que nunca llegaron.

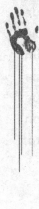

BIBLIOTECA

El tren de las almas, de Mado Martínez. Una fría noche de diciembre, y tras muchos años sin verse, Bárbara, Juan, Tony, Jackson y Marian deciden reunirse en la antigua estación de ferrocarril de Espuelas. Al filo de la madrugada se suben a un enigmático tren. Durante el diabólico trayecto explorarán miedos sin domar, celos, culpas enraizadas en el alma y crueldades inusitadas. El tren parece anestesiarles, borrando todo su dolor, permitiéndoles ser y hacer lo que nunca se atrevieron, perdonar lo imperdonable y entregarse a sus instintos más ocultos. Todo es posible entre sus vagones, hasta enamorarse de un monstruo. Nadie parece querer apearse de ese paraíso en forma de ferrocarril... hasta que descubren que están atrapados en sus raíles.

CAPÍTULO 5
COMBUSTIÓN ESPONTÁNEA

Pequeños fuegos que se prenden en mitad de lo imposible, personas que arden por combustión espontánea… Cuidado. Quema. Son quizás más de doscientos mil los casos registrados en los últimos trescientos años, pero todavía nadie ha podido dar una explicación. A pesar de la variedad de teorías sobre su origen, la humanidad está lejos de demostrar ninguna de ellas. Recientemente, en Irlanda y en pleno siglo XXI, otro caso de combustión espontánea saltaba a los medios de comunicación, diferenciándose del resto. ¿El motivo? Por primera vez, los archivos oficiales de la investigación concluían que un hombre, Michael Faherty, había aparecido quemado en su casa a causa de una combustión espontánea. Sin embargo, no es el único caso que ha conmocionado a la opinión pública. Durante estos últimos días, varios casos de fuegos espontáneos están reavivando la llama de este misterio alrededor del mundo. ¿Qué hay tras estos incendios?

EL PRIMER CASO OFICIAL DE COMBUSTIÓN ESPONTÁNEA DE LA HISTORIA

El 23 de septiembre del 2011, los principales medios de comunicación de Inglaterra (*BBC*, *The Guardian*, *The Telegraph*, *The Irish Times*, *The Sun*, entre otros) recogieron una noticia fuera de lo normal. Un pensionista irlandés de setenta y seis años, Michael Faherty, apareció muerto en su casa. Sus restos no dejaban lugar a dudas: el hombre había ardido, pero ¿cómo? La respuesta a esa pregunta fue lo que hizo que la noticia saltara a los medios, y fue el médico forense Kieran McLoughlin quien tuvo la valentía de darla: "Hemos investigado minuciosamente este caso y solo puedo llegar a la conclusión de que encaja dentro de la categoría de combustión espontánea humana para la cual no existe ninguna explicación". Lo dijo después de reconocer que había consultado todos los manuales médicos habidos y por haber y de haber realizado todas las investigaciones posibles para encontrar una explicación. Así pues, el caso fue declarado, en el tribunal forense, como uno de combustión espontánea sin que pudiera determinarse la causa del fuego. Tampoco la patóloga forense, Grace Callagy, tuvo mucho más que añadir, a excepción de que Faherty sufría de diabetes e hipertensión.

El caso de Faherty no es, ni mucho menos, el primer caso de muerte por incendio atribuido a causas de combustión espontánea, es decir, a causas inexplicables, aunque sí ha sido un caso llamativo, no solo por la causa atribuida a su fallecimiento, sino porque el archivo oficial de la investigación recogía de manera explícita que el viejo irlandés había ardido por combustión espontánea humana, un fenómeno para el cual todavía no se tiene ninguna explicación demostrada.

Otros ejemplos de la historia reciente de nuestro siglo nos llaman poderosamente la atención. Así, encontramos a un bombero, George Mott, de cincuenta y ocho años, que ardió hasta la muerte en 1986. Se encontraba en su casa y no quedaron de él más que el cráneo y un trozo de costilla torácica. Curioso final para un bombero. El destino, a veces, tiene sus bromas macabras. También en Estados Unidos, en 1951, hallamos el caso de Mary Hardy Reeser, cuyas cenizas fueron descubiertas sobre los restos de una silla en la que había estado sentada. Solo quedaron de ella parte de su pie izquierdo, su espina dorsal, su hígado y su cráneo. Poco más. En Reino Unido, en Gales, Henry Thomas, de setenta y tres años, encontró la muerte en el fuego de su cuerpo. Le hallaron en la sala de estar de su casa totalmente incinerado, quedando solo su cráneo y una porción de cada pierna bajo la rodilla. La silla en la que se encontraba sentado estaba destruida por completo y las llamas incluso llegaron a derretir el mando a distancia del televisor, que estaba a unos metros de distancia.

Pero no todas las víctimas de combustión espontánea son sorprendidas por este fenómeno mientras se encuentran sentadas apaciblemente en algún lugar de sus hogares. Así, Olga Stephens, de Dallas, estaba en su coche aparcado cuando explotó en llamas ante la mirada atónita de los que pasaban por allí. Cuando por fin llegó la ayuda, su cuerpo había ardido hasta el punto de volverlo irreconocible, mientras que ninguna parte del vehículo resultó dañada. La investigación fue incapaz de determinar la causa del fuego. Algo parecido le sucedió a Agnes Philips, en Australia, cuando en 1998 se prendió en fuego como una antorcha dentro de su coche aparcado, en una de las calles más transitadas de Sídney. Su hija, Jackie Park, alarmada al ver que salía humo del vehículo, logró sacar a su madre con la ayuda de un hombre que pasaba por allí para llevarla al hospital. Era raro, muy raro, porque ¿de qué manera había entrado su madre en ignición dentro del coche si ni siquiera el motor estaba en marcha? A pesar de que Agnes sobrevivió, en principio, a este acontecimiento, murió una semana más tarde en el hospital sin que nadie pudiera dar un motivo del incidente.

Tenemos, además, algunos ejemplos de ignición rápida. El caso de Helen Conway es uno de ellos. Se estima que su cuerpo ardió en tan solo veinte minutos. Dejó un rastro grasiento, como si hubiera sido cocinada en su propia salsa. Allen M. Small podría haber batido un récord, no solo en este sentido, sino por el hecho de que este hombre de cincuenta y tres años ardió y sus restos fueron encontrados sin que nada, absolutamente nada a su alrededor, resultara dañado por las llamas; apenas unas sombras en la alfombra, que daban la impresión de que el cuerpo había levitado durante el fuego y además había ardido muy rápido. Pero no solo la historia reciente es prolija en casos de combustión espontánea humana. También hubo otros episodios misteriosos en el pasado, como el de Nicole Millete, en 1725, que fue encontrada quemada en una silla. Su cuerpo ardió, pero la silla estaba indemne y, al final, el cirujano Nicolas le Cat convenció al jurado de que la causa de la muerte se debía a un fenómeno de combustión espontánea, aunque la conclusión del jurado fue todavía más sorprendente, ya que pensaron que Nicole había muerto "por la visitación de Dios".

¿Qué es lo que hace que un cuerpo entre en combustión de repente? ¿Existe tal cosa o acaso se dan otra serie de factores que podrían dar una justificación lógica? ¿Debemos catalogar en la categoría de casos de combustión espontánea humana aquellos en los que los investigadores y forenses no pueden hallar el foco de origen del incendio? Tal vez no.

De lo que no cabe duda es que algunos de estos casos presentan unas circunstancias absolutamente extraordinarias.

Piropoltergeist

Un fuego aquí y un fuego allá. A veces las combustiones no son humanas, sino que se producen sobre toda suerte de objetos: muebles, prendas de vestir, fotografías, objetos de decoración... ¿Qué clase de chispa demoníaca, como algunos la califican, mete sus garras de fuego en los hogares de algunas personas, a veces incluso en municipios enteros, prendiendo incendios imposibles? Parece de película que de repente surja un sembrado de fuegos que se prenden de forma espontánea y arbitraria sobre los objetos del entorno ante el espanto de quienes presencian este fenómeno. Pasado, presente y futuro, de una punta a otra del planeta, los *piropoltergeist* son una constante de misterio y pavor, debido al peligro que entraña su desarrollo. Y es que entre todos los *poltergeists* posibles este sería el que, definitivamente, podría llegar a causar una muerte dramática por asfixia o quemaduras. Si el fenómeno de combustión humana acaba de forma directa con las vidas de sus víctimas, no es menos cierto que las combustiones espontáneas sobre objetos también pueden agredir, de manera indirecta, a las personas que se encuentran cerca de ellos.

Kota Bharu (Malasia), mayo-diciembre de 2010. Zainab Sulaiman, una viuda de setenta y tres años, empezó a experimentar en su hogar toda suerte de fenómenos *poltergeist*. Objetos que aparecían y desaparecían, enseres rasgados por zarpas gigantescas y monstruosas, etcétera. Para nosotros sería aterrador, pero para ella y sus dos nietos, en principio, no lo fue. Simplemente no le dieron importancia y se lo achacaron a algún espíritu burlón de bromas pesadas que tarde o temprano se cansaría. Pero lo que más nos interesa es que, a mediados de diciembre de ese mismo 2010, y durante un período de diez semanas, su casa se convirtió en un polvorín en donde decenas y decenas de pequeños fuegos se desataban de repente en las ropas, los colchones, las alfombras, los linos, los ventiladores, las estanterías… Ahora Zanaib y su familia sí que estaban asustados porque, a pesar de que todos los fuegos fueron extinguidos con rapidez, los daños eran irreparables, y el miedo a que se propagara un incendio les quitaba el sueño por las noches.

Al menos doscientos cincuenta artículos ardieron en su casa en poco más de dos meses. Convencida de que tenía a un espíritu encantando su hogar, llamó a unos "expertos" para arreglar el problema. Un grupo sagrado de árabes se desplazó hasta allí y declaró que la casa estaba infestada por entidades invisibles, conocidas como *djinn*. No fueron los únicos "gurús" e investigadores de lo paranormal que acudieron a su casa, atraídos por el fenómeno o con la intención de ayudar a esta anciana. A pesar de los esfuerzos, los fuegos no solo no cesaban, sino que atacaban con más violencia. "Tengo miedo de que cualquier cosa que haga enfade todavía más al espíritu", llegó a decir la viuda. Al final, solo la famosísima maestra espiritual Ong Q. Leng consiguió acabar con el problema a través de un exorcismo, tal y como recogía el periódico malasio *The Star* en su edición del 7 de junio del 2011. Para los protagonistas de estos sucesos, el origen de estos fuegos, lejos de ser inexplicable, estaba muy claro: demonios *djinn*. El fenómeno, además, no fue aislado, sino que, como comentábamos al principio, vino precedido por otra serie de disturbios propios de lugares que, de repente, parecen ser encantados por un espíritu.

El fuego imposible que aterrorizó a unos mineros de Australia

Norte de Queensland, Australia, 1935. Joe Jones y Dick Clark eran unos buscadores de oro que se movían en el entorno del río y las minas. Fue Joe quien escribiría detalladamente la historia unos años después del suceso. Esta quedó reflejada en los archivos de la Historical Society (Cairns, North Queensland, *Bulletin 145*, octubre de 1971). El primer protagonista fue Jimmy Quay, quien vivía solo, al norte de Cannibal Creek. Jimmy solo tenía un vecino que padecía de lepra, al que cuidó con valentía y generosidad hasta el momento de su muerte, en enero de 1935. Entonces, Jimmy decidió incinerar el cadáver y todas las ropas y enseres del difunto leproso. Tras ello, una serie de infortunios de índole fantasmagórica empezaron a perseguirle hasta tal punto que tuvo que huir del lugar y establecerse a unas cuantas millas de distancia. Fue entonces cuando Joe y Dick se encontraron al pobre hombre, cargando con su campamento a través de la lluvia del monzón. Le preguntaron a qué se debía aquella hazaña y Jimmy no dudó en contestar: "Mi casa está encantada. No se puede vivir ahí. Viene un fantasma que lo rompe todo". Pero Joe, un tipo con experiencia, y Dick, un veterano de la Primera Guerra Mundial, le miraron con escepticismo y le contestaron: "Mira, nosotros no creemos en fantasmas y cosas espirituales de esas". No solo eso, sino que le dijeron que irían con él hasta allí, si tan preocupado estaba, y le ayudarían a cazar al supuesto fantasma, pensando que se trataría de algún bromista o animal. "No tendrás que abandonar tu casa, Jimmy", le dijeron. Sin embargo, Jimmy se encogió de hombros y les retó: "No importa. Ya veréis, ya". Y tanto que vieron. Aquello parecía un carnaval del espanto. Toda suerte de objetos y cacharros danzaban, saltaban, volaban y se estrellaban. "Era como un tornado. Botellas, platos, latas de queroseno y trozos de hierro eran lanzados aquí y allá, causando un terrible estruendo", explicaba Joe en su relato. Entonces Jimmy les dijo: "¿Están pasando estas cosas o acaso me he vuelto loco?". La noche fue un tormento, toda suerte de espantos interrumpieron su sueño, haciéndoles levantarse y asistir de nuevo al espectáculo *poltergeist* que, esta vez, además, traía consigo fuegos que empezaban en el suelo, dentro del campamento. Trataban de apagarlos sin éxito, los lanzaban al exterior... Toda la choza ardió en llamas. Incluso las tomateras que había junto a uno de los muros del exterior se consumieron en cenizas. Jimmy estaba a*terrorizado* y no dejaba de decir que aquel lugar estaba encantado por su difunto amigo: "Yo lo quemé a él, y ahora él me está quemando a mí", dijo.

Los fuegos de Laroya

Laroya, Almería (España), junio de 1945. Tal vez uno de los casos más famosos y conocidos en España sea el de los fuegos de Laroya: los habitantes de este pueblo vivieron una serie de fenómenos *piropoltergeist* de gran alcance, puesto que tuvieron lugar en varios hogares y lugares distintos y fueron muchos los testigos que vieron cómo se desataban de forma absolutamente inexplicable una serie de pequeños incendios en ropas, enseres, sábanas... Los vecinos no salían de su asombro, mostraban las ropas quemadas a las autoridades y los medios de comunicación de la época, entre ellos el periódico *ABC*, que se hacían eco de la noticia.

Los hechos comenzaron el 16 de junio de 1945 cuando, sin motivo aparente, se prendieron fuego unos montones de trigo y la ropa, en el Cortijo Pitango, donde la adolescente María Martínez se encontraba jugando. Una luz ovalada la alcanzó y le incendió el vestido. A partir de ese día, los fuegos se sucedieron por todo el pueblo, afectando a diferentes cortijos, casas, campos, muebles, ropas y otros objetos. Los testigos afirmaban que las llamas surgían de la nada, sin que hubiera ninguna fuente de calor o ignición cerca. Algunos incluso aseguraban haber visto unas bolas de luz blanca o azulada que flotaban en el aire y provocaban los incendios.

Ante la alarma y el desconcierto de los habitantes de Laroya, se alertó a las autoridades, que enviaron a la Guardia Civil. Los miembros de la Benemérita no daban crédito; en concreto uno de ellos, que vio cómo ardía su propia chaqueta. Otros expertos enviados por las autoridades, como el ingeniero Rodríguez Navarro, jefe del Observatorio Meteorológico, y un ingeniero de la Jefatura de Minas, se trasladaron hasta la localidad de Laroya para investigar el fenómeno. No estaban preparados para lo que iban a ver sus ojos. Fueron testigos de cómo dos escobas, dos sillas y una gallina entraban en combustión delante de ellos. El ingeniero Cubillos, del Instituto Geológico, también presenció los fuegos. Abandonó la investigación, asustado y convencido del origen sobrenatural de aquellos fuegos. A nivel popular, los vecinos señalaban al mismísimo diablo.

Los fuegos se tornaron cada vez más violentos e inteligentes. Cada vez que se sofocaba uno, brotaba otro al lado o muy cerca. A veces, al intentar apagarlos con agua, lejos de extinguirse, cobraban más fuerza, como si fuera el mítico "fuego griego". El fenómeno se producía en un radio de unos dos kilómetros y, curiosamente, parecía tener un horario, entre las cinco de la tarde y las once de la noche.

Nadie pudo hallar una explicación lógica o natural a lo que estaba ocurriendo. Se descartaron las hipótesis de actividad volcánica, trastornos geológicos, fenómenos eléctricos, radiaciones solares o acciones humanas. Tampoco se encontraron sustancias inflamables o piofóricas que pudieran causar los fuegos. Finalmente, lo achacaron a una enigmática nube que había estado encapotando los cielos esos días. Había precedentes en el siglo XVIII, cuando en noviembre de 1741 el viento trajo a tierras almerienses una nube volcánica de Italia que sembró chispas incendiarias. ¿Quién sabe?

Volviendo a 1945, los incendios duraron más de dos meses, hasta finales de agosto, y se estimó que hubo más de cuatrocientos casos documentados. Por fortuna, no hubo víctimas mortales ni heridos graves, aunque sí muchos daños materiales y psicológicos. Los habitantes de Laroya vivieron con miedo e incertidumbre aquel extraño verano, sin saber cuándo ni dónde iba a surgir el próximo fuego. Hoy en día, los fuegos de Laroya siguen siendo un misterio sin resolver. Algunos han sugerido que se trató de un caso de combustión espontánea humana o animal, un fenómeno paranormal que consiste en la ignición del cuerpo sin causa aparente. Otros han apuntado a posibles manifestaciones psíquicas o *poltergeist*, relacionadas con la energía mental o emocional de alguna persona del pueblo. Algunos señalaban a María Martínez, tristemente apodada "la niña de los fuegos". Sufrió mucho con el estigma y recelo de sus vecinos, así como también sufrieron los habitantes de aquellos cortijos, consumidos por la desesperación y las pérdidas económicas que todos aquellos incendios provocaron.

Sea como sea, lo cierto es que los fuegos de Laroya han quedado grabados en la memoria colectiva como uno de los episodios más extraños e inquietantes que se han vivido en España. En el pueblo hay un monumento conmemorativo dedicado a este suceso, que recuerda a todos los visitantes que hay cosas que escapan a nuestra comprensión y que aún nos quedan muchos misterios por descubrir.

La explicación científica a la combustión espontánea no termina de convencer

Diversos científicos, expertos e investigadores han tratado de dar una justificación al fenómeno de los *piropoltergeist* y la combustión espontánea. John De Haan, del Instituto de Criminalística de California, es uno de los expertos forenses que más se ha preocupado a la hora de investigar este fenómeno. Él está convencido de que las combustiones espontáneas no son tales ni tienen ningún misterio, sino que son provocadas por un efecto mecha en el que, ineludiblemente, hay un agente externo de ignición que provoca el fuego. Esto quiere decir que, aunque los investigadores no den con la causa de esa primera llama o chispa externa, por fuerza, para De Haan, esa mecha existe con anterioridad. A partir de ahí, el forense ha realizado diversos experimentos que han sido grabados en documentales por la BBC y National Geographic con el fin de demostrar que, tras esa chispa inicial, un cuerpo humano puede arder hasta quedar reducido a cenizas sin que el mobiliario circundante sufra ningún daño. Su teoría es conocida como la teoría del efecto mecha. Aunque también es cierto —hay que decirlo— que estos experimentos fueron realizados sobre un cerdo que envolvieron con una manta rociada de gasolina para iniciar el fuego. Una causa de ignición, a nuestro juicio, demasiado evidente, por no mencionar la cantidad de grasa contenida en un cerdo y lo que esta contribuye a desarrollar el fuego.

Otra teoría a la que con frecuencia se ha recurrido para explicar el fenómeno de combustión espontánea, no solo sobre cuerpos humanos sino también sobre la ropa, es la que relaciona estos fenómenos *piropoltergeist* con un agente causante de electricidad estática. Al parecer, esta puede alcanzar niveles tan altos en el cuerpo humano que cualquier descarga en forma de chispa podría prender una llama en la ropa. Sin embargo, tal y como apreció el profesor Robin Beach, del Instituto Politécnico de Brooklyn, si bien estas chispas pueden hacer prender pelusas y polvo en la ropa, no hay descarga electroestática conocida en el mundo capaz de hacer que un cuerpo humano arda.

John E. Heymer, un oficial de la policía británica, es autor de diversos libros sobre combustión espontánea humana y, como De Haan, también ha grabado algunos documentales con la BBC, aunque sus teorías no tienen nada que ver con las de aquel. En su libro *The Entrancing Flame*, lo que Heymer da a entender es que las víctimas de combustión espontánea caen en trance inmediatamente antes de arder. De alguna manera, para este oficial de policía, las víctimas de este fenómeno son personas solitarias y con algún tipo de desequilibrio emocional, que somatizan y provocan en sus organismos una reacción de liberación de hidrógeno y oxígeno que detona una reacción en cadena de explosiones mitocondriales. Como podemos imaginar, esta teoría tampoco ha encontrado muchos apoyos, aunque es la que más relacionada está con las causas *poltergeist*, a menudo atribuidas a una persona que, en estado de conciencia alterada, provoca, de forma inconsciente, los fenómenos.

La rama escéptica asegura que todos estos fuegos tienen una explicación, y una de las cosas que llegan a argüir para restar credibilidad al fenómeno paranormal es que nadie jamás ha visto a una persona comenzar a arder de manera espontánea. Esto, como hemos visto antes, no es cierto, ya que hay casos documentados, como el de Agnes Phillips, que en 1998 comenzó a arder espontáneamente dentro de su coche ante la mirada atónita de su hija.

De cualquier modo, a pesar de los esfuerzos llevados a cabo por algunos expertos con el fin de dar una explicación a la combustión espontánea humana, dado que en estos casos hay una muerte de por medio que requiere una investigación forense y/o criminal, los *piropoltergeist* que atacan ventiladores, colchones, ropa, alimentos, cuadros, entre otros, no han gozado de la misma atención por parte de los expertos, seguramente porque, a pesar de que las autoridades han sido llamadas en muchos de estos casos, al no haber víctimas, no han podido más que asombrarse, levantar los hombros y, en algunos casos, reflejar el misterio en un informe policial, pero poco más. Es decir, no es frecuente que en estos casos los expertos periciales sean llamados para realizar una investigación. La gran cuestión queda todavía entonces abierta. ¿Qué provoca un *piropoltergeist*? ¿Es culpa de un espíritu, un *djinn*, un duende? ¿O podría ser culpa de alguien de carne y hueso que, de forma inconsciente, entra en un estado de conciencia alterada y ejerce poder un telequinésico sobre la materia? La respuesta a esta pregunta, en pleno siglo XXI, con cientos de miles de casos ocurridos en la historia de la humanidad, sigue todavía esperando a ser formulada.

DJINN

¿Qué es un *djinn*? En realidad, tenemos que rastrear los orígenes de este mito en la tradición semítica y mesopotámica. Es un espíritu, un duende, un genio, un pequeño demonio que puede adoptar diferentes formas, tanto humanas como animales o vegetales, aunque no siempre se manifiestan de manera visible. Para algunos, dependiendo de la tradición y el contexto cultural, es un ser diabólico, mientras que para otros es una especie de divinidad protectora. En el caso de los *piropoltergeist* y otros fenómenos de índole paranormal, tales como casas encantadas, posesiones, etcétera, la tradición popular los ha señalado muy a menudo como los culpables directos. Algunas creencias, incluso, los han llegado a representar y definir como seres de fuego que, dependiendo de su personalidad, pueden ayudar al hombre o, muy por el contrario, atacarlo de forma despiadada y cruel. Se dice que tienen un enorme poder de influencia sobre la psiquis de las personas y que, por tanto, pueden llegar a dominar su voluntad, poseyendo al individuo por completo. En ocasiones, estos casos de posesión, ya sea sobre una persona o sobre un lugar, han requerido la intervención de expertos capaces de efectuar un exorcismo.

FICHA TÉCNICA DE LA COMBUSTIÓN ESPONTÁNEA

Los hornos o crematorios necesitan funcionar a una temperatura media de entre 700° y 1.100°C para reducir a cenizas un cuerpo humano y aun así, tras dos o tres horas, el cuerpo no estaría totalmente calcinado. Las características de un escenario de combustión espontánea suelen seguir un patrón muy característico, aunque a veces puede variar. Se dice que:

- Suele tratarse de personas mayores.

- El fuego es muy localizado y consume a la víctima en poco tiempo, minutos o incluso segundos.

- Los objetos de los alrededores resultan indemnes. Tanto así que, en ocasiones, hasta la ropa aparece sin daños.

- El foco del fuego suele concentrarse en el tórax, por lo que a veces pueden quedar restos de miembros sin arder, como brazos o piernas.

- Se suelen hallar capas de hollín en las paredes y el techo del espacio donde sucede.

- Estadísticamente, muchas de las víctimas son mujeres con sobrepeso, fumadoras, alcohólicas o que con frecuencia recurrían a barbitúricos.

EL PRIMER CASO DE COMBUSTIÓN HUMANA
DE LA HISTORIA DEL QUE TENEMOS NOTICIA

En 1673, un ciudadano de París, del que jamás se conoció el nombre, quedó reducido a cenizas. No quedaron de él más que unos pocos huesos y unos cuantos dedos. Lo más curioso de todo es que la cama de paja sobre la que ardió quedó intacta. Teniendo en cuenta la temperatura a la que un cuerpo humano se calcina y que la paja arde con mucha facilidad, ¿cómo fue esto posible? De hecho, podemos encontrar noticias en las que camioneros con remolque de paja ven cómo su mercancía empieza a arder de repente por cualquier causa externa, llegando a incendiarse por completo. El último caso ocurrido en España fue el 5 de abril del 2012, cuando un camión lleno de paja ardía en la autovía A-62 a la salida de Villamayor de Armuña (Salamanca), requiriendo la intervención de los bomberos.

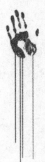

FILMOTECA

Combustión espontánea, un filme de los ochenta, dirigido por Tobe Hooper, se inspira en el fenómeno de la combustión espontánea. Unos experimentos realizados sobre una pareja norteamericana, empleando una combinación de altas dosis de radiación y drogas, da como resultado el nacimiento de un niño, David, capaz de hacer que las personas ardan.

BIBLIOTECA

Fuego, novela de Joe Hill. Una plaga de fuego se esparce por Estados Unidos. El origen: una peligrosa espora, altamente contagiosa, que hace que la gente estalle en llamas.

CAPÍTULO 6
LUGARES MALDITOS

Hay lugares marcados con una mácula invisible, la del recuerdo de los hechos y las personas que los habitaron. Sobre ellos pesa el velo que los cubre de una pátina de muerte allá donde otrora hubo vida.

LA MALDICIÓN DE ARMERO

A mediados de los años ochenta, la erupción del nevado del Ruiz, en Colombia, provocó uno de los desastres naturales más dramáticos de la historia, y lo hizo sepultando a un pueblo entero bajo un manto de flujos piroclásticos y lodos volcánicos. Armero es hoy un pueblo fantasma por el que vagan los espectros errantes que se quedaron atrapados bajo la furia del volcán.

El 13 de noviembre de 1985 fue una de las fechas más trágicas y dolorosas de nuestro calendario. El volcán se despertó de mal humor aquella noche, originando una de las erupciones más fatídicas de la historia, sepultando bajo sus cuatro lahares —flujos de lodo, tierra y escombro volcánico— y envolviendo en sus gases tóxicos a más de veinticinco mil personas. Los que sobrevivieron a aquel holocausto de la naturaleza apenas tienen vida por delante para poder olvidar tanto horror. Olvido es una palabra vedada para los colombianos: se aprende a vivir con lo acontecido. De aquella noche, cuentan los testimonios de quienes lograron escapar que primero empezó a llover, y luego esa lluvia se transformó en una tormenta de piedrita molida y grisácea. A continuación se produjo un estruendo de dimensiones apocalípticas. Después vino el caos. A la mañana siguiente, el espanto se dibujaba en los rostros incrédulos de los pocos que quedaron, que no dejaban de preguntarse los unos a los otros: ¿dónde está el pueblo?, ¿dónde está la iglesia?, ¿dónde está mi familia? El paisaje que se abría ante sus ojos era un inmenso lodazal, una estampa marrón que lo había borrado todo. La bella capital blanca de Colombia, el fértil paraíso agrícola de algodón que tanta riqueza y prosperidad le había dado a sus pobladores, había desaparecido de la faz de la tierra por el caprichoso graznido del nevado del Ruiz. Ese día la guadaña de la muerte segó veinticinco mil almas.

Almas en pena

Caminar por las ruinas de Armero es como andar por un cementerio viviente. Los sobrevivientes plantaron tumbas y epitafios en los lugares donde antes quedaban las casas de sus familiares con el fin de honrar a sus muertos; unos muertos a los que velar era doblemente doloroso porque no había cadáveres.

Carlos Andrés Enciso Bolaños vivió en sus propias carnes el encuentro con uno de estos espíritus errantes que vagan por la zona. Apenas era un muchacho de dieciséis años cuando su clase fue de excursión a Armero con motivo de un aniversario conmemorativo. Debían recorrer el lugar para después realizar una tarea escolar. Él iba con un grupo de amigos, tratando de averiguar por dónde se llegaba al cementerio, cuando de repente vieron en medio del camino a un señor que se encontraba barriendo. Un sentimiento extraño les sobrecogió. "Era un señor de overol y gorra azul que estaba barriendo, aunque no podíamos entender qué era exactamente lo que estaba tratando de barrer", me contó Carlos con el recuerdo todavía vivo de aquel suceso. Trataron de calmarse el miedo los unos a los otros como pudieron, gastándose toda suerte de bromas histéricas e incluso riéndose. ¿Qué hacía ese hombre allí? Pero aún se atrevieron a más: le pidieron indicaciones porque a veces uno piensa que un fantasma es más "humano" si habla. El arrojo juvenil se impuso: "Le gritamos para ver si se volteaba a mirar, pero no lo hizo. Entonces decidimos acercarnos hasta él. El barrendero movía su escoba con una parsimonia casi maniática y se quedó estático, en el mismo lugar, con su joroba inclinada y su cara oculta. Ni cuando estábamos a tan solo dos pasos de él consintió en voltearse a mirarnos". Carlos se armó de valor, le saludó y le preguntó si acaso sabía dónde quedaba el cementerio. "Y se lo pregunté sin caer en la cuenta de que estábamos en uno de los cementerios más grandes del mundo, porque todo Armero es un camposanto al fin y al cabo". Pero el misterioso barrendero no le hizo caso, parecía como si no pudiera verle, ni oírle, ni se hubiera percatado de su presencia. En un momento dado, el hombre de la escoba reaccionó y alzó la mano, señalando y haciendo un ruido extraño con la boca. ¿Era mudo? "Cuando le vimos la cara nos dimos cuenta de que la tenía llena de fuertes quemaduras cicatrizadas". Le dieron las gracias y siguieron su camino, aunque no tardaron en girarse a mirar al extraño individuo que dejaban atrás. Sin embargo, comprobaron horrorizados que el barrendero ya no estaba allí: había desaparecido. "¿Cómo desapareció tan rápido? Estábamos en un lugar que era un campo abierto, no había dónde esconderse, y mucho menos tan rápido, ni aunque se hubiera ido corriendo".

Se dirigieron al Parque de la Vida, el área donde les estaba esperando el autobús escolar. Se acercaron a uno de los soldados que se encontraban vigilando el lugar y le preguntaron si acaso era posible que hubiera un hombre barriendo las ruinas de Armero. El militar les dijo que aquello era imposible, pues, a excepción de ellos, no había nadie más allí, y solo los militares tenían permiso de rondar por aquellos lares.

La aventura de Carlos Andrés Enciso no acabó ahí. Un periodista del *El País* de Cali que había escuchado la conversación se acercó para pedirles que le contasen la historia con más detalle. Pareció creerles, y no solo eso: "Nos dijo que probablemente habíamos visto un fantasma porque allí eso era muy normal. La verdad es que pasamos mucho miedo. Cuando le conté a mi abuela lo que había pasado, me dijo que aquel barrendero que habíamos visto era un alma en pena y debíamos rezar por ella". El periodista que se había interesado en escuchar lo que les había pasado también se ofreció para acompañarles a visitar la tumba de la niña Omaira Sánchez, el rostro más icónico de la tragedia de Armero. "Nos montamos a su carro, pero una vez me bajé del auto no pude continuar porque una energía muy pesada y, me atrevo a decirlo, repugnante me impidió llegar hasta donde estaba el nombre de Omaira. Me distraje viendo la gran cantidad de placas enviadas de diferentes países con mensajes de apoyo por lo que le aconteció a la niña, y las otras tantas con agradecimientos por los milagros realizados, pero en vez de cautivarme todo aquello, me provocó ganas de vomitar. Casi me dio una ataque de pánico". El ambiente era tan denso que nuestro amigo no pudo soportarlo. Necesitaba salir corriendo de allí.

Han pasado muchos años desde que Carlos vio al fantasma que marcó su vida, aquel barrendero errante que no barría nada con su escoba... No se puede barrer la tierra. Con el paso del tiempo, nuestro amigo ha vuelto alguna que otra vez al lugar para reencontrarse con las mismas historias de aparecidos: "Hablé con algunos de los vendedores que suelen ponerse en la carretera, esperando a que lleguen los autobuses para subir a venderles sus cosas a los pasajeros, y me dijeron que a veces veían autobuses y ellos se aproximaban para ir a venderles, pero al final acaban desapareciendo". Los autobuses fantasmas, al parecer, siguen haciendo su ruta eterna, "y estos vendedores ambulantes también me dijeron que en todo momento escuchan murmullos de personas, como si la gente siguiera viviendo allí", me contó Carlos, como si la ciudad todavía estuviera viva; y tal vez lo esté, en algún lugar.

Pronto descubrí que Carlos Andrés no era el único que había vivido un encuentro con las fuerzas ocultas de Armero, pues mis entrevistas con los supervivientes y antiguos habitantes de aquella ciudad perdida no dejaban de asombrarme, con historias como la de Héctor Manuel Pachón, quien se salvó de las garras del volcán por casualidad:

> Mi madre me dijo que no fuera a visitarla a Armero, que ella iba a estar en Cali. Me despreocupé, y el miércoles en la noche pasó lo que pasó. Al día siguiente, cuando fui a Armero, casi enloquecí cuando vi lo que había sucedido. Fue lo más desgarrador que mis ojos han visto en la vida. Yo tenía veinte años por aquel entonces. Perdí a siete familiares y muchos conocidos, entre ellos a mi mamá, que había llegado de Cali ese día, a las cinco de la tarde. Tengo ya cincuenta años y eso algo que jamás se olvida. Digo que esa señora que murió era mi mamá, pero en realidad no era mi madre biológica. Mi madre biológica me regaló cuando solo tenía tres meses de vida a esa familia de Armero con la que me crie. Esa señora tan linda a la que yo llamaba mamá quedó sepultada en Armero para siempre.

Héctor Manuel no había tenido una vida fácil, y en cierto sentido, seguía luchando contra las peripecias del destino. Le pregunté si había escuchado alguna historia de fantasmas en Armero y me contestó con otra pregunta: "¿Alguna historia solo? Por favor, hay miles de historias". Él mismo había vivido una en sus propias carnes una noche en la que acudió a Armero para participar en un programa especial de Los 40 Principales. Había acudido con su hijo:

> Fuimos al hospital. Estábamos parados justo al frente, cuando de repente vimos pasar una sombra muy grande. Mi hijo y yo nos llevamos un susto tremendo. Fue alrededor de la medianoche. A mí esa noche hasta me

arañaron las piernas. Yo al principio pensé que había sido mi hijo y confieso que lo regañé porque creí que me estaba molestando, pero entonces él me contestó desde un lugar bastante retirado. Luego fuimos al cementerio junto a los miembros del equipo del programa. Sentimos pasos de varias personas crepitando entre las hojas secas. Calmé a los miembros del grupo diciéndoles que seguramente se trataba del escolta, pero luego me di cuenta de que el escolta estaba con nosotros. Nos asustamos muchísimo. Y hubo un momento en el que me puse tan mal allí en el cementerio que creo que lo que me pasó es que por poco se me metió un espíritu dentro.

Héctor Manuel también me contó que un día un vecino de Armero, que había logrado escapar a la catástrofe, le contó algo sumamente inquietante:

Me dijo que cuando el volcán estalló, el estruendo era tan inmenso como el de diez locomotoras. Él subió a su hijo pequeño a un árbol para dejarlo allí amarrado y bajó a rescatar a su otro niñito. Cuando llegó al lugar, vio que la esposa lo llevaba en brazos. Les tendió una mano para que se agarraran a él y así poder salvarlos, pero justo entonces se desplomó una pared sobre ellos, dejándolos sepultados. Años más tarde, su hijo [aquel que sí pudo rescatar] y él volvieron al lugar para intentar encontrar sus cadáveres, levantando los escombros de la pared. Entonces escucharon el quejido de una persona. Se asustaron mucho. Allí reposan todos aquellos cadáveres que nunca lograron recuperar.

Héctor Manuel tuvo la amabilidad de presentarme a su hermana, Luz García. Había vivido toda su vida en Armero, pero en el momento de la tragedia llevaba dos años viviendo en Santa Marta, adonde se había mudado. Cuando recibió la noticia de lo que estaba pasando allá, entró en estado de pánico: "Te duele el alma, piensas que a tu familia no, a tu familia no... Pero sí... No quería ver las noticias, me daba miedo. Me derrumbaba por momentos incluso cuando veía a los supervivientes, estatuas vivas de barro", me confesó. La forma en la que Luz ha logrado desahogar su pena a lo largo de los años ha sido a través de la escritura. Ha publicado varios libros sobre Armero y todavía sigue escribiendo y recordando desde la nostalgia a aquel lugar que se hundió bajo el barro ardiente tragándose a sus seres queridos. Conoce bien las historias de aparecidos que rondan el lugar, las cuales menciona tangencialmente en su libro *Armero, un luto permanente:*

> La vegetación es exuberante; los visitantes han tenido que hacer trincheras y reconstruir recuerdos para llegar a sus casas imaginarias y visitar a sus familias. Han brotado pequeñas corrientes de agua donde antes no existían. Con los hilos de la imaginación ya se tejen leyendas de apariciones y espantos. Dicen que por las calles aparece corriendo un toro negro muy grande, que un carro con luces encendidas pasa pitando a gran velocidad y desaparece mágicamente... Hay lugares impenetrables por temor a serpientes, insectos y alacranes.

Reconozco enseguida esas pequeñas corrientes de agua de las que Luz habla porque he oído hablar de ellas antes, en boca de quienes me aseguraban que aquellas aguas que manaban milagrosamente eran mágicas y que la gente bebía de ellas y se curaba de toda clase de enfermedades.

Crónica de una muerte anunciada

Hoy nadie duda de que la tragedia de Armero fue la crónica anunciada que podría haberse evitado. Fueron tantas las alarmas y alertas que se hicieron que parece prácticamente imposible que las autoridades las ignorasen y no actuasen con el fin de evacuar a la población. No era la primera vez que el nevado del Ruiz rugía; en 1595 y 1845 ya había provocado sendas catástrofes. El Ministerio de Minas llegó a solicitar ayuda a la ONU para actuar en caso de desastre. La respuesta de la ONU fue inequívoca: aquella ciudad no debía estar ubicada en aquel lugar, pero, puesto que ya se habían establecido allí, no quedaba otra opción salvo reubicarlos. Había que sacarlos de allí, evacuarlos, trasladarlos a vivir a otro lugar. Pero el Gobierno no hizo nada, e incluso llegó transmitir calma a la población. Se sabe que el profesor de geología Fernando Gallego Jaramillo llegó a alertar a la población con todas sus fuerzas unos meses antes, conminándoles a evacuar de inmediato, pero le tomaron por loco. Los políticos estaban más ocupados en otras cosas porque justo la semana anterior a los sucesos había ocurrido la tragedia del Palacio de Justicia bajo el mandato de Belisario Betancur. Algunos supervivientes de la tragedia se echaban las culpas ("Nos confiamos demasiado"), mientras que otros decían en voz alta una triste realidad: "Al Gobierno le era más fácil dejar morir a veinticinco mil personas que reubicarlas".

Esther Uribe de Zuluaga se encontraba ingresada en el hospital de Armero cuando la tragedia se desató. Todas las plantas del hospital, a excepción de la última, quedaron sepultadas bajo tierra. Algunos de los que lograron subir al último piso, como Esther Uribe, lograron salvarse. Años más tarde, ella escribió una memoria titulada *Final del mundo en Armero*. En ella, recordaba que aquel día tenía el presentimiento de que algo malo iba a pasar: "Yo creo que las tragedias se presienten". Y más adelante recordaba que aquel día estaba cayendo demasiada ceniza y hacía un calor infernal y que por eso en la radio recomendaban poner los ventiladores y ponerse pañuelos de agua. "Tuve un presentimiento terrible, recordé que unos meses atrás en el noticiero de Juan Guillermo Ros habían dicho que, si el nevado reventaba, Armero sería borrado del mapa". ¿Por qué no hicieron nada antes? La respuesta de Esther Uribe fue esta:

Creo que fue falta de fe y atención, ya que todo el año había estado dando muestras de peligro por algunos temblores y olores a azufre. Pero es que Colombia se sangra: cuando acaba de tener una tragedia, llega otra. Yo supe que el alcalde murió pidiendo ayuda. Supe que llamaron a Bogotá; no sé dónde informaron del peligro, pero nadie podría medir las consecuencias de la catástrofe. Pero quizá la misma gente fue la culpable porque siempre esperamos que las demás personas decidan por nosotros. Esto no era de esperar, sino de decidirlo al momento; caía demasiada ceniza y el peligro era inminente. Nos confiamos demasiado.

El nevado del Ruiz se sirvió de avisos, cartas de presentación y preámbulos, e hizo lo que se sabía desde hacía tiempo que iba a hacer de forma inminente: entrar en erupción. La región se sumió en el caos, y una vez más el Gobierno no supo estar a la altura. A la carencia de infraestructuras adecuadas se sumaba el hecho de que las ayudas extranjeras fueron menos de las esperadas porque hacía poco que había tenido lugar un terremoto en México y ya habían hecho un gran desembolso al país mexicano. Aun así, hubo ayuda internacional, pero jamás llegó a su destino porque la logística era tan deficiente que no hubo manera de llegar a las víctimas. Miles de personas murieron esperando entre los escombros, sedientas, intoxicadas por los gases volcánicos o víctimas de una infección mortal porque los antibióticos no llegaban, etc.

La maldición del pueblo

Y si todos saben que la catástrofe de Armero fue la crónica de una muerte anunciada por circunstancias geológicas, pocos son los que conocen la historia de la maldición de Armero. En 1948 murió en Armero el padre Pedro María Ramírez Ramos, asesinado a manos de los habitantes del pueblo. Más conocido como "el mártir de Armero", el sacerdote colombiano tenía fama de ser un hombre conservador y sumamente estricto. Cuando le destinaron a Armero, se propuso meter en vereda a aquellas gentes que, según su criterio, vivían en el más absoluto libertinaje. Al parecer los habitantes de aquel pueblo eran bastante liberales y, en cualquier caso, Pedro María Ramírez debió sentirse en medio de una especie de moderna Sodoma y Gomorra porque sus enfrentamientos con la población más liberal se reflejaban, según decían, hasta en la forma en la que daba la comunión a sus fieles: con la mano derecha a los conservadores y con la izquierda a los liberales.

Según la tradición, fue él quien lanzó la terrible maldición sobre Armero, asegurando que en aquel pueblo no iba a quedar piedra sobre piedra. Pero ¿cómo pudo llegar este hombre al extremo de maldecir a todo un pueblo? El origen de tan tenebrosa maldición hay que buscarlo en 1948, cuando a raíz de el Bogotazo el país se sumió en un hervidero de violencia. El furor revolucionario se extendió como la pólvora, infectando prácticamente todos los rincones de Colombia, incluido Armero. Hay varias versiones sobre el modo en el que el padre Pedro María Ramírez fue asesinado. Algunos aseguran que el religioso arremetió a disparo limpio contra la turba y que por eso le mataron. La versión oficial, o más bien enciclopédica, dice que las monjas ya le habían advertido de que se marchara antes de que fuera demasiado tarde, pues allí corría peligro, pero este se había negado, arguyendo que algunas familias podían necesitarle. Sobre las cinco de la tarde del 10 de abril, las turbas ebrias de odio entraron en la iglesia, profanaron el templo y pidieron al párroco y a las monjas que entregasen las supuestas armas que tenían escondidas allí. Al no encontrar nada, le sacaron a rastras al centro de la plaza, donde le asesinaron a machetazos.

El cuerpo ensangrentado y vejado del padre Pedro María Ramírez permaneció allí tirado toda la noche porque nadie se atrevía a recogerlo, por temor a correr la misma suerte. Lo que cuentan los colombianos es que sus asesinos, no contentos con haberle acribillado, le subieron a una volqueta y le pasearon por todo el pueblo para dejarlo después tirado en una cuneta en las inmediaciones del cementerio. Las prostitutas que vivían en aquel barrio le recogieron y tratarlo salvarle la vida, pues al parecer todavía respiraba, pero no pudieron hacer nada y el hombre acabó muriendo, no sin antes lanzar la famosa maldición durante su agonía: "No quedará piedra sobre piedra en Armero". Al día siguiente le enterraron como pudieron, sin féretro, desprovisto de su sotana, totalmente desnudo. Al parecer, sus asesinos le habían quitado la ropa porque pensaban que, si lo enterraban con las vestimentas sacras, el espíritu del muerto volvería para vengarse de ellos. La cuestión es que el asunto de las ropas cobró vital importancia, y fueron muchos los que se dieron a la tarea de intentar encontrar la reliquia, que según algunos había sido quemada por los habitantes; otros dicen que las vestimentas quedaron en manos de las monjas y otros que se las quedaron los militares cuando fueron a acallar los disturbios. El obispo de Ibagué declaró a Armero en estado de entredicho a causa de lo que había ocurrido allí, de modo que se prohibieron los oficios religiosos y ni se celebraban misas, ni bodas, ni bautizos… Por eso, una de las versiones de la maldición de Armero nos dice que fue el propio obispo el que lanzó la temible profecía de que sobre aquel pueblo no iba a quedar piedra sobre piedra.

El 21 de abril llegaron las autoridades, exhumaron el cuerpo y le dieron una sepultura digna. El escritor Daniel Restrepo, autor de *En Armero nació un mártir*, dijo que un tiempo después, ya con los autores materiales del homicidio en la cárcel, estos pidieron el traslado porque el espíritu del párroco les visitaba en las noches. Lo más curioso de todo es que, años después, cuando la maldición del Padre Pedro María Ramírez se materializó de forma tan profética con la erupción del nevado del Ruiz, en 1985, los únicos lugares que no quedaron afectados fueron el cementerio y el barrio de las prostitutas. Casualidades de la vida.

Omaira Sánchez: la santa popular

Si hay un rostro que nos viene a la memoria cuando pensamos en Armero es el de Omaira Sánchez. La imagen de la pequeña Omaira, atrapada en los lodos de la desgracia, se quedó para siempre grabada en la memoria de toda una generación. España, tal vez, fue uno de los países que más veces se enfrentó a la desgarradora visión de aquella cabecita infantil con los ojos inundados de sangre que a duras penas sobresalía del mar de lodo en el que se había quedado atrapada, y es que aquellas imágenes que dieron la vuelta al mundo las grabó el camarógrafo español Evaristo Canete (*Informe Semanal*). Las más de setenta horas de agonía en directo todavía pueden verse en el archivo de Televisión Española (RTVE). Murieron muchos niños en aquella catástrofe, pero solo ella se convirtió en el símbolo de aquel episodio de la historia.

La pequeña se dirigía al mundo con palabras maduras, sensatas… Nadie podía dar crédito a tanta entereza en una niña de apenas trece años, que tenía el cuerpo totalmente sepultado de la cintura para abajo y apenas podía sacar el cuello del agua. La crónica de su agonía fue lenta y dolorosa. Hicieron lo imposible por salvarla, pero no pudieron hacer nada, salvo verla morir. Al final, Omaira tuvo momentos de delirio y desesperación: ya estaba harta de estar ahí, quería salir, volver al colegio… Quería vivir porque, como ella misma decía, solo tenía trece años, y le quedaban muchas cosas por hacer.

La tumba de Omaira se ha convertido en un auténtico altar. Se ha vuelto una santa popular y dicen que ha conseguido realizar más de tres mil milagros. Hasta allí acuden miles de personas para rendirle homenaje, pedirle favores, ponerle placas, hacerle ofrendas o dejarle unas palabras de agradecimiento por los milagros concedidos. Se trata, sin duda alguna, de uno de los ídolos más famosos del panteón de santos populares colombianos. Vivian Zea Sanabria se encuentra realizando una importante investigación antropológica en torno a este fervor popular que la gente le rinde a Omaira. La contacté para que me ayudara a entender mejor este fenómeno. Su trabajo etnográfico revelaba importantes cuestiones: "Omaira es el símbolo magno de la tragedia. Simboliza el sufrimiento, el dolor, y también la esperanza de todos aquellos que han tratado de resurgir", me contó. "Su figura desempeña un papel importante en la memoria colectiva, social y popular de Armero. Su tumba está considerada como un lugar mágico en el que la relación entre los vivos y los muertos se da de una manera espontánea y única", me siguió explicando. Vivian me dijo que Omaira era una intermediaria entre el cielo y la tierra: "Omaira es la mediadora entre lo terrenal y lo divino. Es decir, la gente piensa que ella está un poco más cerca de Dios, que es quien en realidad hace los favores, pero ella es la que nos ayuda para que Él esté pendiente de esas cosas que nosotros necesitamos. La gente siente la necesidad de crear este tipo de santos populares porque necesitamos sentirnos más cerca de Dios, al que sentimos muy lejos".

Le pedí a mi amiga antropóloga que me describiese las prácticas rituales asociadas al culto de Omaira:

Lo que hace la gente es hacerle peticiones a Omaira, ya sea mediante el rezo, ya sea mediante un papel escrito que depositan en una caja de peticiones que hay en su tumba habilitada para tal fin. La gente le pide por los estudios, la familia, la salud, etc., y al mismo tiempo se le ofrece algo a cambio. En realidad, es un intercambio de favores: tú me ayudas a mí y yo te ayudo a ti. Y cuando ella les cumple el favor, ellos van y se lo pagan de alguna manera: llevándole flores, muñecas (porque es una niña), collares, manillas, manualidades que los niños le hacen. También venden estampitas allí mismo con su imagen y una oración específica. Hay muchas personas que le dejan placas de agradecimiento, y no solo personas, sino también empresas como Bolivariano, que también dejó en su día su lápida de agradecimiento. Conozco el caso de un señor que le pidió por su hija enferma. Omaira intercedió y la salvó. El señor le había prometido que si la salvaba le pondría un poste de luz y así lo hizo, por eso es que su tumba está iluminada.

Iluminada, esa fue la última palabra que atrapé de la conversación que tuve con Vivian, porque en Colombia hay muchas sombras, pero todas están preñadas de luces: son las luces de la esperanza, el milagro y la certeza de que es un país que, no importa cuántas veces se caiga, siempre se levanta.

LA ALDEA MALDITA DE LA CORNUDILLA

El silencio hace reverencias a los que llegan sin ser invitados, atraídos por la inmensidad de un misterio que estruja con fuerza el corazón de los descendientes de los que habitaron aquellas casas desperdigadas que conformaban la aldea de La Cornudilla, en Valencia (España). Las viñas dibujan un paisaje austero de vinos sobrios, miradas de mimbre y alacenas celosas de su propiedad. La tierra acre se besa a cada paso con el cielo intenso, como si allí la tierra fuera más tierra y el cielo más cielo. Las ruinas de las casas, piedra a piedra, respiran con serenidad y callan como callan los habitantes de los alrededores cuando se les pregunta sobre lo que ocurrió en aquel lugar hace años.

Debo confesar que La Cornudilla no es precisamente el sitio al que uno iría a hacer un pícnic, pero yo lo hice. Había acudido con un grupo de investigadores y fotógrafos ansiosos por desvelar el misterio de aquel lugar con fama de maldito. Según rezaba la leyenda, un duende había sembrado el pánico en la llamada "casa de los ruidos" y el fenómeno, que acabó contagiándolo a todas las casas del pueblo, terminó por hacer que los vecinos se fueran del lugar, motivo por el cual la aldea permanecía abandonada desde entonces. Lo cierto es que el fantasma de la despoblación recorre Europa y el éxodo rural es una realidad imparable, y no hace falta ningún duende para espantar a la población. Recuerdo que fue allí, en la aldea abandonada de La Cornudilla, donde grabé una de las psicofonías más espeluznantes de mi colección. Decía "Sí, padre". Era la voz de un niño y cada vez que la escucho siento escalofríos.

La segunda vez que viajé hasta La Cornudilla fue porque el programa *Cuarto Milenio*, dirigido y presentado por Iker Jiménez me pidió realizar un reportaje junto a mi compañera Clara Tahoces, a raíz de un reportaje mío que había salido publicado en la revista *Año/Cero* y había llamado bastante la atención, pues de todos los pueblos con fama de malditos de España este era, quizás, el menos conocido.

Los duendes de La Cornudilla y algún ovni

Esta historia de duendes empezó, como decía, en lo que hoy es término municipal de Requena, entre las aldeas de Los Ruices y los Marcos, una región que huele a vinos de otros tiempos y el viento no conoce ni el susurro de su eólico paseo por estas tierras. Allí vivían en los años cincuenta unas cuantas familias que juntas sumaban alrededor de cuarenta habitantes. Cultivar, arar, vendimiar, pisar el mosto, fermentar… Los días pasaban apacibles en La Cornudilla, la aldea más privilegiada de todos los alrededores, la de mejores tierras y viñedos, la mejor situada, la joya de la corona, hasta que todo eso se rompió. ¿Qué pasó? ¿Por qué abandonaron el lugar todos sus habitantes a mitad de siglo? El éxodo rural hacía estragos en la zona, pero fue en La Cornudilla donde las cosas se pusieron negras, como el color de la pesadilla que vivieron los lugareños.

Duendes, así llamaban por aquellos entonces los habitantes de la aldea a los seres a los que atribuían lo que estaba pasando. Ellos no conocían otra figura, en su acervo popular, para referirse a los extraños sucesos que estaban aterrorizando a las familias de la aldea. El foco originario tuvo lugar en un hogar que sería bautizado como "la casa de los ruidos". Pasos invisibles dejaban su huella sonora al avanzar etéreamente, cadenas imposibles resonaban al arrastrarse con una sarta de eslabones adimensionales, los objetos se movían solos y eran lanzados de forma violenta, impulsados por una fuerza desconocida. Todas las casas acabaron contagiadas con aquella misteriosa enfermedad. Los susurros aterradores arrullaban aquí y allá, desquiciando a todo el que tenía oídos para escuchar, mientras las sombras, aquellas sombras extrañas, seguían deambulando con terrorífico descaro en mitad de la noche. Sin embargo, había una casa, la más alejada de la aldea, en la que los fenómenos se manifestaban de forma más violenta, la "casa de los ruidos".

Así lo recordaba Amparo Navarro Descalzo, vecina de Los Marcos, a quien Clara Tahoces y yo pudimos localizar en los alrededores de la zona gracias a la ayuda de mi amigo el escritor e investigador Jacques Fletcher: "Se oían cadenas y también gritos, como si fuera un niño o alguna cosa que lloraba allí abajo. Tenía como un sótano. Se tuvieron que ir. En las otras casas también se oían ruidos, no como en esa, pero también se oían los ruidos. Y uno dijo 'yo voy a pasar la noche allí', por chulería, por una apuesta. Y no pudo. Se tuvo que ir". No quisimos desaprovechar la oportunidad de preguntarle a Amparo sobre el incidente ovni que había tenido lugar en 1979, una extraña luz esférica que se había dejado ver entre La Cornudilla y Los Marcos. El periódico *El Levante* rescató la noticia de la hemeroteca en el 2006; en ella aparecían los testimonios de un hombre y dos niños que iban en carretera y cuyo vehículo se vio detenido a causa del aterrizaje de la enigmática luz de la cual, según él, habían descendido tres figuras de aspecto infantil. De súbito, tanto la "nave" como los ocupantes desaparecieron y el auto volvió a arrancar. ¿Y saben qué hizo Amparo cuando le preguntamos sobre aquello? Dibujarnos una nave... Al parecer, aquello no solo había sido observado por el hombre que ocupaba la noticia del periódico *El Levante*.

Otro natural de la zona, Antonio Hernández García, nos dio más detalles: "No podía vivir nadie del ruido que se oía encima de la bovedilla. No se podía aguantar abajo. Un tío de mi madre que se casó y decían que era muy valiente se metió allí cuando se casó y se tuvo que salir rápido". Entre los testimonios recogidos, el de María Luisa nos reveló que los lugareños habían llegado incluso a picar las paredes con el objetivo de averiguar si era verdad realmente que allí había algo escondido. Allá donde mi amigo Jacques Fletcher tocaba la puerta de los convecinos nos atendía alguien que nos revelaba una capa más de información. Tal era el caso de Andrés García

López, nacido en La Cornudilla: "Yo nací allí en La Cornudilla. La familia que vivía allí cogió miedo y abandonó la casa, no se atrevían a vivir allí, tenían miedo. De hecho, algunos vecinos que no se lo creían iban por las noches y oían los ruidos. La gente tomó tanto miedo que tenían miedo de pasar por la puerta". Emilio Viana, habitante de Utiel, nos contó que, a causa del terror en el que vivía esta familia, los miembros del hogar salían con las mantas a dormir al raso, debajo de una noguera, porque arriba no podían dormir. Añadió Viana: "Antes de ellos vivió en la casa otra familia que tenía un chiquillo que era disminuido, y que cuando recibían visita lo encerraban arriba y no lo dejaban salir. Y decían que era por eso que se oía eso". ¿Eran los ruidos y lamentos un reclamo del pasado, desesperado por salir del encierro?

Descendiente directo de los protagonistas de este episodio *poltergeist* que asoló La Cornudilla en los años cincuenta, Conceso Viana, cuyo abuelo Enrique García vivió en la "casa de los ruidos", fue más explícito en la descripción de aquel horror. Según le había contado, al caer la noche, en el piso de arriba se oían ruidos de cadenas, como si alguien las arrastrase o golpease el suelo y las paredes con ellas. Las familias que vivieron allí pasaron mucho miedo. A veces los ruidos eran tan fuertes que las personas tenían que salir a dormir a la calle. Los perros se ponían a ladrar como locos. Entre los sucesos *poltergeist* acaecidos en la casa, sobresalían, aparte de los ruidos y estruendos de cadenas, los platos que salían despedidos contra las paredes, misteriosas corrientes de aire como si alguien hubiese pasado corriendo, figuras antropomorfas recorriendo las paredes, pasos invisibles, susurros ininteligibles…

La cuestión es que, como vemos, la gente del pueblo se asustó tanto que acudieron al vicariato de Requena y trajeron a un párroco, que bendijo las casas, en un ejercicio de exorcismo. Ahí terminó todo. El fenómeno cesó en todas las casas. En todas, menos en una. ¿Adivinan cuál? Exacto, en la mencionada "casa de los ruidos". Entenderán por qué sus moradoras decidieron abandonar el hogar y mudarse a vivir a la aledaña localidad de Los Marcos.

La anomalía geomagnética de "la casa de los ruidos"

Di una vuelta por la zona. Las paredes se alzaban, todavía, con la herencia de la piedra, guardando en las ruinas la estela del pasado. El suelo alfombrado de escombros se abría al cielo estrellado por las noches y al sol radiante por las mañanas, porque la "casa de los ruidos" todavía existe; ha resistido el paso del tiempo, ha llevado a cuestas la negrura de su maldición y ha sobrevivido a los expolios y destrozos de los vándalos.

Clara Tahoces, Jacques Fletcher y yo todavía no habíamos terminado el día. Estábamos esperando a Rafael Balaguer, presidente de la Asociación Astronómica de Gerona, porque nuestra intención era realizar pruebas de medición geomagnética. Así que cuando terminamos de entrevistar a los testigos, Rafael se unió a nosotros y trajo consigo el dispositivo de lecturas geomagnéticas, un artilugio que dominaba con gran pericia. Realizamos mediciones en diversas áreas de la aldea. Estuvimos cuatro horas realizando mediciones por toda La Cornudilla. Lo que descubrimos, con gran asombro, es que había una anomalía geomagnética brutalmente intensa. Los valores medios oscilaban en torno al 26, mientras que en la "casa de los ruidos" el valor era de 7. De todas las mediciones que Rafael Balaguer había realizado en lugares malditos, aquella batía todos los récords.

Todavía no sabemos muy bien de qué forma se relacionan los fenómenos sobrenaturales con el geomagnetismo, pero algunos expertos sugieren que la influencia de los campos geoelectromagnéticos podrían estar detrás de las experiencias paranormales. Hace ya unos años intercambié un *e-mail* fugaz con uno de los científicos que más ha investigado estos temas. Michael Persinguer, profesor de neurociencias de la Universidad de Sudbury, había convertido su laboratorio en un campo de pruebas para comprobar si las radiaciones geoelectromagnéticas podían influir en las experiencias paranormales que en ocasiones ha protagonizado el ser humano. Solo tenía que comparar los instantes en los que la percepción PSI se producía con los registros de actividad geomagnética. Una de las cosas más interesantes de las que se dio cuenta estribaba en el hecho de que las personas podían acusar una telepatía espontánea durante los días de baja actividad que habían sido precedidos por días de intensa actividad. Confirmó sus resultados posteriormente y, además, concluyó que, según lo observado, los fenómenos se producían en días de tranquilidad geomagnética con respecto a días anteriores y posteriores, en especial durante aquellos que presentaban una actividad media inferior en comparación con la media de otros meses.

No obstante, las evidencias de este matrimonio entre campos geomagnéticos y fenómenos sobrenaturales son pocas y de baja consistencia, tal y como me confesó en una ocasión el propio James Spottiswoode, un norteamericano informático y matemático que es considerado un pionero en el campo de las investigaciones sobre la influencia geomagnética en los fenómenos paranormales.

Las voces

Tras reponer fuerzas en un bar del pueblo más próximo a La Cornudilla, Clara Tahoces y yo regresamos a la aldea maldita con todo el arsenal. Era noche cerrada. Nos distribuimos por diferentes puntos de la aldea equipadas con nuestras mochilas, los *walkie-talkies*… Llegué a la "casa de los ruidos" y me situé en el punto exacto de la anomalía. Encendí el ordenador y la pantalla parpadeó de forma extraña. Hube de quedarme allí buena parte de la noche, pasando un frío insoportable, mientras grababa audio en la más absoluta soledad. Las estrellas reinaban sobre mí. Me acordé de aquella psicofonía que había grabado la primera vez que fui, aquella que decía "Sí, padre". Clara aguardaba al otro extremo de la aldea, dentro del coche, haciendo guardia con el *walkie*. A mi regreso, le tocó el turno a ella y yo tomé el relevo de la guardia en el automóvil.

Una vez terminamos de grabar, y ya rumbo al hotel, la impaciencia nos venció y allí mismo, dentro del vehículo, reprodujimos el material que habíamos grabado, solo que mi pista de audio se había dañado. El ordenador era incapaz de reproducirla y daba error todo el rato. Clara sí logró cazar algo, unas palabras que parecían decir "ten don".

Amigos míos han grabado en otras ocasiones alguna que otra psicofonía digna de mención. Por ejemplo, Eduardo López, presidente del grupo de investigación de Valencia (ABIAP), me dijo que una de las palabras que habían logrado grabar decía "cateto". El investigador Guillermo Núñez, más conocido por sus trabajos en materia de fotografía paranormal, captó otros registros interesantes. Decían palabras como "mi casa es tranquila" o "huye", pero hubo una que le llamó mucho la atención, porque él preguntó abiertamente a la entidad cómo se llamaba y esta respondió: "Yo, Tomás", seguida por otra voz que segundos más tarde se coló y que decía "cagón". En la misma jornada de pruebas se grabó una voz rítmica que dice "Siéntate y aparezco".

Claro está que las psicofonías pueden ser explicadas de manera racional como resultado de la pareidolia (como cuando miramos a las nubes y vemos formas), pero yo he grabado alguna que otra que, si no les dijera que se trata de una psicofonía, creerían que se trata de una persona de carne y hueso hablando. Tal vez es nuestro propio inconsciente el que habla, ¿quién sabe?

Pánico en La Cornudilla

¿Sigue siendo La Cornudilla un lugar tenebroso o, por el contrario, ya quedaron atrás las energías inquietantes que tantos atribuyen a este lugar? Las valencianas Juani Lorite y tres amigas más se encontraban un día haciendo turismo por la aldea de Los Cojos cuando les hablaron de la antigua aldea abandonada de La Cornudilla. Decidieron visitar el lugar y dar una vuelta por los alrededores. Llegaron por la tarde, recorrieron las ruinas y pasaron una jornada agradable. Decidieron recoger leña, porque hacía frío, y encender un fuego en el interior de las ruinas de una de las casas, que según su descripción coincide con la de la "casa de los ruidos". Cenarían allí dentro y pasarían la noche mirando las estrellas y dejándose llevar por las sensaciones del entorno, coronando así lo que había sido un día de paseo, recreo y diversión. Pero Juani Lorite empezó a notar algo extraño. Sintió que al otro lado de las paredes de piedra de la casa se acercaban personas a mirar, e incluso sentía que aquellas personas eran como presencias que de hecho las estaban observando a través de los muros. Había algo ahí fuera, la sensación era vívida. Aun así, Juani decidió guardar silencio con el fin de no asustar a sus compañeras y aguantó la ráfaga de pavor hasta que, a los pocos instantes, una de sus compañeras, con la cara desfigurada por la angustia, confesó en voz alta sentir como si hubiera presencias fuera acechándolas. Tras esta declaración, las otras dos reconocieron que sentían lo mismo. Todas ellas habían estado sintiendo un miedo irracional, basado en la sensación de que había presencias alrededor de los muros acechándolas, pero ninguna se había atrevido a decir nada para no asustar a las demás. Las muchachas recogieron sus cosas tan rápido como pudieron, apagando a duras penas el fuego que alumbraba las ascuas del terror y lanzaba al aire pavesas que se perdían en la noche.

Juani Lorite, cuando hablé con ella poco después de ir a La Cornudilla la primera vez, me confesó:

> Salimos corriendo de allí, en sentido literal. Jamás he sentido nada igual. Todavía no he conseguido encontrar una explicación lógica. Estábamos muy a gusto, habíamos pasado un día estupendo, sin un atisbo de sombra o indicio de temor. ¿Cómo puede ser que sin terciar palabra todas tuviéramos una sensación y un miedo idénticos? Siempre me quedaré con la duda. ¿Sufrimos una sugestión colectiva? Y si es así, ¿qué la originó? No, no encuentro explicación.

¿Se atreverían ustedes a pasar la noche en el lugar? ¿Acaso los murciélagos son los únicos que se atreven a rondar la "casa de los ruidos" mientras cazan a cielo abierto, entre aleteos de voracidad, en este lugar con fama de maldito?

LUGARES MALDITOS Y MEMORIA HISTÓRICA

Los lugares malditos y la memoria histórica son dos conceptos diferentes, pero a veces se entrelazan. Los lugares malditos son aquellos que se consideran de alguna manera "maléficos" o asociados con eventos trágicos, sobrenaturales o perturbadores. Estos lugares a menudo tienen historias de muerte, violencia, tragedia o actividad paranormal asociadas a ellos. La creencia en lugares malditos es común en muchas culturas y puede tener una base histórica o ser simplemente resultado de mitos y leyendas populares.

Por otro lado, la memoria histórica se refiere al recuerdo y la preservación de hechos y eventos históricos importantes, en particular aquellos que están relacionados con violaciones de derechos humanos, injusticias o tragedias colectivas. La memoria histórica busca recordar y comprender estos eventos para evitar que se repitan en el futuro y honrar a las víctimas. A veces los lugares malditos y la memoria histórica se superponen. Por ejemplo, hay lugares que han sido escenarios de tragedias humanas, como campos de concentración, campos de batalla o sitios de genocidio. Estos lugares pueden adquirir una reputación de ser "malditos", debido a la violencia y el sufrimiento que se experimentaron en ellos. La memoria histórica juega un papel importante en preservar la historia de estos lugares y mantener viva la conciencia sobre los eventos trágicos que ocurrieron allí.

CAPÍTULO 7

SONIDOS DE MÚSICA CELESTIAL EN EL PARQUE NACIONAL DE YELLOWSTONE

A lo largo de la historia del parque nacional de Yellowstone en Estados Unidos, varias personas han afirmado haber escuchado música celestial mientras se encontraban en los alrededores del lago y otros lugares del majestuoso cuadro que la naturaleza ha pintado sobre el lienzo del estado de Wyoming. ¿De dónde proviene esa misteriosa melodía mágica? ¿Se trata de la voz de los ángeles o de un rugido apocalíptico? ¿O acaso se trata de la voz de los campos electromagnéticos?

Existen pocos lugares más hermosos en el planeta y, probablemente, en todo el universo. Y la historia no es nueva, pero el misterio de los extraños sonidos del parque nacional de Yellowstone sigue saltando a los noticiarios porque todavía nadie ha logrado darle una explicación. Las posibles respuestas que hasta ahora se barajan no dejan de ser teorías.

Esta música, que ha sido en algunos casos calificada de celestial, emerge, casi todas las veces, en los alrededores del lago Shoshone, en especial en los días claros de brisa y viento. Este lago no es uno cualquiera ni mucho menos, sino el más extenso de todos los estados del país y aquel en cuyo borde del sudoeste se encuentra la cuenca de Géiser Shoshone, que alberga una de las mayores concentraciones de géiseres del mundo: nada más y nada menos que ochenta. Entre estos y el lago, el paisaje está salpicado por aguas termales y cuencas de lodo. Esta es la imagen mental que debemos trazar a la hora de hacernos una idea de la salvaje exuberancia que la naturaleza todavía conserva aquí. Si decimos, además, que el parque nacional de Yellowstone se extiende en un área de casi nueve mil kilómetros cuadrados, que los antiguos indios americanos estuvieron habitando la región durante al menos once mil años y que en él se encuentra la Caldera de Yellowstone, el famoso supervolcán activo más grande del continente, y aquel al que muchos señalan como el desencadenante inminente del Apocalipsis, todavía nos seguimos quedando cortos a la hora de tratar de explicar de qué lugar estamos hablando. Tal vez bastaría decir que nos referimos al parque nacional más antiguo del mundo y al ecosistema más grande y virgen —prácticamente intacto— del norte del planeta Tierra.

MÚSICA CELESTIAL

El fenómeno de los extraños sonidos que pueden oírse en Yellowstone, con frecuencia descrito como música celestial, puede ser más o menos conocido entre los estadounidenses, pero de lo que no cabe duda es de que ha sido muy bien documentado a lo largo de la historia. En 1873, el geólogo Frank Bradley se encontraba realizando una expedición que culminaría en un importante trabajo científico. Quizá fue el primero en dejar constancia escrita sobre los extraños sonidos del parque de Yellowstone, y lo hizo en su "Explicación de la expedición geológica del área" (recogido en el libro *Annual Report of the United States Geological and Geographical Survey of the Territories*). Estaba desayunando con su equipo cuando lo oyó por primera vez: "Oímos cada pocos momentos un curioso sonido, entre silbido y relincho de caballo, cuya localización y carácter no pudimos determinar al principio, aunque estábamos inclinados a referirlo como el de algún ave acuática al otro lado del lago".

El ingeniero del Cuerpo de Ingenieros de la Armada Hiram Martin Chittendem tuvo que realizar, en el ejercicio de su profesión, una serie de trabajos en el parque de Yellowstone. Concretamente, construyó algunas carreteras y puentes, pero no es su perfil de ingeniero el que nos interesa, sino el de escritor, pues quedó tan maravillado por el lugar que incluso escribió un libro en 1895, titulado *The Yellowstone National Park*, que pretendía servir de hoja de ruta para todos aquellos interesados en visitar el parque. Es entre las páginas de este libro donde podemos encontrar ya una descripción muy detallada, bajo su punto de vista, de estos sonidos celestiales que él mismo había oído: "Se parecen al timbre de los cables del telégrafo o al zumbido de un enjambre de abejas que empieza lentamente en la distancia, creciendo con claridad hasta llegar a lo más alto, perdiendo intensidad después en la dirección contraria". Se dice que Chitteden era un hombre de lógica, números y ciencia, nada dado a especulaciones de corte supersticioso ni tintes mágicos y, en realidad, cuando nos describe el misterioso sonido en su libro, no encontramos ninguna alusión a causas paranormales. Solo da cuenta de un hecho y lo describe tal y como él lo percibió.

Pero Chitteden no fue el primero en escribir sobre ello ni sus impresiones eran originales, pues ya antes el biólogo Edwin Linton llegó a describirlo con los mismos términos y más matices. No sabemos, eso sí, si Chitteden conocía la obra científica de Linton y pudo basar su descripción en la de aquel. El biólogo publicó sus impresiones sobre este fenómeno sonoro en la prestigiosa revista científica *Science*, en 1893. El tema del artículo era inequívoco y abordaba directamente el asunto, empezando por el título "Overhead Rounds in the Vicinity of Yellowstone Park". Podemos leer: "Escuché un extraño eco en el cielo que se iba muriendo hacia el sur, a lo lejos, y me pareció un sonido que ya había estado haciendo eco durante algunos segundos antes de que llamara mi atención, así que me perdí el sonido inicial y solo escuché el eco". Linton le preguntó por la procedencia de este sonido a su guía, pero este no le supo dar ninguna explicación, tan solo le dijo que aquel sonido era el más misterioso de las montañas. El artículo continuaba: "Desde el principio pensé que no se trataba del viento. Su velocidad era bastante mayor que la del sonido. Tenía todas las características de un eco". En este punto Linton se preguntó, si es un eco, ¿un eco de qué? Al día siguiente volvió a ser testigo: "A la mañana siguiente, oímos el sonido alto y claro. Parecía empezar directamente desde lo alto y transcurrir cruzando el cielo, haciéndose cada vez más tenue hacia el sudoeste. Parecía más bien una resonancia metálica indefinida y ligera. Empieza o es primeramente percibida por encima de la cabeza, por lo menos, cerca de cada uno, y en un intento de fijar su localización, uno vuelve su cabeza hacia un lado y echa la mirada hacia arriba". Todavía volvió a oírlo una tercera vez. En esta ocasión, coincide en su descripción, remarcando la semejanza del sonido con la de los cables del telégrafo, que luego mencionaría Chitteden, y va más allá, comparándolo con el eco del sonido tubular de las campanas después de haber tocado varias veces. También nos cuenta que más o menos duró medio minuto y que se parecía al zumbido de un enjambre de abejas. Y no fue la última vez que lo oyó; en la narración de su siguiente encuentro con el ruido misterioso nos habla del viento, un detalle que ya había mencionado. Volvió a oírlo, pero a pesar de todos los detalles que anotó, de las direcciones, de las circunstancias meteorológicas, de los horarios, etcétera, siguió sin poder encontrar explicación a la pregunta que se había venido haciendo desde el principio: si se trata de un eco, (esta era su teoría), ¿era un eco de qué otro sonido inicial? Ya por ese entonces Linton concluía su artículo con la esperanza de que alguien investigara el fenómeno y pudiera dar pronto una explicación de su causa. En el mismo texto que escribió encontramos las impresiones del profesor Forbes, que estaba con él realizando unas investigaciones en el parque de Yellowstone y que llegó a describir la enigmática pieza sonora como la música de un arpa.

Con todos estos datos sobre la mesa, decidí ponerme en contacto con el personal de Yellowstone. Me atendió Rob Wood. Al parecer los trabajadores del parque nacional desconocen este tema o, si alguna vez han oído algún sonido, no le han prestado la misma atención que otros. Tampoco en la Asociación de Yellowstone parecen saber nada del asunto. Rob Wood me recomendó que contactase con Lee Whittlesey, el historiador del parque que, de hecho, es quien ha compilado el material bibliográfico que hace referencia a este asunto y el que más ha influido a la hora de divulgar el fenómeno de las misteriosas arpas celestiales del lago Shoshone de Yellowstone. Pero Whittlesey, que ha pasado treinta y cinco años trabajando en el parque y a quien le habría gustado oír aquellos sonidos sobre los que él había leído tanto en su labor de historiador, confiesa que jamás los ha escuchado, a pesar de haber acampado a conciencia tanto en el lago Shoshone como en otros lugares. Sin embargo, aunque en la actualidad no se encuentren testimonios, el historiador lo achaca a que en Estados Unidos la gente guarda estas cosas en secreto porque temen ser tachados de locos, al tiempo que asegura estar convencido de que los relatos ofrecidos por Linton, Forbes y Chitteden son absolutamente ciertos. Whittlesey está seguro de que los sonidos, de hecho, existen.

El supervolcán del fin del mundo
y los sonidos apocalípticos de Yellowstone

Al parecer los terremotos, los volcanes y los tsunamis podrían provocar este tipo de vibraciones sonoras. Pero si hay algo que destaca en el parque nacional de Yellowstone, y que tiene en vilo a muchos científicos, es el supervolcán, debido a la supercatástrofe que provocaría su erupción. Se trata de un volcán activo, que se sabe que ha erupcionado en varias ocasiones de forma muy violenta, y que podría volver a entrar en acción. Las más recientes fueron hace ciento cincuenta mil años, por culpa de las cuales se excavó lo que hoy es el West Thumb Lake. Una minucia como la explosión de vapor que tuvo lugar hace 13.800 años creó un cráter de 5 kilómetros de diámetro al borde del lago Yellowstone. Si, como dice la Biblia, una de las cartas de presentación del Apocalipsis será la de los sonidos que se oirán en todo el mundo, estremeciendo a la humanidad, habrá que estar atentos a los cielos, en especial a los del supervolcán de Yellowstone, que podrían recibir el chisporroteo de lava. Y es que si el volcán del Yellowstone decide explotar, su erupción activaría el 70% de los volcanes del planeta Tierra, con la consiguiente destrucción y catástrofe que ello supondría, no solo por el hecho de explotar, sino por las consecuencias naturales que se derivarían de esta convulsión geológica en el mundo.

EL *SHOFAR* Y LAS TROMPETAS DEL APOCALIPSIS

Mateo (24:31): "Y él enviará a sus ángeles para que el sonido de la trompeta congregue a los elegidos de los cuatro puntos cardinales, de un extremo al otro del horizonte". Algunas personas aseguran que los extraños sonidos del cielo son idénticos al de un *shofar*, un instrumento de viento labrado sobre el cuerno de un animal puro (*kosher*), bien conocido por los judíos, al que se ha llegado a llamar "la trompeta de Dios". En Yom Kipur, el final del periodo del arrepentimiento viene marcado por el sonido del *shofar*, tras el cual se cierran las puertas que dan acceso al siguiente año. Después de que la trompeta de Dios ha sonado, el que no haya expiado no podrá entrar y, por lo tanto, su nombre no estará en el libro de la vida. El *shofar* es mencionado en varios puntos de la Biblia, entre los que destacan los pasajes: I Co (15:52): "El *shofar* sonará y los muertos resucitarán", Ts (4:16): "Él descenderá del cielo con el sonido del *shofar*", Ap (1:10 y 4:1): "El sonido del *shofar* es como la voz de Dios" y "El *shofar* es tocado por las huestes celestiales".

CAPÍTULO 8

ESTIGMAS: LAS MARCAS DE DIOS

Extrañas heridas que recuerdan a las infligidas a Jesucristo durante su calvario y crucifixión laceran el cuerpo de algunas personas, en su mayoría fervientes creyentes cristianos. El enigma de las "llagas de amor", como las llamaba san Juan de la Cruz, llama la atención de propios y ajenos a causa del escándalo de la sangre. ¿Son auténticas expresiones de lo divino? ¿Burdos maquillajes? ¿Pueden autoinfligirse de forma subconsciente?

Los estigmas son marcas o lesiones similares a las que Cristo debió padecer en la crucifixión en manos, pies, costado y cabeza. Los creyentes las asocian con el fervor religioso y la santidad, mientras que los escépticos se inclinan por creer (al fin y al cabo, otra creencia) que se trata de fraudes relacionados con el fenómeno de la autolesión o manipulación deliberada. En realidad, la explicación no descansa en ninguna de estas dos posturas, pero antes de desvelarles el secreto, déjenme contarles acerca de este misterio. En el cristianismo, los estigmas son considerados un milagro de origen sobrenatural, ya sea este de naturaleza divina o diabólica. Recordemos que la Iglesia ha sido muy ambigua a lo largo de la historia sobre la delgada línea que separa la inspiración divina de la demoníaca, y si no, que se lo digan a Juana de Arco.

Estas heridas vendrían a ser un trasunto de las sufridas por Jesús de Nazaret durante su calvario y crucifixión, y por lo general vienen acompañadas de otros sufrimientos. Hasta la fecha, la Iglesia ha reconocido como verdaderos más de trescientos casos. Por lo tanto, estamos ante un hecho religioso que no puede entenderse fuera del sistema de creencias de la Iglesia católica. Por supuesto, un sujeto no familiarizado con el sistema de creencias cristiano, ni vinculado a él de ninguna manera, jamás experimentará estigmas ni tenemos constancia de ningún estigmatizado que no fuera muy creyente.

Los estigmas pueden manifestarse de forma visible, en forma de heridas, o pueden ser invisibles y solo manifestarse a través del dolor, pero siempre tienen una correspondencia con la pasión de Jesús, quien presumiblemente habría experimentado heridas en:

- Manos, muñecas y pies, a causa de los clavos de la cruz.
- Cabeza, a causa de la corona de espinas.
- Espalda, infligidas por la flagelación.
- Costado izquierdo, provocada por una lanza.

PADRE PÍO

Si dejamos a un lado a san Francisco de Asís y compañía, entre los casos más modernos y famosos de estigmatizados destaca el del padre Pío. Al parecer, en su niñez ya sufría de episodios descritos como "encuentros demoníacos", a raíz de los cuales vivió muchos años atormentado. Se cuenta que incluso le vieron pelear en más de una ocasión con su propia sombra. Ingresó de novicio a los dieciséis años y cobró repercusión y fama mundial a causa de los estigmas que sufría. Empezaron a manifestarse de forma invisible, pero muy dolorosa, en 1911, tornándose visibles en 1918. Era el primer sacerdote estigmatizado de la historia y la noticia corrió como pólvora. Las personas que ansiaban verle y besarle las heridas sangrantes —que según decían olían a flores— se contaban por miles. La Santa Sede, recelosa, mandó a Agostino Gemelli —experto franciscano y doctor en medicina— a investigar el asunto. Gemelli afirmó que aquellas heridas no tenían nada de sobrenatural y eran de origen neurótico, una explicación de lo más probable dermatológica y psiquiátricamente hablando. No obstante, la controversia en torno a sus heridas jamás dejaría de perseguirle. Contradiciendo los informes de Gemelli, encontramos los de otros médicos. El doctor Luigi Romanelli, médico director del hospital de Barletta, en la provincia de Bari, emitió el siguiente informe, fechado el 20 de noviembre de 1920, que reproducimos a partir de la traducción de Carmen, en su obra *Misterios de la Iglesia*, publidada en el año 2011:

> El padre Pío lleva un corte incisivo en el quinto espacio intercostal izquierdo, de siete a ocho centímetros de longitud, paralelo a las costillas. De profundidad

grande, pero difícil de comprobar y del que mana, en abundancia, sangre arterial. Los bordes de la llaga, de corte neto, no están inflamados y son muy sensibles a la menor presión. Las lesiones de las manos y de los pies se hallan recubiertas por una membrana de color rojo oscuro, sin ningún edema ni reacción inflamatoria. Presionando con los dedos, por los dos lados de la palma y del dorso de la mano, dan sensación de vacío. Durante quince meses he hecho quince visitas al padre Pío, y aunque he notado algunas modificaciones, no he logrado dar con la fórmula clínica que me autorice a clasificar estas llagas.

A modo de conclusión, Romanelli excluía que la etiología de las lesiones del padre Pío fuera de origen natural y anunciaba que el agente productor había de buscarse en lo sobrenatural, ya que el hecho era un fenómeno inexplicable desde la ciencia humana. La curia, no contenta con el cruce de opiniones médicas, decidió enviar al doctor Amico Bignami, profesor de Patología General de la Universidad Central Italiana, cuyo informe, fechado el 26 de julio de 1919, le daba la razón a su colega Gemelli. Claro que Gemelli había escrito un tratado para demostrar que todos los estigmatizados de la historia —a excepción de san Francisco de Asís y santa Catalina de Siena— eran unos farsantes: "El estado fisiológico del enfermo es normal. Las heridas que muestra en el tórax, manos y pies han podido empezar por necrosis neurótica múltiple de la piel. Han podido completarse por un inconsciente fenómeno de sugestión y pueden ser mantenidas artificialmente por el ácido yodhídrico de la tintura de yodo que se da el enfermo y que, con el tiempo, llega a ser, aunque algunos médicos lo ignoren, fuertemente irritante y cáustico...".

El padre Pío siguió perdiendo 100 gramos de sangre al día, pero su fama ganaba miles de seguidores que llegaban a las puertas del templo con la esperanza de verlo. En los corrillos de la Iglesia, algunos lo acusaron de autolesionarse, aludiendo haber descubierto en su celda ácido nítrico para provocarse las heridas y frascos de perfume para rociarse del beatífico aroma que todos aducían que desprendían sus heridas. Otros, incluso, llegaron a insinuar que esas heridas que él mismo se provocaba con ácido nítrico eran para disimular la sífilis que padecía. El Santo Oficio le prohibió oficiar y lo condenó a mantenerse encerrado en su celda. Nadie, salvo los expresamente autorizados, tenían permiso para relacionarse con él.

Mientras tanto, los ataques "demoníacos" le seguían aterrorizando, ante el pánico de sus compañeros, que oían ruidos en su celda y al día siguiente la encontraban destrozada, conformando un escenario dantesco de papeles rotos, tinta manchando las paredes, ropa tirada por el suelo, arañazos y cardenales por todo su cuerpo. Al más puro estilo de la película *Stigmata*, el padre Pío era percibido como un ser que, por estar tan próximo al estado místico y la divinidad, atraía la mirada del diablo. En sus cartas dejó escritas unas palabras estremecedoras. Volvemos a recurrir a la versión recogida por Carmen Porter:

> Belcebú no quiere darse por vencido. Ha tomado todos los aspectos. Desde hace varios días me visita con sus satélites, que esgrimen palos y utensilios de hierro. ¡Cuántas veces me tengo que arrojar de la cama y arrastrarme por la habitación! Es capaz de presentarse hasta disfrazado de capuchino y con el rostro del más querido amigo. Lo sé por experiencia.

Las palabras del monje capuchino apuntan a cuadros de psicosis, esquizofrenia, delirio paranoide. La Iglesia lo llama... Milagro. La crónica de sufrimiento del padre Pío fue documentada por su confesor, Emmanuel Brunatto —quien se había convertido milagrosamente al cristianismo tras entrevistarse con él—, monseñor Sebastiano Cuccarollo, obispo de Bivino, y el alcalde de San Giovanni. Cientos de fervorosos seguidores le apoyaron hasta el punto de lograr que el Santo Oficio se tragara el decreto y volviera a rehabilitarlo. De vuelta a la cancha pastoril, los devotos se agolpaban para hablar con él. Las historias acerca de los milagros que obraba en los demás crecían. Al final, y transcurrido un tiempo después de su muerte, lo cierto es que la Iglesia católica halló evidencias para su santificación. Entre los dones del estigmatizado, según sus fieles, se encontraban las curaciones milagrosas, la bilocación, los mencionados estigmas, el perfume a santidad (incienso, flores, etc.) y la capacidad de leer la mente de las personas.

Teresa Neumann

Teresa Neumann no tuvo una vida fácil. A finales del siglo XIX, y contando solo con catorce años, esta joven, que era la mayor de diez hermanos a los que seguramente le tocaba cuidar como si fueran sus hijos, trabajaba de sol a sol y sin descanso en una granja agrícola. En 1918 se produjo un incendio en la aldea en el que le tocó arrimar el hombro, como a todos los vecinos, para tratar de extinguir las llamas a base de calderos de agua. Tras dos horas de extenuante esfuerzo le sobrevino un fuerte dolor en la espalda que la obligó a permanecer en cama, sin poder mantenerse en pie ni doblarse.

Aquel día empezó el declive físico: llagas, parálisis, apendicitis, sordera, ceguera… Parecía que todas las enfermedades se estuvieran cebando con ella. Los primeros estudios médicos que le realizaron indicaban que padecía histeria grave con ceguera y parálisis cerebral.

Entre los síntomas que más impresión producían se hallaba el de los ojos, que no cesaban de sangrar. Teresa empezó a tener visiones de la pasión de Cristo y, poco después, a presentar dolorosas marcas en sus manos, pies, costado y cabeza. Se contaban por cientos los peregrinos que acudían a su casa para verla y pedirle ayuda espiritual. Neumann se convirtió en objeto de gran atención por parte de la Iglesia católica y de la opinión pública en general. Sin embargo, también hubo críticas y escepticismo en torno a sus afirmaciones. Algunos argumentaron que sus estigmas podrían haber sido causados por una enfermedad o por la sugestión y otros señalaron que su comportamiento y sus visiones no siempre eran coherentes con las enseñanzas de la Iglesia católica.

Teresa experimentó algunas curaciones fugaces que sus familiares y seguidores calificaron de milagrosas. Por ejemplo, recuperó la vista y se curó de una úlcera que supuraba mucho al aplicarse unos pétalos de rosa. Los médicos explicaron estas súbitas recuperaciones por el poder del efecto placebo, ya que todas sus enfermedades eran psicosomáticas o producidas por la sugestión. Las condiciones físicas y mentales en la que se hallaba la joven eran lamentables, como lamentables eran la carga de trabajo y estrés que Teresa había tenido que soportar, con el agravante del telón de fondo de la Primera Guerra Mundial, y que fueron seguramente las que la llevaron al colapso aquel fatídico día. Sencillamente no podía más. Bajo mi punto de vista, fue la forma en la que su inconsciente se estaba expresando, harto de labrar, sembrar, cosechas, cargar sacos de 75 kilos... Al final de la maratoniana jornada, aquellas dos horas extra intentando sofocar un incendio terminaron de romper la cuerda que tanto había estirado.

En 1925, la Iglesia católica inició una investigación encabezada por el doctor Seidl de Waidssassen para comprobar la veracidad de un curioso hecho: Teresa Neuman no comía. ¿Era el ayuno real o ficticio? Cuatro monjas colaboraron en la investigación, vigilando a la mística día y noche, sin separarse ni un segundo de su lado. En su informe, y recurriendo por última vez a la versión de Porter, Waidssaden anotó:

> *Ingesta*. Cada día una partícula de hostia; suponiendo que desde el 14 al 18 de julio haya tomado en total tres hostias enteras, se llega a un peso total de 0,39 g. Además de la hostia ingiere cierta cantidad de agua, aproximadamente 3 c.c. diarios, o sea 45 c.c. en total. Han de agregarse 10 c.c. perdidos durante la limpieza de la boca, pero en tales condiciones que existe la seguridad de que no se han absorbido íntegros.
>
> *Excreta*. Durante los quince días de la observación, Teresa no hizo una sola deposición; unos días más tarde expulsó aproximadamente el contenido de una cucharada de materias fecales. La cantidad total de orina emitida se eleva a 525 c.c. En dos ocasiones tuvo vómitos casi exclusivamente de sangre deglutida.

No saldría viva de aquel tormento... Moriría al poco tiempo sumida en una terrible agonía.

¿Solo cosa de cristianos?

Quizá el personaje con estigmas más famoso de la historia es san Francisco de Asís, pero existen muchos otros alrededor del mundo. Entre los casos más recientes y polémicos encontramos el de Amparo Cuevas, la vidente iluminada que aseguraba que se le había aparecido la Virgen bajo la advocación de la Virgen de los Dolores en un fresno de El Escorial. Esta mujer, fallecida recientemente, fue tan adorada como vilipendiada. Alrededor de esta señora humilde y casi analfabeta surgieron varias sociedades en forma de fundaciones y asociaciones. Los que apoyan el movimiento de las llamadas "apariciones de El Escorial" aseguran que Amparo Cuevas era una mujer con capacidades psíquicas extraordinarias, que en realidad había visto a la Virgen y que las fundaciones y asociaciones relacionadas con ella llevan a cabo una labor encomiable de ayuda y solidaridad, cuidando de ancianos y personas enfermas, entre otros.

Hacia esta vertiente de pensamiento se inclina el periodista José María Zavala, quien escribió un libro sobre las apariciones de El Escorial, fruto de sus propias investigaciones (*Las apariciones de El Escorial. Una investigación*). Sin embargo, también se han alzado muchas voces de denuncia, de manera que incluso existe una Asociación de Víctimas de las Supuestas Apariciones del Escorial, apoyada, entre otros, por los argumentos del psiquiatra Francisco Alonso Fernández. Algunos psiquiatras expertos, como él, advierten que miles de personas esquizofrénicas, con alucinaciones místicas, acuden a El Escorial y que, sin duda alguna, este tipo de alucinaciones son de las más peligrosas. Mientras algunas personas aseguran que las agrupaciones de El Escorial contribuyen a empeorar la salud mental y la integridad de las personas, otras tantas afirman que cientos de personas se curan de forma milagrosa. ¿Será la curación obra de la Virgen o resultado de un mero efecto placebo? Y hablando de placebo, ¿no serán los estigmas un efecto placebo/nocebo?

La postura de la Iglesia católica es ambigua, porque si bien algunos de los más famosos estigmatizados fueron canonizados tras su muerte, lo cierto es que en vida no gozaron de mucho apoyo eclesiástico, sino que fueron objeto de rechazo, prohibiciones, calumnias y aislamientos. Aun así, la Santa Sede afirma que hay estigmas auténticos y que su origen es divino. Fuera del seno de la Iglesia católica, la realidad es que los estigmas no son considerados como manifestación de Dios en ninguna otra religión, ni se presentan, o cuando suceden, no se expresan con símbolos cristianos ni cumplen las características propias del estigma.

En esta línea nos encontramos con el extraño caso de un niño de una familia musulmana que vivía en la remota región de Dagestán, al sudoeste de Rusia. Por aquellos entonces, el bebé, llamado Ali Yakubov, tenía estigmas, versos del Corán en sus piernas —es decir, no eran heridas sangrantes propiamente dichas—, y a pesar de que la familia no era muy religiosa y al principio pensaron que se trataba de marcas de nacimiento, con el tiempo se dieron cuenta de que en realidad eran letras en árabe y se podía leer en ellos párrafos completos del Corán. Lo más fascinante de todo es que estas frases se borraban, y después aparecían otras nuevas. Los padres afirmaban que la víspera de la aparición del estigma el bebé lloraba con desconsuelo y tenía fiebre. Una vez que las frases aparecían de nuevo, al amanecer, el bebé se tranquilizaba. La madre, Madina Yakubov, aseguraba que el bebé sufría muchísimo.

Mientras los servicios de protección al menor alertaban en su día de que podía tratarse de un fraude, señalando que esas marcas podían realizarse químicamente, el portavoz de la iglesia musulmana del Cáucaso, Ismail Berdyev, dijo que se trataba de mensajes de Alá dirigidos a los escépticos. ¿Se refería también con escépticos a personas con advocaciones religiosas distintas? Esto fue lo que dijo, según declaraciones recogidas por el periódico *El Pensante*: "Deben verlo todos. Es el mensaje de Alá. Nosotros, los musulmanes, lo comprendemos. Deben comprenderlo también los escépticos". Para añadir más leña al asunto, aunque los padres se negaron a realizarle pruebas dermatológicas al bebé, los medios rusos afirmaron que el pequeño había nacido con una enfermedad coronaria y parálisis cerebral espástica, y que cuando empezó a tener los estigmas se curó de forma milagrosa.

En medio de la polémica, el humilde hogar del niño se convirtió en un centro de peregrinación y hasta el *Daily Telegraph* y agencias de noticias tan prestigiosas como *Reuters* hicieron eco de la noticia, asegurando que el niño recibía dos mil visitas diarias de peregrinos. Fueran ciertos o falsos sus estigmas, la cuestión es que el caso de Ali Yabukov era excepcional porque, como muy bien notaban los periodistas en su momento, no era común encontrar este tipo de "milagros" en contextos no cristianos.

Ciencia vs. Fe

Ian Wilson, autor de *The Bleeding Mind: an investigation into the Mysterious Phenomenon of Stigmata*, aseguró que los estigmas eran autoinducidos, y que se daban entre personas que sufrían un alto nivel de estrés y se volcaban en la oración fervorosa. El tratado Fitzpatrick de Dermatología en Medicina General considera los estigmas como una entidad patológica denominada púrpura psicógena —o síndrome de Gardner-Diamond— y los incluye como caso extremo dentro de una larga serie de afecciones de la piel que poseen un desencadenante psicológico, englobadas bajo la tabla taxonómica de la dermatitis artefacta: "El fenómeno más dramático e interesante es la aparición de estigmas en las manos y en los pies de los fanáticos religiosos, principalmente en época de Pascua. Esta entidad se denomina síndrome de púrpura psicógena, y el pilar fundamental del tratamiento es el apoyo psiquiátrico".

No todos los sangrados son fruto del síndrome de púrpura psicógena. Puede haber muchos otros diagnósticos bajo el árbol de la dermatitis artefacta. Por ejemplo, un equipo de científicos, encabezado por Sauceda García, publicó en la *Revista Médica IMSS* un artículo titulado "Sangrado psicógeno con estigmatización religiosa en una prepúber", en el que daban cuenta de un caso de estigmas donde se había descartado la afección por púrpura psicógena, pero seguía tratándose de un caso de estigmas de origen psíquico. El informe del caso decía:

> El sangrado de origen psíquico ha sido poco investigado debido a lo inusitado del trastorno. La estigmatización religiosa es aún más infrecuente, especialmente en niños. Aquí informamos de una niña prepúber de nueve años, quien presentó varios episodios de sudación con sangre en piel y mucosas, asociados con estados de ansiedad y sin lesiones previas. Algunos de estos episodios se manifestaron en forma de estigmas religiosos en las palmas de las manos, plantas de los

pies y región frontal, como corona de espinas. También hubo sangrado procedente de la pared vaginal y el tubo digestivo alto [...]. Era improbable que el sangrado fuera autoinducido. La posibilidad de púrpura psicógena fue descartada, así como la de trastorno facticio. La paciente era una niña tímida con rasgos obsesivos y ansiosos, la menor de dos hijos de una familia nuclear de clase trabajadora residente en el estado de México. Las relaciones con su hermano de quince años eran conflictivas. Su madre era una mujer deprimida y obsesiva. El matrimonio de sus padres era disfuncional y las relaciones familiares de tipo amalgamado. La familia era católica, pero no especialmente religiosa. Los episodios de hematidrosis fueron mantenidos en secreto e interpretados como de naturaleza milagrosa. Después de un tratamiento con psicoterapia individual y familiar, el sangrado fue cada vez menos frecuente y finalmente desapareció.

LA DERMATITIS ARTEFACTA PUEDE DESEMBOCAR EN SUICIDIO

La dermatitis artefacta, también conocida como dermatitis facticia o dermatosis autoinfligida, se refiere a una condición en la que las personas crean o inducen conscientemente lesiones o síntomas en su propia piel. Se considera un trastorno psicológico en lugar de una afección dermatológica primaria.

Las personas con dermatitis artefacta suelen tener una condición psicológica o psiquiátrica subyacente, como trastorno límite de la personalidad, depresión, trastornos de ansiedad o trastornos somatomorfos. El acto de autoinfligir lesiones o síntomas en la piel puede servir como un medio de comunicación para buscar atención o hacerle frente a la angustia emocional. Las lesiones o los síntomas creados pueden variar en apariencia y distribución y a menudo no siguen patrones dermatológicos típicos.

Diagnosticar la dermatitis artefacta puede ser desafiante, ya que la condición se basa en la historia del paciente y una evaluación exhaustiva realizada por un profesional de la salud. Es esencial descartar otras posibles causas de las lesiones en la piel mediante un examen físico, pruebas de laboratorio y, a veces, biopsias de piel.

El tratamiento de la dermatitis artefacta implica un enfoque multidisciplinario que incluye intervenciones psicológicas y dermatológicas. La evaluación psiquiátrica y la terapia, como la terapia cognitivo-conductual o la terapia psicodinámica, pueden ayudar a abordar los problemas psicológicos subyacentes y proporcionar mecanismos de afrontamiento más saludables. Además, los dermatólogos pueden brindar atención de apoyo, educación sobre la salud de la piel y estrategias para prevenir más daño autoinfligido.

Es importante abordar a las personas con dermatitis artefacta con empatía y comprensión, ya que la condición a menudo está asociada con angustia emocional subyacente. La colaboración entre profesionales de la salud mental y dermatólogos es fundamental para manejar esta condición compleja.

HEMATOHIDROSIS

Así llaman los médicos al rarísimo fenómeno de sudar sangre, y cuya causa no es segura, aunque algunos científicos
sospechan que se produce en casos en los que el individuo
experimenta situaciones de tensión, presión y estrés extremo. En determinadas sociedades tribales, el fenómeno se
atribuye a un maleficio de los espíritus.

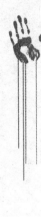

FILMOTECA

Stigmata es una película de suspenso y horror, lanzada en
1999 y dirigida por Rupert Wainwright. El argumento de
la película gira en torno a Frankie Paige, interpretada por
Patricia Arquette, una joven mujer que comienza a experimentar fenómenos inexplicables y aterradoras heridas similares a las de la crucifixión. La historia aborda temas de
fe, espiritualidad y la lucha entre el poder institucionaliza-
do y la búsqueda de la verdad personal. La película plantea
preguntas sobre la relación entre la religión y la experiencia
individual, así como sobre los límites de la ciencia y la comprensión humana. A medida que la trama se desarrolla, se
exploran elementos sobrenaturales y de suspenso, creando
una atmósfera de tensión y misterio.

CAPÍTULO 9
FAROS EMBRUJADOS

La luz que los navegantes anhelan ver en su viaje de regreso a casa alumbra el camino en mitad de la marea. Los faros llevan guiando al hombre desde la Antigüedad, sin dejar de hacer señales a tierra. Algunas de estas torres luminiscentes guardan en su interior la memoria del agua y algo más: historias terribles de embrujos y fantasmas.

Estados Unidos encabeza el *ranking* de países con los faros más embrujados del mundo. El espíritu americano, lejos de avergonzarse ante las historias de fantasmas, se esfuerza por investigarlas, documentarlas y divulgarlas, incluso a través de órganos turísticos estatales, consciente de que pertenecen al patrimonio oral de la nación. Gracias a esa valiosa labor de rescate, sabemos que los faros son algo más que meras balizas marítimas y guardan historias tan fascinantes como espeluznantes. Crímenes sin castigo, fantasmas, muertes inexplicables, tragedias, fenómenos *poltergeist* y habitáculos prohibidos, como el de la famosa "habitación del norte" de la casa del guardián del faro de Currituck, que lleva alumbrando oleajes desde 1875.

Su aspecto, todo un ejemplo de arquitectura gótica victoriana, no lo deja a uno indiferente. Hubo un tiempo en el que estuvo ocupado por distintas generaciones de fareros que vivían en la casa habilitada para los guardianes de estas luminarias. La familia de la pequeña Sadie Johnson fue la primera en vivir al pie de faro. Su habitación era la conocida como "la habitación del norte". Un día, la niña no volvió a casa y sus padres se lanzaron a una búsqueda desesperada. Al día siguiente encontraron su cadáver en la orilla. Se había ahogado. Ya no habría más juegos en la arena junto a la playa.

Por aquellos entonces, todos asumieron que había sido un accidente y nada más, pero a la muerte de Sadie le seguiría un reguero de fallecimientos que darían paso a la leyenda negra del lugar. La siguiente víctima fue una amiga de la esposa del guardián, que había acudido de visita. Se quedó a dormir en la "habitación del norte", y sin saber cómo ni por qué, cayó enferma. Nadie supo qué afección la estaba arrastrando en su agonía y lo cierto es que murió sin que nadie pudiera desvelar el secreto de su misteriosa enfermedad. También falleció en aquella misma habitación otra mujer, la esposa del último farero que vivió allí, tras un largo periodo de confinamiento y cuarentena, a causa de la tuberculosis. ¿Casualidad o maldición?

Sea como fuere, el faro de Currituck figura como uno de los lugares más encantados de toda la región de Outer Banks, pues, según aseguran, hay pocas personas capaces de resistir el zarpazo espectral que se siente al entrar en "la habitación del norte". Hoy en día las luces del faro iluminan la costa de forma automática. Sin embargo, algunos técnicos de mantenimiento que acudieron a realizar trabajos en la casa e ignoraban la historia del lugar se negaban a entrar en el cuarto maldito y no terminaban de sentirse a gusto. Una especie de inquietud irracional les robaba la calma y les hacía evitar la recámara maldita.

En la actualidad, el faro de Currituck está abierto al público, recibe visitas y otea los eventos que se organizan a su idílico alrededor. Sin embargo, muchos visitantes rehúsan entrar en esa misma habitación, que también permanece abierta y que siempre parece sumida en las tinieblas. Sienten que una presencia hostil impregna la estancia. Algunos están convencidos de que es el espíritu de la pequeña Sadie, la niña que murió ahogada en los brazos del mar. Otros aseguran que Sadie fue tan solo una víctima del "verdadero" fantasma del faro de Currituck, un espíritu maléfico identificado con el alma del mismísimo faro. Atrás quedaron los tiempos en que allí se prendía la llama con aceite y el mecanismo de rotación era manual, y requería de un sistema de pesos que el farero había de mover cada dos horas y media para que los haces de luz parpadeasen. Ninguna otra familia ha vuelto a vivir allí, y tal vez sea lo mejor.

Los fantasmas del faro de Owls Head

La revista *Coastal Living* lo situó a la cabeza de la lista de los faros más encantados de Estados Unidos y tenía motivos para hacerlo. Según rezan los testimonios, se encuentra habitado por varios fantasmas, dos de ellos bien conocidos por los lugareños. Se trata de la "Pequeña Dama" (Little Lady)

y el fantasma del guardián del faro. La Pequeña Dama suele aparecerse en la cocina de la casa del farero o asomada
a la ventana. Le gusta hacerse notar a través de diversos
fenómenos *poltergeist* de lo más perturbadores: portazos
inexplicables sin que nadie pueda achacarlos al viento y
traqueteo de cubiertos que parecen bailar solos. A pesar de
estas manifestaciones tan notorias, los que la conocen aseguran que la Pequeña Dama no es un espíritu maligno, sino
muy al contrario, un ser que desprende un gran sentimiento
de paz cuando hace acto de presencia. El fantasma del guardián del faro, por su parte, se niega abandonar la luminaria.
Dicen que volvió de la tumba para seguir cuidando la torre.
Según un artículo con buenas fuentes bibliográficas de una
asociación de amigos de los faros (www.lighthousefriends.
com), el historiador Bill O. Thompson dijo en una ocasión
que, cuando llueve o nieva, aparecen unas extrañas pisadas
de botas enormes en el suelo. Es fácil seguirlas por la rampa,
en dirección al faro. Lo curioso es que, al llegar allí, uno se da
cuenta de que alguien ha pulido el latón y limpiado las len-
tes. "El farero típico que solía vivir allí en otros tiempos era
un devoto trabajador", dijo Thompson, "amaba su faro y no
quería que le pasara nada. Es normal, los fareros sabían que,
si algo fallaba, si se rompía el mecanismo o no funcionaba
como debía la luz, podía ocurrir un desastre. Así que nunca
querían dejar su puesto. Creo que a veces, cuando mueren,
sus espíritus se quedan", probablemente, para seguir cuidando de su amado faro.

Una de las preguntas más frecuentes que las familias que
han vivido junto al faro se han hecho es: ¿quién está durmiendo en mi cama? Al parecer, los moradores sentían cómo
alguien se sentaba o tumbaba junto a ellos, pero cuando mi-
raban, ¡no había nadie! Un escalofrío indescriptible recorría

entonces todo su cuerpo. Es un fenómeno que, de acuerdo con los testimonios, no ha dejado de repetirse. El más documentado fue el de Denise Germann, la esposa de uno de los vigilantes del faro. Germann trabaja en el Camden National Bank y en el 2006 relató lo que había vivido en Owls Head, en la primera mitad de la década de los ochenta, durante la cual pasó cinco años de su vida habitando el faro.

Todo empezó, dicen, una oscura noche de tormenta, coincidiendo con una época en la que estaban realizando unas obras de renovación y acondicionamiento del faro y la casa. "Acabábamos de irnos a la cama. Podía oír cómo aullaba el viento". Su marido, Andy, se levantó de la cama para cerciorarse de que los materiales de construcción que había en el exterior estaban asegurados. "Yo me di la vuelta hacia mi lado de la cama y entonces sentí que él había vuelto al lecho". Germann le preguntó a su marido qué tal le había ido con los materiales de la obra, pero no obtuvo respuesta. Entonces se dio la vuelta, pero allí no había nadie, y lo más escalofriante de todo era que "había una huella de un cuerpo junto a mí y esa forma que se dibujaba sobre el colchón se estaba moviendo. La cosa es que no me asusté. Soy una persona bastante realista y práctica. No bebo ni tomo drogas". Realmente Germann reaccionó como solo una persona valiente lo habría hecho. Le pidió a aquella cosa invisible que se había tumbado junto a ella en la cama y se estaba moviendo que la dejara dormir tranquila: "Para, estoy tratando de dormir", le dijo. En su relato aseguró que tenía certeza de lo que vio: "Estoy segura de que no fue un sueño".

Pero la historia no acabó ahí. A la mañana siguiente, cuando el matrimonio se despertó, se dijeron el uno al otro al unísono: "Anoche me pasó una cosa rarísima". Prácticamente se pelearon por ver quién de los dos contaba su anécdota primero. Lo que le pasó a Andy fue que, cuando se levantó de la cama en mitad de la noche, vio "una nube de humo flotando sobre el suelo yendo hacia él, le atravesó y se metió en nuestra habitación", rememoraba Germann. Andy pensó que se estaba quemando algo, así que inspeccionó toda la casa en busca del foco del fuego, pero no encontró nada.

A finales de los ochenta, otro matrimonio se trasladó a vivir a Owls Head. Malcom Rouse, así se llamaba él, también tenía un catálogo de experiencias sobrenaturales que exponer en relación con su estancia en aquel lugar. "Mi esposa siempre decía que, si mirabas hacia la habitación, la que da hacia Rockland, se podía ver la silueta de una persona vestida de blanco". Parece que la esposa de Rouse no era la única sensitiva de la familia. Su hijo, Willie, se despertaba muchas veces en mitad de la noche y veía a una mujer sentada en la silla. Una vez, Rouse iba en mitad de una tormenta de nieve con un guardacostas de camino al faro para encenderlo, cuando vieron unas huellas que desaparecían justo a mitad de camino. Les pareció absolutamente asombroso.

El matrimonio compuesto por Kevin y Jodie Stancliff, de los más recientes en morar allí, también manifestaron ciertos hechos que, a su juicio, eran, cuanto menos, extraños. Se referían a bombillas que se estropeaban sin estar aparentemente fundidas en el mecanismo, sonidos extraños y un termostato que se ajustaba solo, sin que ellos lo manipularan, como si alguien estuviera regulando la temperatura a su gusto. Por su parte, el encargado del muelle de pesca de Rockland, Al Gourde, recordó una vez en la que su cuñada estaba de visita y ambos vieron una calabaza de plástico de Halloween girando sobre sí misma, en el suelo, durante un minuto. Gourde también recordó que en los años setenta su mujer sintió que alguien la tocaba en la cama, y no era precisamente la mano de su marido.

Existe otro dato interesante relativo a una niña que, al ser menor de edad, mantendremos en el anonimato. Esta niña vivía en el faro con sus padres, los guardianes de la luz. La pequeña contaba con tres años cuando sus padres la sorprendieron hablando de un viejo marinero que se paseaba por los alrededores de Owls Head: un hombre, un amigo imaginario que solo ella podía ver, con el que siguió hablando durante muchos años, y que le avisaba en las noches de peligro para que le dijera a su padre que debía poner la alarma de niebla.

Las extrañas desapariciones de Great Isaac Cay

En 1969, los fareros que cuidaban el faro de Great Isaac Cay desaparecieron sin dejar rastro. La torre, situada en una pequeña isla de las Bahamas, un área de influencia del denominado Triángulo de las Bermudas, se encuentra en ruinas. La casa de los guardianes, la cisterna y otros edificios anexos también se encuentran en estado de total abandono. El motivo por el que se erigió este faro en 1859 fue sencillo: la zona era muy peligrosa y acumulaba ya demasiados naufragios. Fue precisamente a causa de una de estas zozobras decimonónicas cuando toda la tripulación de un barco pereció entre las garras del mar. Solo logró salvarse una niña, y dicen que el espíritu de su madre vaga en las noches de luna llena, aullando de dolor. Se la conoce como La Dama de Gris.

¿Cuentos de marineros para no dormir? Tal vez. Lo cierto es que los fareros que a finales de los años sesenta se trasladaron a trabajar allí no se amilanaron. ¿O tal vez sí? Quién sabe lo que vieron sus ojos durante los años que estuvieron trabajando en ese lugar, pero un buen día, quizá el último día de sus vidas, sí que vieron algo realmente extraño, y así quedó constatado en los archivos oficiales. Vieron unas luces extrañas de movimiento errático. ¿Qué era aquello? No lo sabían, pero empezaron a mandar informes sobre el evento. Tras recibirlos, los guardacostas intentaron comunicarse con ellos. Nada. Sin respuesta. ¿Por qué no respondían los fareros? Extrañados y preocupados, enviaron un buque a investigar los hechos y averiguar qué estaba pasando. La embarcación arribó el 4 de agosto de 1969, pero allí no había nadie. Los guardianes del faro se habían esfumado. Todo estaba intacto. No faltaba nada. Allí seguían todos sus efectos personales, la comida, la ropa... ¿Y ellos?

¿Qué pudo haberles sucedido a estos dos hombres? Algunos piensan que pudieron perecer por los envites del huracán Anna, que al parecer pasó muy cerca del allí durante los días 1 y 2 de agosto de 1969. Pero si se desencadenó una tormenta tan fuerte, ¿por qué decidieron abandonar la seguridad y protección que les brindaba el faro? ¿Por qué se expusieron saliendo? Otros aseguran que fueron víctimas de las misteriosas fuerzas del Triángulo de las Bermudas, mientras que algunos se decantan por la teoría de la abducción extraterrestre. Existen ciertos rumores de que la Oficina de Inteligencia Naval mandó un equipo un tanto bizarro a investigar la zona, compuesto por científicos y ufólogos. ¿Qué esperaban encontrar? ¿Sospechaban algo? ¿Disponían de información privilegiada?

Después de aquello fue difícil encontrar otros fareros dispuestos a permanecer en la solitaria isla y justo al año siguiente lo automatizaron. Estuvo funcionando hasta el 2000. Si alguno quiere visitar el área, necesitará agenciarse un bote para recorrer las 20 millas que la separan de la North Bimini Island. Podrá recorrer todo el complejo en ruinas, pero le será imposible subir al faro, pues las autoridades cegaron las escaleras interiores para bloquear el acceso.

En la costa escarpada, erguidos y valientes, permanecen los faros, centinelas imponentes, testigos del tiempo, iluminando el firmamento de la vasta oscuridad. Majestuosos, desde su torre, sus destellos parecen suspiros en el mar. El sendero luminoso, la melodía que llama a la travesía segura. Sus muros todavía guardan historias, secretos y tempestades.

OTROS FAROS ENCANTADOS

St. Simons, St. Simons Island, Georgia

En 1880, el guardián de este faro de ciento veintinueve escalones, Frederick Osborne, tuvo una discusión de dimensiones titánicas con su asistente en el cargo, John Stevens. La cosa acabó en tiroteo. El muerto resultó ser Frederick, pero John jamás fue acusado de asesinato y continuó cuidando del faro como si nada. Cuenta la leyenda que John empezó a volverse un poco loco porque oía los pasos de Frederick, y dicen que todavía anda por allí, clamando justicia. Con el paso de los años, otras personas dijeron haber escuchado extrañas pisadas invisibles.

Point Sur, Big Sur, California

Su romántica luz lleva apuntando al mar desde 1889, erguido sobre una roca volcánica desde donde se otean los espectaculares paisajes de Big Sur. Su fantasma ha sido identificado como un hombre de aspecto decimonónico ataviado con su uniforme de farero.

Big Bay Point, Big Bay, Michigan

Aquí había fantasmas, pero ya no los hay porque los echaron. Al parecer el espectro del antiguo farero, William Prior, insistía en seguir ayudando a los nuevos inquilinos a cuidar del lugar, hoy convertido en un romántico complejo hotelero con spa y chimenea. William se tiró ciento cincuenta años vagando por allí, pero una noche en la que se manifestó abriendo y cerrando las puertas de la cocina de forma violenta, acabó con la paciencia de Linda Gamble, la gobernanta, que se despertó de muy mal café con aquel escándalo. Fue ella la que le echó de malas maneras. Desde entonces, ya nadie ha vuelto a saber de William, ¡ni de los otros cinco fantasmas que solían pulular por allí! Y es que a veces los vivos dan más miedo que los muertos.

White River, Whitehall, Michingan

Las historias sobrenaturales de White River nos cuentan que el espíritu del capitán William Robinson, el primer guardián del faro que estuvo allí sirviendo durante cuarenta y siete años y murió en el edificio, habita el lugar. La forma en la que se deja sentir es a través de los misteriosos pasos que ascienden por las escaleras cuando, de hecho, no hay nadie en ellas. La comisaria del museo que hoy acoge este faro dice que, si deja un trapo cerca de alguna urna de exhibición, cuando vuelve se encuentra con que el trapo ya no está allí y alguien le ha quitado el polvo a la urna. Algunos dicen que esta maniática de la limpieza no es otra que Sarah, la difunta esposa de William Robinson.

Heceta Head, Yachats, Oregon

En Heceta Head vive el fantasma de una mujer llamada Rue, también apodada como la Dama de Gris, por la apariencia que cobra cuando se deja ver. A Rue no le gustan los cambios y odia las obras y remodelaciones. Cuando quiere llamar la atención provoca ciertos fenómenos *poltergeist*, revolviendo objetos y haciendo sonar la alarma de incendios. Una vez un trabajador se la encontró en el ático y, al parecer, se asustó tanto que no quiso volver a entrar allí jamás. Ni si quiera pudieron convencerle de que recogiera los cristales de la ventana que él mismo había roto. Entonces otro trabajador descubrió que alguien había barrido los cristales y los había dejado amontonados en una pila.

Boca Grande, Gasparilla Island

Los trabajadores de este faro abierto al público aseguran que, si uno se da una vuelta por allí en las noches, se encuentra con "cosas raras", normalmente con el fantasma de la joven hija de un antiguo farero que falleció en el edificio y a la que todavía se puede escuchar riendo y correteando por las escaleras de la torre. También deambula por la arena el cuerpo sin cabeza de Josefa, una supuesta princesa española que fue decapitada por un pirata.

Point Lookout, Scotland, Maryland

En Point Lookout pasó de todo, porque allí no solo hubo un faro, sino que también llegó a acoger en su momento un hospital y un campo de prisioneros. Los investigadores paranormales llevan años estudiándolo porque consideran que se trata de uno de los faros más encantados de Estados Unidos. Allí, según dicen, se materializan apariciones de hombres y mujeres para seguidamente desvanecerse en mitad de la nada; ocurren fenómenos *poltergeist*, puertas que se cierran y se abren violentamente, voces y susurros del más allá, pasos y ronquidos invisibles en la soledad más absoluta.

BIBLIOTECA

La piel fría es una novela escrita por Albert Sánchez Piñol en 2002, la cual posteriormente fue adaptada al cine en 2017. La historia se desarrolla en una isla remota y desolada en el océano Atlántico, durante la década de 1910. El protagonista decide exiliarse en una pequeña isla para ocupar el puesto de meteorólogo en el faro. Pronto se dará cuenta de que no está solo. Unas criaturas marinas humanoides conocidas como "los habitantes", que emergen del océano, asaltan el faro cada noche.

CAPÍTULO 10
PROCESIONES ESPECTRALES Y SANTAS COMPAÑAS

El escritor inglés George Borrow se encontraba viajando por España en el siglo XIX, durante las guerras carlistas, cuando oyó hablar de una historia terrible. Le hacía de guía y acompañante un lugareño, a quien le preguntó en cierta ocasión si podrían llegar a Corcuvión aquella misma noche, y le contestó que de ninguna manera iba a arriesgarse a que la caída del sol le pillara por aquellos páramos porque no quería encontrarse bajo ningún concepto con la Estadea. Borrow le preguntó qué era aquello de la Estadea. "¿Que qué es la Estadea? Mi señor me pregunta qué es la Estadea… No la he visto más que una sola vez en mi vida, y fue en un páramo como este. Andaba yo en compañía de varias mujeres cuando de repente se nos echó encima una niebla densa y miles de luces brillaron sobre nuestras cabezas en la neblina. Hubo un alarido y las mujeres se tiraron al suelo, gritando ¡Estadea! ¡Estadea!', y yo mismo me tiré al suelo, gritando '¡Estadinha!'.

La Estadea son los espíritus de los muertos que cabalgan sobre la niebla, portando velas en sus manos. Se lo digo francamente, señor: si nos encontramos con esa asamblea de las almas, le dejaré aquí mismo y saldré corriendo hasta ahogarme en el mar, en algún lugar por Muros. No llegaremos a Corcuvión esta noche. Mi única esperanza es que podamos encontrar alguna choza por estos parajes, donde podamos esconder nuestras cabezas de la Estadea". Esta fue la explicación que le dio el atemorizado guía a Borrow, y así fue como el viajero inglés lo dejó escrito en su libro The Spanish Bible (1843).

Tras mucho buscar, con afán, encontraron un lugar al que tocar a la puerta. Les abrió un hombre robusto al que el guía le dijo: "¿Puede darle usted cobijo esta noche a un caballero para refugiarlo de la noche y de la Estadea?". El hombre les acogió a los dos y acomodó sus caballos en la parte de atrás. Por la noche, el guía y el anfitrión charlaron largamente, pero como lo hicieron en gallego, Borrow apenas pudo entender nada, salvo que hablaban de la Estadea, de brujas y hechicerías. Estaban hablando de la Santa Compaña, como se la conoce en Galicia; la Güestía, como se la conoce en Asturias; la Estantigua o Hueste Antigua, como la conocen los castellanos. Unos siglos antes, Gonzalo de Berceo, había dejado constancia en su famosa obra, Los Milagros de Nuestra Señora, de un encuentro con una de estas procesiones de almas en pena que iban caminando con sus cirios encendidos. Fue don Teófilo el protagonista de dicho encuentro: "Prísolo por la mano la nochi bien mediadasacólo de la villa a una crucelada. Dissol: non te sanctiqgues ni temas nada. Vio a poca de ora venir muy grandes gentes con ciriales en mano e con cirios ardientes con su rey en medi, feos, ca non lucientes". Así lo expresó en castellano antiguo, en las estrofas 778-779.

La Santa Compaña

Si por un nefasto azar alguien tiene la desgracia de verla, debe hacer un círculo de protección alrededor, rezar lo que uno tenga a la mano o… tener la suerte de sobrevivir para contarlo. ¿En verdad hay gente que ha visto a este cortejo de gente de muerte, o tan solo se trata de una leyenda? Los testimonios que he recogido a lo largo de los años se encuentran entre los relatos más sobrecogedores que haya escuchado jamás. Al fin y al cabo, estamos hablando de uno de los fenómenos más legendarios y poéticos de la tradición popular española.

La tradición oral la ha retratado como una procesión de figuras encapuchadas con sudarios y túnicas. A la cabeza, la Estadea lleva una cruz y un caldero con agua bendita. Los demás la siguen portando velas, que a veces se ven y a veces no, pero en cualquier caso se intuyen, por el envolvente aroma a cera. Van rezando cánticos y oraciones. Cuando se presentan, el viento se levanta a su paso, los perros aúllan y los gatos huyen despavoridos. Algunos dicen que la Estadea es una persona viva, un ser incauto que ha tenido la desgracia de toparse con la procesión de la muerte, hombre o mujer, que al día siguiente no recuerda nada, pero a quien puede reconocerse por su extremada delgadez. Cada día se encenderá en el rostro del condenado de forma más intensa la palidez, irá perdiendo fuerzas porque no puede descansar por las noches, enfermará y acabará muriendo a no ser que otra persona tenga la mala suerte de toparse con la procesión, en cuyo caso pasaría a sustituir al patrón condenado en el puesto de cabeza de fila. Sin embargo, los detalles y matices descriptivos de la Santa Compaña varían enormemente de una parroquia a otra.

Una aldea entera vio a la Santa Compaña en Lugo

Más allá de la leyenda, existen testimonios verídicos, personas de carne y hueso, con nombre y apellido, que aseguran haber visto a la Santa Compaña. Entre los más fascinantes que he escuchado se encuentra el de mi amigo Dani, del Grupo Alpha (www.grupoalpha.org). Atentos al asombroso suceso que les ocurrió a su madre y a su abuela. Vivían en un pequeño núcleo de población lucense llamado Rubial, perteneciente a la parroquia de Fonteita, que en la actualidad apenas cuenta con trece habitantes. Esta aldea se halla en mitad de las montañas, como muchas otras en Galicia, conformando pequeñas comunidades de personas que se diseminan entre los bosques montañosos y las praderas y que, a causa de las condiciones geográficas, permanecen aisladas. Así era, especialmente, en el pasado.

La madre de Dani tendría unos veinte años cuando alguien en la aldea alertó a los demás vecinos de que acababa de ver a "la Santa" acercarse en dirección a las casas del pueblo: "De inmediato todos los habitantes de la aldea empezaron a correr para esconderse y abrir las puertas delanteras y traseras de sus hogares (tal y como manda la tradición para que 'la siniestra compaña' no se detenga frente a tu puerta)", me contó Dani. ¿Qué pasó? ¿Llegaron a verla? "Habían trascurrido varios minutos desde aquel aviso cuando de pronto mi abuela, que vivía en la primera casa del pueblo, se acercó al umbral de la puerta para ver si la noticia era cierta. Nada más girar la cabeza para atisbar en la oscuridad del camino, se topó de frente con la terrible procesión", me dijo mi amigo, contestando a mis preguntas, antes de proseguir con su relato: "El caso es que ella de inmediato se tiró al suelo con los brazos en cruz (otra de las formas de evitar un destino funesto) y mi madre corrió hacia ella para ayudarla, contemplando también cómo la Santa Compaña caminaba en ese momento justo al lado de mi abuela".

La vio su abuela, la vio su madre, la vio todo el pueblo. La familia de Dani quedó marcada durante muchos meses. El impacto de aquel acontecimiento fue tal en el pueblo que el mismísimo cura bendijo el camino por el que había pasado la procesión para evitar su regreso, y toda la aldea andaba alterada e inquieta. Si le preguntamos a Dani cómo era aquella imagen que vieron en la aldea, nos damos cuenta de que su descripción coincide por completo con la tradición: un grupo de personas vestidas de blanco, todas ellas encapuchadas, caminando en absoluto silencio (ni tan siquiera se escuchaban sus pisadas) e iluminadas tan solo por la tenue luz que desprenden las velas que portan en sus manos. Al frente de la comitiva, otra figura, la Estadea, un poco más alta, portando una cruz.

Francisco Narla es un buen amigo, un buen piloto y mejor escritor. Recomiendo encarecidamente leer sus novelas. ¿Qué más es Francisco Narla? Gallego. Y, como buen gallego, ha oído multitud de relatos de la Santa Compaña desde que era un rapaz. Le pedí que me contara una, solo una, la que más le hubiera impresionado. Creía que iba a cruzar el gesto, intentando recordar cuál de todas ellas sería. Me equivocaba. No dudó ni un instante. Recordaba a la perfección la que a él mismo le había contado un lugareño que había protagonizado en sus propias carnes un encuentro escalofriante.

Sucedió en Silva Redonda, Lugo, allá por los años cincuenta. Le ocurrió a un hombre que volvía de las fiestas de un pueblo vecino. "Se entretuvo en la verbena porque, al parecer, tenía compañía femenina y les dijo a sus amigos que se fueran sin él. Volvió más tarde, solo, y cogió una *correidoira* (atajo) para acortar en lugar de ir por el camino principal que tomaban los carros. Yendo por el sendero, llegó a pensar que alguien le iba siguiendo porque sentía moverse las ramas y los arbustos y oía ruidos. Empezó a mirar hacia atrás constantemente y cuando el miedo pudo con él, decidió echarse a correr. Esto me lo dijo el hombre con vergüenza. Al final pasó lo que pasa si echas a correr en el bosque. Se cayó. Y al caerse, tirado sobre el suelo, vio a la Santa Compaña pasar por encima de él. La procesión iba liderada por un tío suyo que había fallecido y que tenía fama de tarambana y jugador. Detrás de aquel venían otros tantos a los que no reconoció. Se santiguó tres veces y se fue hasta un roble a dar una vuelta alrededor del tronco, que era una de esas cosas que había que hacer si te encontrabas a La Santa. Y tan asustando y paralizado estaba que estuvo allí, bajo el roble, hasta que se hizo de día". El protagonista de esta historia ya no se encuentra entre nosotros, murió hace unos años, pero Francisco Narla se acuerda muy bien de él y del relato que, medio avergonzado, le contó aquel hombre con el que se había echado unas partidas al dominó. No era un hombre cobarde, sino valiente; alguien que había transitado por aquel mismo sendero cientos de veces, pero aquel suceso insólito le sobrepasó.

La antropología se ha acercado al estudio de la Santa Compaña con sumo interés. De hecho, algunos de los relatos más impactantes que he podido conocer han sido recopilados a pie de campo por antropólogos como María José Viñas, autora del trabajo de investigación que la llevó a publicar el artículo "Historias de la Santa Compaña en aldeas del municipio de Muros", con testimonios recogidos en la población de Ría de Muros. Los informantes fueron cuatro, un hombre y tres mujeres, con edades comprendidas entre los sesenta y cinco y los ochenta y seis años. De acuerdo con las impresiones de Viñas, los hombres eran mucho más reacios a la hora de tratar estos temas, mientras que las mujeres se mostraron más abiertas a compartir sus experiencias.

Rescato aquí el relato de una de aquellas mujeres, refiriéndose a un acontecimiento que tuvo lugar en los años cincuenta. Les pasó a dos muchachos llamados Manolo y Ramón: "Una noche que volvían de mocear, tuvieron una visión en el camino, frente a la puerta de una casa. Vieron la procesión entrar dentro. Mejor dicho, el que la vio fue Manolo y, como Ramón no veía nada, Manolo le dijo: 'Písame el pie'. Ahora no me acuerdo si era el izquierdo o el derecho, y entonces Ramón también la vio. De allí a pocos días murió del carbunco la moza de la casa, que se llamaba María". Ya no estamos hablando de personas que vieron a la Santa Compaña y se libraron de las fatídicas consecuencias de este encuentro, sino de personas cuya visión de esta procesión de almas en pena estuvo directamente relacionada con una muerte en la familia. La informante de la antropóloga María José viñas añadió: "Antes había gente que, al pasar por algunos caminos, sentía la campanilla de la procesión de la Compaña. Entonces sabían que pronto habría un difunto. Y también al pasar cerca de una fuente o de un río, había algunas personas que sentían lamentos, como lloros, y sabían que moriría alguien pronto. Estas eran las cosas de antes, ahora todos los caminos están iluminados y, aunque pasen estas cosas, ya no las vemos. Pero yo creo que aún hay algo de esto".

No todos los encuentros con la Estantigua son malos o envueltos de intenciones terroríficas, como la de señalar la muerte en una familia. El experto en mitología y folclore gallego Pemón Bouzas, entrañable amigo y autor de varios libros y documentales, me contó una versión amable. Pasó en la aldea de Abuín a unas señoras que volvían de las fiestas de un pueblo vecino sobre la medianoche: "Vieron una lucecita. Al principio creían que alguien les estaba gastando una broma. Iban preguntando: '¿Quién anda ahí?'. La luz las acompañó en la encrucijada hasta que llegaron a un lugar seguro. No la vieron solo esa vez, sino en varias ocasiones. Y es que hay una versión que dice que la Estadea actuaba de guía y acompañaba a la gente en las encrucijadas de tres caminos, que según la tradición eran los realmente peligrosos, para proteger a la gente y ponerla a salvo".

Procesiones de ánimas: el origen vikingo

Odín, también llamado Wotan, era la principal deidad de la mitología nórdica, rey de la sabiduría, la guerra y la muerte. Todavía hoy su ejército de muertos cabalga por los bosques de la vieja Europa en forma de leyenda. Las fuentes documentales de la Edad Media extienden el fenómeno por todo el continente, otorgándole diferentes nombres y variaciones: las Huestes, la Compañía de los Muertos, el Ejército del Diablo, el Fuego de Odín, la Cacería Salvaje, el Ejército Antiguo, la Santa Compaña, entre otros. En algunos lugares persiste un temor de cariz cultural ante la idea de encontrarse con la furia de estos espectros, a veces andantes, a veces ecuestres, que se encaminan encapuchados, alumbrados, según el caso, a duras penas por la luz de una vela, acompañados en algunas ocasiones de una corte de lobos negros que aúllan hasta el espanto.

La Tropa de Odín, formada por los más fieles guerreros, que parten cada noche a lomos de sus caballos en busca de más soldados con los que luchar la batalla final que algún día habrá de librarse, es una leyenda cuyos orígenes se remontan, como hemos podido ver, a la mitología nórdica. El relato dice que cuando esta siniestra procesión espectral aparece, solo puede significar una cosa: el anuncio de la muerte y la desgracia; y es que esta corte macabra viene precisamente a eso, a cobrarse muertes, es decir, a encontrarse con algún mortal para incorporarlo a sus filas. Según la tradición, cuando los antiguos guerreros, siempre encabezados por un líder, aparecían, la única forma de intentar evadirlos era no mirarlos, y en todo caso, si venían a llamar a la puerta principal de la casa, uno debía abrir también el postigo trasero para asegurarse de que, tal y como entraban, saliesen.

Curiosamente, la leyenda de la Tropa de Odín se expandió por multitud de lugares de Europa, y con diferentes nombres, como el Ejército Antiguo, la Cacería Salvaje, etcétera... En España encontramos un paralelo inequívoco en la Santa Compaña, tal y como se la denomina en Galicia, aunque en otros lugares de la península ibérica se la conoce como Güestia, Estadea, Genti de Muerti, Estadea, Huéspeda o Estantigua (palabra cuya etimología procede de Hueste Antigua), y viene a describir una procesión de muertos o ánimas en pena que recorren los caminos para anunciar la muerte de alguien que fallecerá pronto. Al otro lado del charco oceánico, a lomos del imperialismo europeo, el mito extendió sus dominios.

Las ánimas de Cucao, Chile

En los escarpados acantilados de la bahía de Piruli, en Chile, las olas rugen mezclándose con lamentos, llantos y súplicas. Los lugareños saben bien de dónde proceden estas quejas espectrales. Se trata de las ánimas de Cucao, una corte de almas en pena que deambulan por el lugar declamando su angustia, llamando al balsero Tempilcahue, quien, como su homólogo Caronte, es el encargado de transportar a los difuntos hacia el mundo espiritual que hay en la otra orilla. A cambio, el barquero se da por pagado con llancas. Por eso, al lado del finado se colocan esas piedrecitas de color turquesa. Si el muerto viaja con sus perros y caballos, el siniestro balsero de las almas cobra una cantidad extra. Sin embargo, a pesar de los lamentos, Tempilcahue nunca viene a recoger a las ánimas de Cucao que con tanta desesperación le llaman para que las lleve a ese lugar de descanso donde solo existe dicha eterna para las almas. Por eso andan penando y llorando. El balsero de las almas no se las llevará hasta que dejen de estar atadas a este mundo, influenciadas por los odios y rencores terrenales que no las dejan descansar en paz. Los habitantes de esta región chilena saben bien que uno no debe tratar de comunicarse con las ánimas de Cucao ni llamarlas por su nombre, so pena de que, pasado el año, vengan a buscarlo para formar parte de su corte.

En honor a los lamentos que aúllan en el archipiélago de Chiloé, ubicado en una propiedad privada al sur de Punta Piruli, puente de paso al otro mundo, se alza el *Muelle de las almas*, una escultura de Marcelo Orellana Rivera. El acceso puede realizarse en vehículo, siguiendo la ruta W-848 que conduce a Rahue, donde al poco encontraremos una caseta con un cartel de señalética indicando la dirección. Acuérdense de llevar diez mil pesos chilenos en el bolsillo y páguenlos con gusto porque es un lugar de obligada visita y la obra ha sido reseñada en diversos medios nacionales e internacionales de prestigio, como *National Geographic* y *Condé Nast Traveler*, entre otros.

Las ánimas que dan candela

Puntaneras, costa pacífica de Costa Rica. Carlos Revilla me habló de una historia que su abuela les contó a sus nietos una tarde de lluvia. La protagonista del relato era una tal doña Manuelita Canales, una mujer sumisa a su esposo, don Camilo Briceño, guarda nocturno en la antigua Casa de Aduana y Agencia de Barcos Ansaldo y Co. Como él trabajaba de noche, decidieron cambiar los turnos de la rutina diaria. Así, se levantaban a las cinco de la tarde, desayunaban y de ahí en adelante hacían la vida y las tareas por la noche.

Una de esas noches, mientras doña Manuelita lavaba la ropa, oyó un murmullo de gente rezando que venía de la calle. Se asomó a la puerta en el mismo instante en el que una procesión de gentes enlutadas pasaba por allí. Iban rezando, portando una cruz pequeña en una mano y en la otra una vela. Al ir a cerrar la puerta, uno de aquellos enlutados le dio una vela, diciéndole: "Tome". Esto le llegó a ocurrir varias noches, hasta que un día se enfermó. Al no encontrar remedio, llamaron al sacerdote para que le suministrase los santos óleos y la confesara. Una de las vecinas que se había acercado a visitarla aquella jornada, al estar la casa oscura, le preguntó dónde podía encontrar una vela para alumbrar. Doña Manuelita le señaló el lugar donde solía guardar las candelas que los enlutados le habían ido dando por las noches. Pero, cuando la vecina fue a coger las velas, solo encontró unos huesos. Se los dio al señor cura para examinarlos. Al comprobar que eran huesos humanos, los lanzó con terror. El sacerdote le dijo a doña Manuelita que no podía darle la absolución hasta que no fuera al cementerio a devolver aquello, porque con eso de cambiar las costumbres y vivir por las noches se había encontrado con la procesión de las Ánimas Benditas, que salían todos los lunes a las doce de la noche. Hasta que no fuera al cementerio a devolver aquellos huesos, la seguirían rondando y no podría vivir tranquila. Acompañada por dos niñitos para que la ayudasen a ganarse la indulgencia, doña Manuelita hizo todo lo que le aconsejaron y aún hubo otras almas caritativas que fueron con ella en la misión al camposanto. Llegaron a decir algunos presentes que cuando estaba echando el último puñado se escuchó una voz de ultratumba, que la perdonaba.

Encontrarse con las ánimas que dan candelas, velas o luces, a veces incluso cruces, no trae nada bueno. La tradición dice que, si uno de los espectros te ofrece una cruz, hay que negarse respondiendo "Cruz tengo".

Izalco, *El Salvador*. Este pequeño pueblo salvadoreño es famoso, entre otras cosas, por el volcán activo que le da el mismo nombre, conocido también como el Faro del Pacífico por la incesante eyección de lava y rocas que se puede divisar desde la costa. Allí, el 1 de noviembre, celebran el Día de los Fieles Finados. Ese día todos se disponen a ir al cementerio para agasajar a sus seres fallecidos, alegrándoles las tumbas con pintura. Se refieren a esto como "chainiar", que en realidad no es más que limpiarles y restaurarles el lugar de reposo. Por las noches, salen por las calles unos grupos, llamados Pedigüeños, que cargados con alguna cruz, cuadro de iconografía religiosa y velas, dan vida a la tradición de salir a pedir alguna dádiva: caña, tamales, monedas, dulces, panes, etcétera.

Todo esto lo aprendí de la mano de Edgardo Avelar, un izalqueño que tuvo la amabilidad de narrarme una de las tantas historias que contaban los más longevos de su pueblo. Esta versión, en concreto, la había escuchado de los labios de su abuelo, José Dolores Pinto, fallecido en 1985. El mismo

Edgardo salía de pequeño en estos grupos de Pedigüeños a pedir por las casas de su barrio, el Dolores, recitando a coro: "*Ángeles somos, venimos del cielo pidiendo tamales para la barriga*". En el barrio, todos le temían a una siniestra procesión de los muertos que se aparecía pasada la medianoche. Por lo visto, una izalqueña curiosa, desafiando al destino, quiso saber si las historias que contaban eran ciertas. Ocurrió, además, un 1 de noviembre: "La muchacha entreabrió la puerta y esperó con sigilo. Al cabo de un rato escuchó el aullido de un perro y, de pronto, sacudió su cuerpo un vientecito muy frío, típico del verano… De repente, observó cómo la calle se iba iluminando y esto hizo que se asomara al pequeño espacio que se dejaba ver de la puerta hacia fuera. Vio cómo efectivamente eran candelas encendidas las que iluminaban la calle en la penumbra de la noche y, casi al instante, tenía ante sus ojos lo que tanto había añorado ver. Iban dos filas de figuras vestidas de blanco que caminaban en silencio; cada acompañante portaba su respectiva vela. Todo era silencio". Después de ver aquello, la izalqueña todavía tuvo agallas y abrió aún más la puerta para contemplar mejor aquel espectáculo. No podía ver el rostro de ninguno de aquellos penitentes, pero "al momento de pasar uno de ellos frente a su puerta, extendió su brazo, le dio la candela que portaba y siguió su camino". ¡Era verdad todo lo que le habían dicho!

Emocionada y satisfecha, cerró la puerta y se fue a dormir, guardando antes la candela que le habían dado en una gaveta. Al día siguiente, cuando se levantó y fue a comprobar que la candela seguía allí, para convencerse a sí misma de que no había sido un sueño, observó con espanto que la vela se había convertido en un hueso grande y putrefacto. Gritó con espanto y se desmayó. "Llegaron a su auxilio. Estaba prendida en calentura y, para asombro de sus auxiliantes, la asustada estaba muda y solo señalaba la gaveta. *¡Pero resultó ser que el hueso había desaparecido!* Dicen que así pasó como un mes, muy enferma, y también que nunca más pudo hablar". Y eso era lo que el abuelo de Edgardo, José Dolores Pinto, le había dicho a su nieto que les pasaba a los curiosos que no creían en nada.

La procesión fantasma de Orizaba (México)

Nos vamos ahora hasta México, país donde reside mi colega el periodista César Buenrostro, el primero en desvelarme que en Orizaba, Veracruz, también tenían su procesión fantasma. Y lejos de situarme tras la pista de leyendas y cuentos para no dormir, me ofreció testimonios verídicos, como el de Aída Becerril López y su esposo Daniel Castañeda. Ocurrió hace ya un par de décadas, frente a los Cinemas Henry. Me dijo Decía Buenrostro: "Una noche estaban ellos durmiendo, como a las tres de la madrugada, cuando se despertaron por el sonido de unos rezos que venían de la calle. Como la puerta era de vidrio opaco, solo vieron las luces de las velas y las siluetas de las personas que pasaban". En un primer momento quisieron salir a la calle a ver qué era aquello, pero luego refrenaron sus deseos, acordándose de lo que les había dicho una tía suya: "que no salieran si escuchaban pasar una procesión porque era de las ánimas benditas y les podía dar un mal aire". Deténgase un instante y traten de hacer memoria. ¿Alguna vez les contaron algo así? A mí sí... De inmediato me acordé de una vieja mía que, siendo pequeña, había visto, a través del vidrio opaco de una puerta, desfilar una procesión de encapuchados portando una luminaria entre las manos.

Tras aquel breve instante de irrupción de la memoria, volví a centrarme en Buenrostro. Tenía más casos en el bolsillo para mí, como el de Brenda. "Una noche, ya de madrugada, escucharon unos rezos. Se acercaron con cautela a la ventana y lo que vieron les dejó pasmados. Ambos pudieron distinguir a personas vestidas con ropa antigua. Portaban velas y caminaban lentamente. En ese momento, la pareja sintió una corriente fría que les congeló la piel, haciéndoles entrar en pánico, motivo por el que se metieron en su cuarto y no quisieron saber más de aquel misterioso capítulo nocturno". Y uno puede pensar que la experiencia es un producto de la imaginación, pero cuando es compartida, como en estos casos, inquieta más.

Noche de Ánimas, fecha clave

Recuerdo cómo era la Noche de Ánimas en Jumilla (Murcia), en casa de mi abuela. Los días previos encendía un velón rojo que colocaba junto a la chimenea. En las noches, la llama danzaba pintando extrañas figuras en las paredes. Decía que esas luces eran para alumbrar el camino de los muertos, que durante la madrugada del 31 de octubre al 1 de noviembre regresaban de la muerte porque se abría un portal con el otro mundo. No solo las tumbas tenían que estar limpias, arregladas y engalanadas, también las casas debían estar limpias y ordenadas. Ese día mi abuela no nos dejaba sentarnos ni siquiera en el borde de las camas, porque los fallecidos podían acostarse a dormir en su antiguo lecho a descansar antes de regresar al otro mundo, ¿y cómo le ibas a quitar su sitio a un muerto? Entonces, yo andaba de puntillas, intentando no ocupar mucho espacio, ni sentarme en la antigua mecedora de mi abuelo, que en paz descanse.

Años más tarde, el escritor gallego José de Cora me explicaría que las almiñas son espíritus que pueden formar parte de la Santa Compaña. "Se trataba de personas fallecidas, cuyos familiares les guardaban un asiento libre en las fiestas de Navidad, Todos los Santos u ocasiones especiales, para que puedan ocupar el sitio. También se les guardaba un lugar en el fuego, para que se calienten, o incluso tenían habitaciones enteras en la casa para su uso exclusivo. Estas almiñas deambulaban todavía por este mundo porque no habían terminado de pagar sus deudas, así que había que hacer romerías en su nombre para que pudieran ser libres. Así, los que hacían la romería compraban dos billetes de autobús a la vuelta, uno para sí y otro para la almiña". Irremediablemente, me acordé de mi abuela.

Noche de Ánimas, Día de los Santos Finados, fecha clave en el calendario, pues si bien las procesiones de ánimas pueden aparecerse en cualquier momento, parecen tener especial predilección por el negro mes de noviembre, según las fuentes orales. Y no es por casualidad. Detrás de este tipo de historias siempre hay un mensaje, una advertencia, una lección, una demanda de atención. Este es el caso de la leyenda de la Santa Compaña de Vadillo, pequeña aldea riojana donde apenas viven unos veinte habitantes. La Asociación Cultural Espiral Folk de Alberite logró rescatar el testimonio vivo de un aldeano conocedor de una leyenda de la noche de Todos los Santos, que se encuentra en la página web de la asociación.

Según este hombre, llamado Bonifacio Olmos Fernández y nacido en 1923, un señor de su pueblo se había encontrado con una procesión de ánimas en pena con la que llegó a interactuar. El final de esta historia fue estremecedor: "Un señor de mi pueblo tuvo que ir al molino a moler y se hizo tan tarde que anocheció. Y, de repente, se le cayó la carga del macho. Entonces vio que venían luces de frente. Llegaron los primeros y les dijo: 'Ay, señores. ¿Adónde van ustedes con la vela?'. Y le dijeron: 'Pues, mire, somos difuntos'. Y les dijo: '¿Difuntos? ¿Y no me pueden ayudar a cargar la talega del macho, que yo solo no valgo?'. Y le dijeron: 'Atrás vendrá quien a usted le ayudará'. Y venga a pasar gente y gente. 'Atrás vendrá quien a usted le ayudará'. Y todos así hasta que llegó el último, y aquel iba sin vela. Y le dijo: 'Oiga, señor, me habían dicho todos que atrás vendría el que me ayudaría, y usted, que es el último, ¿no me va a poder ayudar a cargar la talega al macho?'". Aquel último espectro no se hizo de rogar y accedió a ayudar al buen hombre a poner la carga en el mulo. Una vez lo cargaron, el hombre quiso satisfacer su curiosidad. Quería saber por qué los otros portaban cirios, mientras aquel no llevaba uno consigo: "Y usted, señor, ¿cómo es que no lleva vela?". La respuesta le heló la sangre: "Porque no me la has puesto tú, que yo soy tu padre". Suponemos que, a partir de ese día, si esta historia es cierta, aquel buen hombre no dejaría pasar otro Día de los Difuntos sin encender una vela en honor a su padre fallecido, como es costumbre en España.

Un día, estando yo enfrascada en la escritura de un reportaje para la revista *Año/Cero*, me llamó el poeta Alejandro López Andrada, que por aquellos entonces vivía en Córdoba, entregado a la escritura. Sentía la imperiosa necesidad de contarme algo que le había pasado en el 2012, durante la madrugada del Día de Difuntos. Me habría imaginado cualquier cosa menos lo que estaba a punto de narrarme. Iba manejando el vehículo, acompañado de su hija, Rocío, que entonces tenía diecisiete años, y una chica irlandesa que se encontraba de intercambio, haciendo la ruta de Hinojosa a

Pozoblanco. Se detuvo en un *stop* más de lo que jamás habría logrado imaginar. Así me lo contó: "En el *stop*, a unos 100 metros, vi una sombra que, conforme se fue acercando, muy lentamente, fue cobrando nitidez. Iba vestida con un abrigo largo por el centro de la carretera. Al principio pensé que era un chalado. Enmudecimos. Cuando ya se encontraba a unos 80 metros de nosotros, mi hija me preguntó: 'Papá, ¿tú estás viendo lo mismo que yo?'. Era como una especie de monje franciscano que iba caminando, como si fuera en procesión, muy despacio, con paso nazareno. Pasaron dos minutos y se me ocurrió mirar al asiento de atrás, donde estaba sentada la irlandesa. La pobre chica era una mueca de terror. Mientras tanto, aquella cosa seguía su desfile, ajeno a nosotros. Cuando se encontraba ya a 25 metros de nosotros, nos inquietó un poco más porque nos dimos cuenta de que iba levitando a 25 centímetros de la carretera y que era gigantesca, de unos 2 metros de altura, muy robusta, como de 1 metro de anchura de espalda, y la capa se movía como agitada por un aire que tuviese dentro. A unos 20 metros, observamos que tampoco tenía rostro; dentro de la capucha solo había oscuridad y vacío. Estuvimos así unos cuatro minutos hasta que giré a la derecha, camino a Pozoblanco. Iba muy despacio. Venía un coche en sentido contrario. Cuando me pasó, le seguí la pista por el espejo retrovisor porque iba en dirección al encuentro con aquella figura, pero la traspasó y la figura se deshizo, literalmente". José Luis no pasó miedo durante aquel trance, pero la chica irlandesa y su propia hija sí. De hecho, su hija quedó bastante marcada por el insólito evento.

Al acabar su relato no supe qué decirle. Me había dedicado a resoplar una y otra vez, tratando de asimilar sus palabras. Pasé un tiempo pensando en qué fue lo que el trío vio aquel día. Jamás pude encontrar una explicación lógica.

NO ES HALLOWEEN, SINO SAMAÍN

Pocos saben que el origen de Halloween era una de las fiestas celtas más antiguas de las que tenemos noticia, el Samaín, que todavía se celebra en muchos territorios gallegos. Al principio usaban nabos que vaciaban para luego meterles carbón ardiendo. El objetivo era doble: ahuyentar a los malos espíritus y guiar a los familiares fallecidos, como un faro en mitad de la noche. Con el tiempo, cuando empezaron a cultivar calabazas, les dieron forma de calavera y cambiaron el carbón por una vela. Así nació Halloween. Cedeira es uno de los municipios que más ha conservado esta tradición de los antiguos sacerdotes druidas. Tras el Samaín se celebra el Magosto. Este rito tiene lugar del 1 al 11 de noviembre, y gira alrededor de una delicia que lleva formando parte de la gastronomía gallega desde el Paleolítico: la castaña. Gallegos, asturianos, vascos, catalanes, aragoneses, portugueses, extremeños, y hasta canarios asan castañas en el fuego, se pintan la cara de ceniza, comen carne a la brasa y finalizan la noche con una queimada, a la que tal vez se una algún fantasma no invitado, para agradecer la cosecha y dar la bienvenida a la oscuridad invernal del nuevo ciclo.

BIBLIOTECA

La santa fue la novela con la que gané el Premio Ateneo Joven de Sevilla. En ella me adentro en los miedos antropológicos más atávicos para construir un apasionante relato de terror psicológico. El colegio para señoritas Rosas del Cares —al que todo el mundo llama Manderley— siempre ha guardado un secreto atroz, especialmente desde la muerte de su fundadora, Rebeca de las Nieves. Ella había conseguido convertir aquel internado, situado en un remoto paraje de Asturias, junto a los Picos de Europa, en una de las instituciones educativas más prestigiosas del continente. Pero cuando algunas niñas empiezan a desaparecer, el oscuro secreto de Manderley se convierte en una inequívoca amenaza. ¿Qué hay detrás de las desapariciones de las internas? ¿Simples accidentes en medio de la nevada que asola la región? ¿Alguna clase de venganza urdida por la difunta Rebeca o acaso algo más terrible? En el pueblo ya hablan del regreso de la temible Güestía, la Santa Compaña.

CAPÍTULO 11

OUIJA

Si usted es de los que nada más oír la palabra "ouija" se echan a correr al monte, pase de capítulo. Seguramente no soy la primera persona que le cuenta una historia relacionada con el juego del tablero. Tal vez el caso que más impronta me causó a mí en los años noventa, cuando yo era tan solo una adolescente, fue el que después sería conocido como "el expediente Vallecas". El 14 de agosto de 1991, la joven Estefanía Gómez Lázaro murió en su casa, en la calle Luis Marín, en el madrileño barrio de Vallecas, debido a un paro cardíaco. Los forenses que realizaron la autopsia certificaron esta muerte súbita en circunstancias extrañas. Unos meses antes había estado jugando a la *ouija* en cursivas con dos compañeras de clase. Una profesora que las sorprendió en mitad de la sesión rompió el tablero en dos y, según reportaron las muchachas que allí se encontraban, del vaso salió un humo que fue aspirado por Estefanía. Desde entonces, la joven comenzó a actuar de manera extraña. Empezó a padecer insomnio, tenía ataques epilépticos y veía seres que venían visitarla por las noches. La víspera de su muerte llegó a agredir a su hermana Marianela, quien cayó desplomada al suelo, tirando espuma por la boca.

Estefanía murió asegurando que veía figuras que la rodeaban, tras un ataque severo de catalepsia que la llevó a ingresar en coma en el hospital. No pudieron hacer nada por salvarla. La autopsia tampoco logró dar con una explicación a su sospechosa y súbita muerte. Y después de esto su familia fue víctima de uno de los casos más aterradores de *poltergeist* en la historia de España. Hasta cuatro inspectores de la Policía Nacional y otros miembros de las fuerzas de seguridad fueron testigos y escribieron informes policiales detallados sobre las pruebas sobrenaturales.

La casa se convirtió en una jaula infernal de inexplicables sucesos desde aquel fatídico día. Las puertas de los armarios y cajones se abrían y cerraban violentamente. La madre oía la voz de su hija, llamándola, y la risa de un anciano atravesando las paredes. Los electrodomésticos se encendían y apagaban y algunos objetos se movían como si estuvieran vivos. Sombras y figuras etéreas cruzaban las habitaciones, acosando a la familia. Instalaron alarmas en el pasillo que se activaban sin que nadie estuviera allí. El 27 de noviembre de 1992, la Policía Nacional recibió una inesperada llamada. El escenario con el que se encontraron al llegar era dantesco. El informe policial, mecanografiado en letras mayúsculas, rezaba:

FECHA 27.11.92

SE ENCONTRABA EN SITUACIÓN DE MISTERIO Y RAREZA, QUE ESTANDO SENTADOS EN COMPAÑÍA DE TODA LA FAMILIA, PUDIERON OÍR Y OBSERVAR CÓMO UNA PUERTA DE UN ARMARIO PERFECTAMENTE CERRADA, COSA QUE COMPROBARON DESPUÉS, SE ABRIÓ DE FORMA SÚBITA Y TOTALMENTE ANTINATURAL, LO QUE DESENCADENÓ UNA SERIE DE SOSPECHAS SERIAS EN EL INSPECTOR-JEFE Y LOS TRES POLICÍAS ALLÍ PRESENTES.

...QUE NO HABÍAN SALIDO DE LA SORPRESA Y COMENTANDO LA MISMA, SE PRODUJO UN FUERTE RUIDO EN LA TERRAZA, DONDE PUDIERON COMPROBAR QUE NO HABÍA NADIE POR LO QUE LAS REFERIDAS SOSPECHAS AUMENTARON Y SE REFORZARON, TOMANDO EL SUCESO UN INTERÉS INSOSPECHADO.

...QUE, MOMENTOS DESPUÉS, PUDIERON PERCATARSE Y OBSERVAR CÓMO EN LA MESITA QUE SOSTENÍA EL TELÉFONO Y, CONCRETAMENTE, EN UN MANTELITO, APARECIÓ UNA MANCHA DE COLOR MARRÓN CONSISTENTE QUE EL Z-2 IDENTIFICA COMO BABAS.

...QUE EN EL RECORRIDO QUE HICIERON POR LAS DIVERSAS HABITACIONES DE LA CASA OBSERVARON UN CRUCIFIJO DE MANDERA AL QUE, EL FENÓMENO QUE ESTAMOS HACIENDO REFERENCIA, LE HABÍA DADO LA VUELTA, ARRANCÁNDOLE EL CRISTO ADHERIDO AL MISMO.

...QUE, SEGÚN MANIFIESTA UNA DE LAS HIJAS, TOMÓ EL CRISTO DEL SUELO Y LO ADHIRIÓ DETRÁS DE LA PUERTA DE LA HABITACIÓN JUNTO A UN PÓSTER, PRODUCIÉNDOSE TAMBIÉN DE FORMA SÚBITA Y EXTRAÑA, TRES ARAÑAZOS SOBRE EL CITADO PÓSTER.

A falta de mejor alternativa, los cuatro agentes llegaron a la conclusión de que había una serie de fenómenos del todo inexplicables. Poco después la familia se mudó a vivir a otro lugar. Los nuevos inquilinos jamás han sido testigos de nada extraordinario en la vivienda que vio morir a Estefanía. Hace poco, dos de los cinco hermanos de la fallecida Estefanía le concedieron una entrevista en exclusiva al periodista David Cuevas, publicada en el periódico *El Mundo*. En ella se quejaron de todo el miedo que la madre les había metido en el cuerpo. Ella sí creía ciegamente en sucesos extraños, pero ellos, pasados los años, consideran que no hubo nada paranormal. Para empezar, su hermana no murió al poco de hacer la *ouija*, sino un año después. Con respecto a las ausencias epilépticas, llevaba años padeciéndolas y había otros antecedentes en la familia. Todos los supuestos fenómenos *poltergeist* de la casa no fueron tales, sino sucesos con una explicación lógica. No solo eso, sino que algunos fueron provocados por ellos mismos, obligados por la madre. Ante estas devastadoras declaraciones, es difícil inclinarse por la explicación sobrenatural, pues, a todas luces, estamos ante el triste caso de una madre que sufría un desequilibrio emocional a causa de su enfermedad y la fuerte medicación que tomaba. Por otro lado, la muerte súbita en epilepsia, a pesar de ser rara, afecta a once de cada mil pacientes, así que el fallecimiento de Estefanía no fue tan sospechoso, aunque sí trágico.

Probablemente estén ustedes pensando que, a pesar de todo, la *ouija* es un juego del demonio muy peligroso y que todo el que se sienta alrededor del tablero acaba mal. Yo pasé muchos años investigándolo y participando en multitud de sesiones de *ouija*. Jamás me pasó nada malo ni sentí miedo. Sí observé, en todo caso, que el máster (vaso, moneda u objeto usado para deslizarse sobre las letras) se movía gracias a los leves e imperceptibles movimientos neurofisiológicos impulsados, en su mayoría, por uno de los miembros del grupo. No quiero decir con ello que se haga de forma consciente, pero sí existen muchas probabilidades de que este individuo encuentre en los mensajes de la *ouija* aquello que busca o teme. Si, por ejemplo, les doy a dos presidiarios condenados por abuso sexual infantil y violación un ordenador portátil con acceso a internet, es muy probable que lo que busquen sea material pornográfico o algo similar. Por eso hay que tener cuidado de con quién te sientas a jugar a la *ouija*, ya que nunca sabes qué es lo que el que está sentado junto a ti tiene en la cabeza. Por otro lado, ¿podemos aseverar que todas las páginas web muestran contenidos verídicos? No todo lo que está escrito es cierto. Los textos por los que navegamos pueden ser mentira o bulos, pero hay gente que se los cree o acaba sugestionada por ello… Ahí radica el único peligro.

Existe también el riesgo de la obsesión. Recuerdo el caso de un grupo de adolescentes de Cali que cedieron a la curiosidad. A medio camino entre la emoción y el miedo, garabatearon las letras en una hoja. Agarraron una moneda que haría las veces de máster y buscaron un rincón discreto en el parque de la unidad. Allí empezaron a hacer la *ouija*. Lo que no sabían era que uno de ellos, Lucho, no era primerizo. Ya lo había hecho otras veces. Contactaron con un tal Damián Coco. A partir de aquel día, todos empezaron a sentir miedo. Veían sombras y oían pisadas invisibles. Lucho seguía empeñado en repetir, pero los demás no querían. ¿Por qué deseaba volver a hacerlo, cuando estaban siendo acechados por semejante espanto? El terror siguió posándose sobre sus hombros hasta que todos, a excepción de Lucho, decidieron hablar con un párroco que alivió su carga y, tras escuchar misa y recibir unas cuantas gotas de agua bendita, confiaron en no tener que volver a pasar miedo. Y así fue, pero Lucho seguía jugando a la *ouija* a solas, sentado frente al espejo. Dejó de ir con ellos, y según les contaba su madre, se había vuelto huraño y grosero con su familia.

No siempre se manifiestan entidades fallecidas en el tablero, sino personajes que se dice que están vivos y desconocen, al menos de manera inconsciente, que están participando en una sesión *ouija*. Entre los casos más raros que he podido presenciar, rescato el de una noche que, estando en las ruinas de un antiguo lugar abandonado, realicé una *ouija* junto a un grupo de amigas. Creo que recordar que éramos unas cuatro o cinco. Una de ellas había perdido un hijo años atrás. Se notaba que era la más interesada en hacerlo. Seguramente tenía la esperanza de contactar con el pequeño. Nada más empezar la sesión, se presentó una entidad que ordenó que la susodicha saliera del círculo. Así lo hizo, retiró el dedo y proseguimos las demás. Entre las que quedamos se encontraba una chica llamada Rebeca.

El máster empezó a deslizarse y la suma de letras iba componiendo un mensaje aterrador para Rebeca, aunque al principio nosotras no entendíamos qué era lo que estaba pasando. La cuestión es que se manifestó una entidad que decía llamarse Jesús (he usado un nombre ficticio debido a la gravedad del asunto), que se dedicó a proferir todo tipo de insultos hacia Rebeca, a quien llegó incluso a amenazar de muerte. Yo habría dejado la sesión desde el minuto uno, pero Rebeca insistía en seguir haciéndole preguntas. Al acabar la sesión nos confesó que sabía quién era el tal Jesús. ¿Era algún conocido suyo fallecido?, fue lo que todas las que estábamos allí nos preguntamos, pero Rebeca nos sorprendió con la noticia de que Jesús estaba vivito y coleando. Se trataba de un tipo que tenía una orden de alejamiento porque estaba obsesionado con ella y la había llegado a encañonar con una pistola con la amenaza de que o se acostaba con él o la mataba. Rebeca, que a esas alturas ya estaba más blanca que una rana platanera y su rostro era una mueca de pavor, nos confesó que lo había pasado muy mal y que, pese a la orden de alejamiento, todavía sentía pánico ante lo que aquel desequilibrado fuera capaz de hacerle. ¿Estaba Jesús en realidad comunicándose en aquella sesión de forma inconsciente? ¿Eran aquellos mensajes una proyección de los miedos más profundos de Rebeca? Yo tiendo a inclinarme más por la segunda alternativa.

Aun así, recuerdo conversaciones con amigos, ouijas en las que acertaron a enumerar todas las preguntas que saldrían en el examen de Latín, en qué cajón estaban ciertos documentos... ¿Podemos llamarlo intuición?

La misma semana en la que me encontraba redactando estas líneas, vinieron a visitarme unos amigos de Madrid, ambos profesionales y con estudios superiores. No era la típica pareja cuyo tema de conversación favorito fueran los fenómenos sobrenaturales, pero yo me había puesto a enumerar las ocasiones en las que, por andar jugando con fuego, había salido corriendo, y ella me sorprendió con una de esas anécdotas sobre la ouija que yo siempre había creído que pertenecían al ámbito de la leyenda urbana: el vaso que se mueve solo. En efecto, había oído hablar de casos en los que el vaso se había deslizado sobre el tablero sin que nadie lo impulsara, pero nunca había conocido a nadie que lo hubiera vivido en primera persona hasta ese día. Yo iba conduciendo mi Peugeot por la autovía del Mediterráneo, escuchando con atención y mirándola por el espejo retrovisor, mientras ella comentaba que hacía ya unos años, cuando era joven, se habían juntado unos cuantos amigos con otra amiga, que al parecer estaba atravesando un mal momento. El motivo de sus tribulaciones tenía que ver con su pareja, con la que estaba muy disgustada. El tipo hacía méritos para granjearse su enfado y prácticamente estuvieron toda la noche hablando de eso. En un momento dado, alguien tuvo la idea de hacer una *ouija* y, a pesar de los reparos de algunos, empezaron la sesión.

El hecho es que el fulano al que habían estado criticando toda la noche llegó en ese momento a la casa y, en ese preciso instante, la *ouija* empezó a emitir mensajes de insultos y de naturaleza muy violenta dirigidos a él. Tan incómoda llegó a ser la situación que todos fueron retirando el dedo poco a poco. No querían seguir. C. Iglesias y la chica que había originado el mal ambiente no aguantarían mucho más. Fue mi amiga quien propuso a la otra retirar los dedos. Al hacerlo, el vaso continuó moviéndose solo por el tablero durante unos instantes más. "Eso yo lo vi", me aseguró. "Se había generado muy mal rollo antes de que él llegara y toda la energía de los que estábamos allí reunidos era negativa, porque nos disgustaba su presencia". Era como si, a través de la *ouija*, le estuvieran diciendo lo que no se atrevían a decirle en voz alta.

Una vez más, la proyección del estado de ánimo de uno o más miembros del grupo se reflejaba en el tablero. Habrá quien diga que el que vaso no se movió, que todo fue una alucinación; otros sugerirán que se movió gracias a un último empujón, y no faltarán los que apuesten por una entidad sobrenatural, ni los que aboguen por psicoquinesis espontánea. ¿Por cuál opción se decantarían ustedes?

Orígenes de la *ouija*

La historia de la *ouija* se remonta al siglo XIX, cuando el movimiento espiritista se hizo popular en Estados Unidos y Europa. En esa época se creía que era posible comunicarse con los espíritus de los muertos, y surgieron diferentes métodos y herramientas para establecer este contacto. Debemos su invención a Elijah Bond, un abogado estadounidense, y a Charles Kennard, un empresario y fabricante de juguetes. En 1890, fundaron la Kennard Novelty Company y comenzaron a fabricar y comercializar los primeros tableros de *ouija*. Esta empresa registró la marca *Ouija* y empezó a vender tableros en masa. El éxito fue rotundo.

Hay que tener en cuenta que la Primera Guerra Mundial fue el caldo de cultivo perfecto para que prosperasen los movimientos espiritistas y las prácticas asociadas a contactar con los espíritus, como la *ouija*. La guerra había generado una gran angustia y preocupación por los soldados desaparecidos o fallecidos y la *ouija* se convirtió en una herramienta utilizada para intentar obtener información o mensajes de los espíritus de los soldados caídos.

En ese contexto, muchas personas recurrieron a sesiones de *ouija* para tratar de establecer contacto con sus seres queridos en el más allá. Las sesiones de *ouija* se realizaban en hogares, en reuniones espiritistas o en grupos de amigos y familiares que querían consuelo y respuestas. Los participantes buscaban mensajes reconfortantes o pistas sobre el destino de los soldados. Esperaban obtener información sobre su paradero, si estaban vivos, si precisaban algún tipo de ayuda, si deseaban comunicarse... Es en el contexto del lejano y a la vez próximo frente de batalla cuando entendemos la necesidad humana de encontrar esperanza en tiempos de guerra y pérdida, en una época de incertidumbre. Las sesiones de *ouija* ofrecían una forma de conectar con el más allá y recibir alivio emocional.

En 1966, la Parker Brothers adquirió los derechos de la *ouija* y se convirtió en la principal productora del juego. Después, Hasbro adquirió Parker Brothers y siguió comercializándola. En la actualidad existen diferentes modelos a la venta. Solo hay que darse un paseo por internet para ver la oferta, aunque la técnica casera de pintar las letras sobre un folio y usar una moneda o vaso de pequeño de cristal a modo de máster o *planchette* sigue siendo la más recurrida. Las nuevas tecnologías también han traído *ouijas* en aplicaciones móviles. En el 2021, Microsoft patentó una idea para crear un *chatbot* que permitiera hablar con los muertos. Son múltiples las empresas que ofrecen servicios basados en inteligencia artificial para hablar con los seres fallecidos o más bien con sus réplicas virtuales, previamente construidas a partir de programación, algoritmos y lógica de conocimiento almacenado y entrenado. Las compañías que ofrecen estos servicios los venden como una herramienta para cerrar el duelo.

Como vemos, el deseo antropológico, humano, de conectar con los otros no se limita a los vivos; se extiende al reino de los muertos y explica por qué las grandes civilizaciones están construidas al lado de grandes necrópolis. Los primeros indicios arqueológicos de la humanidad siempre irán ligados a los indicios de rituales funerarios, la preocupación por los muertos, nuestros seres queridos, el amor. Unos acuden al cementerio a hablar con ellos frente a su lápida, otros tienen su foto presidiendo el salón; los hay quienes tratarán de contactar con ellos mediante una sesión de *ouija* o espiritismo y tampoco faltarán los que hagan uso de la inteligencia artificial para mantener conversaciones con ellos, aunque no sean ellos… Al final, yo creo que, en cada una de esas interacciones, con quien nos estamos comunicando en realidad es con nuestro ser interior.

Ouija en el laboratorio

Existen varios estudios científicos que han tratado de dar respuesta al enigma de por qué la *ouija* se mueve, cada cual más interesante. Un equipo de investigadores de la Universidad de Aarhus (Dinamarca) examinaron el comportamiento de cuarenta individuos veteranos en el uso de la *ouija*. Todos ellos iban equipados con dispositivos de movimiento ocular y lo que detectaron fue que siempre había como mínimo un individuo cuyos movimientos oculares predecían o anticipaban a dónde se iba a dirigir el máster. No solo eso, sino que comprobaron que el máster no se movía solo, sino que eran los pequeños movimientos idemotores los que lo impulsaban, aunque los miembros del grupo subestimasen su contribución conjunta o tuvieran la sensación de que el máster se movía solo. Es decir, los participantes de la *ouija* sí mueven el máster. Que haya predicción ocular no significa que haya fraude o que uno o varios miembros del grupo estén forzando el máster a su conveniencia. De hecho, los practicantes con movimientos oculares predictivos desconocen que es su subconsciente quien está manejando los hilos.

A eso se refería mi buen amigo Paco Azorín, investigador del fenómeno de la *ouija* y autor de *Las claves del fenómeno de la ouija*, cuando me dijo que en la sesión *ouija* siempre tenía que haber un miembro que actuara de "canal". Pues bien, el "canalizador" sería, para los neurocientíficos, el que estaría proyectando. ¿Con quién estaríamos hablando en realidad en el juego del tablero? Para mí la respuesta es bastante sencilla: con nosotros mismos.

Con Paco Azorín tuve la suerte y el privilegio de realizar más de una sesión. Su mujer, Elvira, era la canalizadora, según él mismo me informó en diversas ocasiones. Podríamos calificar a este matrimonio de veteranos o expertos en la práctica, pues llevan décadas reuniéndose con otros amigos para hacerlo. Sus investigaciones en torno al fenómeno les han llevado a explorar su aplicación en diferentes ámbitos. Uno de ellos sería el que podríamos denominar como "ouijaterapia", si me permiten ustedes el neologismo. Yo misma me sometí a una de estas terapias a través de la *ouija*, de la mano de Azorín. Consistía en poner sobre la mesa un tablero que, en lugar de contener letras y números, contenía el dibujo anatómico del cuerpo humano, con todos los órganos visibles. El máster se desliza, da vueltas por el tablero y/o se centra en algún área específica, normalmente en sentido dextrógiro —como el de las manecillas del reloj—, mientras los miembros que participan en la sesión se concentran en la persona a la que pretenden "sanar". En mi caso, el máster masajeaba una y otra vez el área de mis pulmones. No tardé mucho en dejar de fumar. Llámenlo ustedes sugestión.

Pero sigamos con los estudios científicos llevados a cabo en torno a la *ouija* porque no se limitan a uno. Existen varios. Otro de los que a mí me pareció interesante fue el realizado por un equipo de científicos de la British Columbia University, en Canadá. Lo que hicieron fue utilizar el tablero con el fin de establecer comunicación con esa cara oculta de nuestra mente, llamada inconsciente.

En la actualidad podemos afirmar que Freud estaba equivocado y que el inconsciente no es esa zona donde habita todo lo oscuro, únicamente limitado a funciones accesorias de nuestro comportamiento. No; el inconsciente no es la fuente de pesadillas y traumas. Hoy podemos hablar de un nuevo concepto de inconsciente, aquel que la ciencia nos revela como el auténtico ejecutor de la mayoría de nuestros actos y sin el cual no podríamos salir adelante. En definitiva, tal y como Hélène Gauchou dijo en la conferencia de la Asociación para el Estudio Científico de la Conciencia, que tuvo lugar en Brighton (Inglaterra), "vas conduciendo tu coche por una ruta que te es familiar mientras planeas tu día. Cuando llegas, te das cuenta de que no estabas controlando el coche de forma consciente, sino que ha sido tu zombi interior quien lo hacía".

Precisamente es esta mujer, Hélène Gauchou, la investigadora que, junto con el profesor Ronk Rensink, usó el tablero de *ouija* en la Universidad de British Columbia para tratar de ahondar en el conocimiento del control inconsciente. Se trata de un estudio pionero, aunque quizás lo más sorprendente fueron los resultados, puesto que, entre otros hallazgos, estos psicólogos descubrieron que los participantes eran capaces de responder preguntas de forma muy precisa, incluso cuando desconocían la respuesta.

¿Cómo realizaron este experimento? Como en una sesión de *ouija* tradicional, Gauchou y Rensink reunieron a personas en parejas en torno a un tablero de *ouija*, a través del cual se hacían preguntas que habían de ser respondidas con respuestas simples. A continuación, vendaban los ojos de uno de los participantes mientras se le pedía al otro que retirara sus dedos del tablero sin que "el ciego" lo supiera. Lo que ocurría era que el que tenía los ojos vendados seguía pensando que el otro formaba parte del equipo, y no solo eso, sino que creía que era quien movía el máster, cuando, de hecho, era él mismo, a solas, quien lo hacía, debido a la fuerza ideomotora, un movimiento inconsciente que funciona de forma automática. Ya en 1852 William Carpenter describió este fenómeno para demostrar que los movimientos musculares pueden ser inconscientes y totalmente independientes de los deseos y las emociones conscientes.

Siguiendo con los experimentos en la Universidad de British Columbia, de lo que se quejaban los participantes "ciegos" (con los ojos vendados) en esa prueba era de que sus compañeros estaban moviendo el máster. ¿Cómo era posible que el máster se moviera sobre el tablero cuando solo una sola persona tenía sus dedos sobre él, y esa persona estaba convencida por completo de que era el otro compañero quien lo estaba moviendo? Rensink está seguro de que el sistema inconsciente hace efecto y es quien en realidad toma decisiones en nuestra vida cotidiana. Los resultados en las respuestas arrojaron un 65% de aciertos, que estadísticamente se considera un dato relevante. ¿Cómo conoce el inconsciente respuestas a preguntas que el consciente desconoce por completo? ¿Las aprendimos en algún momento y después las olvidamos de nuestro recuerdo consciente? ¿Es la inteligencia inconsciente una entidad ajena? Y, en cualquier caso, ¿cómo se comunica el inconsciente con nosotros? Parece que existe un canal de comunicación con esta inteligencia, así que el siguiente paso es empezar a examinar cuán inteligente es y tener una idea de lo que esta inteligencia hace bien, y de lo que no.

EL PODER DEL INCONSCIENTE

Según los cálculos científicos, nuestro inconsciente es capaz de procesar once millones de unidades de información (bits) por segundo sin que nos demos cuenta, mientras que el consciente únicamente es capaz de procesar cincuenta bits por segundo. Con estos resultados resulta bastante obvio que, aunque hasta ahora siempre hemos creído que sabíamos mucho en cada momento, de forma consciente, el que en realidad sabe y decide "por nosotros" es el inconsciente. Si ahora mismo fuéramos al concesionario a comprar un coche y nos pusieran delante un modelo de coche X de color negro, empezaríamos a mirarlo y remirarlo antes de tomar una decisión, aunque nuestro inconsciente ya habrá procesado en unos pocos minutos seis mil millones de bits de información, sabrá si le gusta o no le gusta, y habrá tomado esa decisión mucho antes de que nosotros decidamos. De hecho, si nuestra consciencia tuviera que ser la que examinara toda la información necesaria para tomar esa decisión, necesitaría cuatro años.

FILMOTECA

Verónica, del director Paco Plaza, está inspirada en el "expediente Vallecas". El argumento gira alrededor de una adolescente de quince años que, tras jugar a la *ouija*, empieza a experimentar sucesos terroríficos de corte sobrenatural.

CAPÍTULO 12
MONSTRUOS

En un mundo lleno de misterios y maravillas, hay criaturas que desafían la comprensión humana y se ocultan en los recovecos más remotos de nuestro planeta. Desde tiempos inmemoriales, la criptozoología y la mitología han capturado la imaginación de aquellos que anhelan explorar lo desconocido. Hay un mundo en el que los monstruos acechan. El legendario Pie Grande, el Chupacabras, el Mohán, el esquivo Yeti, el monstruo del lago Ness. Admito que en ocasiones yo también me he embarcado en la emocionante búsqueda por descubrir si estas criaturas extraordinarias son simples invenciones de la imaginación o seres reales.

EL MONSTRUO DEL LAGO NESS

De entre todos los lugares que uno puede visitar cuando arriba a tierras escocesas, destaca uno que se ha convertido en parada casi obligatoria para los amantes del misterio. Se trata del lago Ness o Loch Ness. Ubicado en las Tierras Altas de Escocia, cerca de la ciudad de Inverness, es un lago de agua dulce y es parte del sistema de fallas del Gran Valle del Rift. Se extiende por aproximadamente 37 kilómetros de longitud y tiene una profundidad máxima de 230 metros. Este vasto lago navegable tiene la peculiaridad de que sus aguas son tan lodosas que con dificultad podremos ver algo si nos sumergimos en sus profundades, pues en algunos puntos alcanzan los 230 metros, en la llamada Fosa del Diablo.

Era agosto y yo había ido a pasar unos meses con mi mejor amigo Xavier Timothe en su casa, cerca de East Leake, y aprovechamos para hacer un viaje a Escocia, un destino que llevábamos un tiempo anhelando. Allí nos esperaba, entre otros lugares, el hogar de Nessie. Yo no le recomiendo a nadie que haga lo que hicimos nostoros para llegar hasta el lago, pues, desoyendo los ofrecimientos de los *tours* turísticos que lo recorren en barco, nos aventuramos por una vía del todo agreste. De hecho, vimos un cartel en el camino con la clara advertencia de que aquella no era una ruta oficial, disuadiéndonos de tomarla. Pero tras varios días recorriendo Escocia, entre los cuales escalamos las montañas del Grey Mare's Tail, una cascada del valle colgante que fluye desde Loch Skeen, donde hicimos cumbre tras varias horas de ascenso en mitad de intermitentes lluvias que no dejaban descanso al sol, pensamos que aquello de ir al lago Ness por los caminos de cabras no era nada. Pronto descubriríamos que estábamos un poco equivocados, pues en cierto punto nos desafió un río. Pensamos que podíamos vadearlo poniendo el pie en ciertas piedras. Hicimos cálculos. Mi amigo Xavier se ofreció a cargarme a cuestas porque en días anteriores había metido el pie en un charco y no se fiaba de mi estabilidad. Yo acepté. Nos dispusimos a cruzar, pero Xavi dio un mal paso y, al final, tuvo que atravesar la corriente con las aguas llegándole casi a la rodilla.

Proseguimos el camino hasta llegar al borde del lago. Mereció la pena... Qué esquina tan bella del planeta acabábamos de descubrir. Las densas aguas del lago ondeaban frente a nosotros y los troncos semisumergidos jugaban a emular formas parecidas a la que, supuestamente, tenía Nessie, uno de los monstruos lacustres más famosos de la historia. Como mi amigo iba empapado por el accidente del río, pensamos que, como dicen en mi país, "de perdidos al río", y sumergimos los pies en el agua. No todos los días teníamos el privilegio de poder decir que habíamos nadado en las orillas del lago, como de hecho estaba haciendo una intrépida y misteriosa mujer que había a pocos metros de nosotros. Debía ser alemana; los alemanes siempre llegan a los lugares más remotos del mundo. Allá donde piensas que no te vas a encontrar con alma, te encuentras con un mochilero alemán.

Empecé a contarle a Xavi la historia de Nessie. ¿Cómo surgió toda aquella leyenda que había convertido el pueblo Drumnadrochit, el pueblo más próximo al lago Ness, en un auténtico furor turístico? A las pruebas me remito, pues ambos atesorábamos llaveros, chapas e imanes para la nevera de Nessie que todavía conservamos con cariño, como recuerdo de nuestro paso por aquellos lares.

El monje que luchó contra el monstruo

El origen de esta historia hay que buscarlo en san Columba, un importante santo y misionero irlandés que vivió en el siglo VI. Se le atribuyen muchos milagros y se le considera uno de los principales promotores del cristianismo en las regiones de Escocia e Irlanda. Según la tradición, en el 565 d. C., este monje viajó desde Irlanda a Escocia para difundir el cristianismo. Se estableció en la isla de Iona, que se encuentra en la costa oeste de Escocia, y desde allí realizó varias misiones de evangelización en la región.

Una de las historias más conocidas sobre san Columba y el lago Ness se refiere a un encuentro que tuvo con una criatura acuática. Al parecer, mientras san Columba estaba en las proximidades de la orilla, se encontró con una gran criatura marina que atacaba a los lugareños. El santo hizo la señal de la cruz y ordenó a la criatura que se retirara. El monstruo huyó y nunca volvió a causar problemas en la zona. La veracidad de esta historia es muy difícil de comprobar. Lo que sí podemos constatar es que las antiguas leyendas celtas mencionaban unos míticos caballos acuáticos, llamados *kelpies*, que habitaban en las profundidades del lago. El *kelpie* podía adoptar el aspecto de un ser humano y era peligroso, por lo que en el trasfondo de estas historias siempre estaba la advertencia a los niños, para que no se acercaran a las aguas, y a las mujeres, para que no se dejaran embaucar por un atractivo hombre que en realidad no era más que un *kelpie*.

Avistamientos modernos

En 1868, el periódico *Inverness Courier* se refirió a los rumores de la existencia de una criatura marina en las profundidades. En 1930, el *Northern Chornicle* publicó una noticia aludiendo a dos pescadores que habían visto un animal tan grande que provocó un remolino. Fue en 1933 cuando se armó el gran revuelo a raíz de una nota publicada en el *Inverness Courier*. De acuerdo con el tabloide, una pareja había visto un animal sumergiéndose en las aguas del lago, y como el medio usó la palabra "monstruo" para referirse al susodicho ser acuático, los periódicos de Londres se frotaron las manos y empezaron a enviar reporteros al lugar. Un circo llegó a ofrecer la suma de veinte mil libras de la época (una auténtica fortuna) a quien lograra capturar al monstruo.

En 1933, coincidiendo con el estreno de la película *King Kong*, se empezó a especular con el origen prehistórico de la criatura marina. Un año más tarde, un presunto cirujano llamado R. K. Wilson hizo una fotografía publicada en el periódico *Daily Mail*. En él se mostraba lo que parecía ser un monstruo con el cuello alargado, parecido al de un dinosaurio. Esta foto se consideró real durante muchos años. No fue hasta 1994 cuando el yerno de Marmaduke Wheterell confesó que este había falsificado la fotografía cuando trabajaba para el rotativo británico que lo envió para fotografiar al monstruo. Se trataba de una imagen manipulada, y la autoría de R. K. Wilson solo habían usado su nombre para darle más credibilidad al asunto. Aquello fue un gran varapalo para los fans de Nessie. El monstruo fue perdiendo popularidad.

En el 2014, unos mapas de Apple capturaron una imagen en la que muchos quisieron volver a ver a Nessie, pero en realidad se trataba de la estela de un barco. Muchas han sido las teorías que han tratado de explicar el origen de la leyenda y averiguar si, en efecto, "cuando el río suena, piedras lleva". Sin embargo, hasta la fecha, ninguna de ellas ha podido ser comprobada. Entre los argumentos más lógicos para descartar la existencia de un monstruo marino o criatura animal desconocida por la zoología se encuentra el hecho de que no habría podido sobrevivir tantos siglos. Ante la posibilidad de que existiera una familia de Nessies que hubiera sido capaz de aparearse y reproducirse durante todo este tiempo, no hay comida suficiente en el lago para alimentar a un mínimo de especímenes de tal tamaño y, de haberlo hecho, habrían cumplido su ciclo vital naciendo y muriendo varias veces, con lo que se habrían visto sus cadáveres en la orilla.

Tal vez no sean monstruos, pero los calamares gigantes o escualos, como el tiburón boreal, a veces se han visto pululando por las costas de Escocia, y nada les impide entrar al lago y emerger mostrando una espalda similar a la descrita a lo largo de los años por los distintos testigos de los avistamientos de Nessie. No estoy intentando desmontar el mito del monstruo, solo explicarlo. Yo procedo de un pueblo llamado Monforte del Cid, del interior de la provincia de Alicante. Nos llaman balleneros porque, en el pasado, una mujer, durante una riada, creyó ver una ballena y fue gritando por todo el pueblo "¡Una ballena!", algo del todo imposible. No era ninguna ballena y el apodo que los pueblos vecinos nos pusieron para reírse de nosotros se convirtió con el paso de los años en un signo de orgullo identitario. Nombres de negocios, el periódico del colegio, el pub Moby Dick, Frutas la Ballena... Yo soy ballenera, y a mucha honra. Hay quien adopta un *tamagotchi*, yo prefiero adoptar un mito. Todos deberíamos preservar nuestras tradiciones.

EL MOHÁN

Entre las criaturas lacustres más famosas de la mitología colombiana se encuentra el Mohán, mitad hombre, mitad pez, a medio camino entre el mito y la criptozoología. Un ser de aspecto humanoide que frecuenta lagunas y ríos, muy asociado al agua. Su entretenimiento favorito es robar mujeres, cuanto más jóvenes y bonitas, mejor. Su aspecto, no obstante, no es precisamente el de un galán seductor. Nada más lejos. Las descripciones coinciden en su altura desgarbada, sus pelos largos y desgreñados —a veces descritos como una cabellera de musgo—, ojos vidriosos y rojizos, dientes de oro, tez quemada, barbudo y andrajoso. La cantidad de doncellas a las que ha tratado de enamorar, seducir y llevarse al huerto, o raptar, es inquietante. En la zona del río Magdalena conocen bien sus tácticas, pues a menudo, según contaban, se le veía bajar en balsa, tocando la flauta, causando gran susto a las mozas.

Los campesinos creen que el Mohán es antropófago, casi vampiro, y adora chuparles la sangre a los bebés que están tomando pecho. Después de dejarlos secos, los asa como una liebre a la brasa y se los come. Las madres no lo temen más que los pescadores, a quienes confunde y embauca para tirarlos de la barca y provocarles, en cualquier caso, una muerte segura en el agua. El reguero de ahogados que deja a su paso compite con las enfermedades que puede llegar a ocasionar en el mundo rural, porque su aliento es como un vaho que los campesinos llaman "achacón" y que puede dejarlos en un estado febril bastante difícil de curar.

Una costumbre muy arraigada entre los ribereños del Magdalena, entre otras regiones, consiste en dejar tabaco, comida y sal en los lugares donde se piensa que frecuenta el

Mohán, que al poco desaparecen. Con esas bagatelas piensan que el bicho se calma un poco y los deja tranquilos por un tiempo.

Recoger testimonios sobre avistamientos del Mohán no es fácil, pero cuando una se lo propone y tiene la paciencia y las orejas en modo escucha, todo es posible. Mi primer testimonio me llegó de la mano del periodista Carlos Andrés Enciso Bolaños, a quien en aquel momento yo no me encontraba entrevistando sobre el Mohán, sino sobre Armero; pero, como suele suceder, acabamos hablando de nuestros intereses. Me dijo que su abuela había visto al Mohán. Me quedé de piedra. ¿En serio? "Sí, claro, mi abuela es una de las que dice que vio al Mohán". Le supliqué que me grabara el testimonio de su abuela en audio. Él me dijo que en cuanto fuese a Honda (Tolima) le pediría a su abuela que contase la historia, grabadora en mano, para mandarme el audio.

Poco más de un mes después, Carlos Andrés cumplió su promesa y me escribió un correo electrónico diciéndome que acababa de volver de Honda, donde había tenido muy presente la promesa que me hizo, de la que jamás se olvidó, y que ahí me mandaba el archivo con la voz de su abuela… Lo recibí como quien abre un cofre lleno de tesoros, los de la memoria viva. Le di al *play*. La voz de aquella mujer invadió la estancia. Decía así: "Yo me encaramé por este lado, cuando siento que se tiró una persona ahí. Y me gritaron los que estaban acostados: '¡Sálgase, sálgase, que es el Mohán!'. Salté y salí corriendo a la playa. Se sintió cuando chapaleaba y chapaleaba. Era al atardecer. Estábamos todos en el río". Al parecer no fue la única a la que el temible "robamujeres del río" trató de llevarse consigo: "También le pasó a la hija de C. Le pasó lo mismo. Venía como cruzando el río algo parecido a un hombre, nadando hasta ella. Los amigos se dieron cuenta de que venían a llevársela. Los amigos se dieron cuenta. ¡Venía a llevársela! El Mohán se lleva a las mujeres a una cueva que tiene. Entonces C. empezó a gritar: '¡El Mohán, el Mohán!'. Corrieron a ayudarla y entonces él desapareció. Todos lo vieron".

De nuevo en Honda, Miguel de los Santos Prada recordó, a sus ochenta y dos años, allá por el 2012, su encuentro con el Mohán en una entrevista que le hicieron en el diario *El Tiempo* en 2016 por ser el pescador más viejo que había en Honda en aquellos momentos: "[...] lo he visto muchas veces. Lo tuve de cerca, dígase, por ahí a unos quince metros. No nos esperó más. [...] Éramos una cuadrilla de pescadores con un chinchorro. Yo no sé para qué nos esperaba, para que lo viéramos posiblemente, porque cuando ya nos le íbamos arrimando mucho se lanzó al río". De esta guisa se expresaba el viejo pescador de Honda, quien, además, fue capaz de ofrecer una descripción precisa de este ser de las aguas, así como de las travesuras que les hacía:

> El Mohán es una persona. Lo vimos acurrucado en un peñón. Es de color rojizo, de pelo muy mono, le brilla el pelo como le brilla el oro. Es muy velludo. Y lo vimos varias veces, ahí, en el mismo sitio, y a veces él se portaba repelente con uno. Uno veía el cardumen de pescado y le echaba la red y no cogía nada, hasta que uno se cansaba. Yo no sé por qué él hacía eso, no sé si era jugando o era peleando. Pero después de joderlo a uno y mandarlo a la casa cansado y sin plata, uno volvía al otro día y con un solo lance ya sacaba la pesca de un día.

La creencia de los ribereños en el Mohán es tan grande que no es de extrañar que puedan pensar que si les vino una desgracia fue porque en su día no se pudo robar a la niña de la familia que estaba lavando sus ropas en el río. Uno no se puede ahogar en el río Magdalena por accidente. Eso nunca. Allí quien ahoga es el hombre de musgo, el barbudo cruel de las aguas que voltea las canoas a los pescadores y atrapa a las muchachas que se adentran, aunque solo sea para salvar a un perrito.

No todo son mohanes machos... También hay hembras. La mohana se aparece en los pueblos costeños en forma de mujer atractiva, alta, bella, esbelta y con cabellos largos. Es muy vanidosa y presumida, siempre anda peinándose y cantando cual sirena dulcísimas canciones que los pescadores escuchan hasta enloquecer y sucumbir a sus encantos, desapareciendo para siempre, sin que nunca nadie haya vuelto a verlos jamás. El origen del mito nos habla de una novia a la que un pescador dejó plantada en el altar para irse con otra mujer. Despechada y llena de vergüenza, se suicidó arrojándose a las aguas del río, jurando vengarse.

MONSTRUOS LACUSTRE

Los monstruos lacustres, también conocidos como críptidos acuáticos, son criaturas legendarias o mitológicas que se dice que habitan en lagos y cuerpos de agua dulce alrededor del mundo. Estas criaturas han capturado la imaginación popular y han sido objeto de especulación y avistamientos reportados a lo largo de la historia, y aunque el más famoso es el monstruo del lago Ness, existen otros muchos:

- Ogopogo: monstruo lacustre legendario que se supone vive en el lago Okanagan, en Columbia Británica, Canadá. Se le describe como una criatura similar a una serpiente o un plesiosaurio y ha sido objeto de avistamientos y relatos de testigos desde principios del siglo XX.

- Champ: nombre dado a una supuesta criatura que habita en el lago Champlain, en la frontera entre Estados Unidos y Canadá. Se describe como un monstruo similar a un plesiosaurio o un pez grande y ha sido objeto de avistamientos y testimonios desde el siglo XIX.

- Memphre: monstruo lacustre legendario que se dice que vive en el lago Memphremagog, en la frontera entre Estados Unidos y Canadá. Se le describe como una criatura similar a un pez o una serpiente gigante y ha sido objeto de avistamientos y relatos a lo largo de los años.

- Nahuelito: ser mitológico que supuestamente habita en el lago Nahuel Huapi, en Argentina. Se le describe como un monstruo similar a un plesiosaurio y ha sido objeto de avistamientos y especulaciones desde la década de 1920.

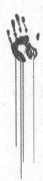 **FILMOTECA**

Terror en el lago, película dirigida por Chuck Comisky que sigue a un grupo de expedicionarios que viaja al lago Ness para investigar los últimos acontecimientos. Tras la muerte del líder, el profesor Howell toma las riendas del grupo. Sus pesquisas le llevan a descubrir el cuerpo de una enorme criatura a orillas del lago.

CAPÍTULO 13

LUGARES EMBRUJADOS

NEWSTEAD ABBEY

En el condado de Nottinghamshire, a mitad de camino entre la ciudad de Nottingham y el mítico bosque de Sherwood, se alza la Newstead Abbey, fundada por el rey Enrique II. El lugar llegó a ser con los años el hogar del célebre poeta romántico lord Byron, y en la actualidad es uno de los sitios más encantados del Reino Unido.

Hay sitios que sabes que visitarás una sola vez en la vida y ya no querrás volver a ellos. Y hay otros que, por mucho que vayas, siempre querrás volver a pisar. Es el caso de Newstead Abbey. La primera vez que fui me quedé enamorada del lugar. Por aquellos entonces yo vivía en las afueras de

Nottingham. Agarré el transporte público y me planté en la estación de autobuses de la ciudad (Victoria Bus Station). No me resultó muy difícil encontrar un autobús que me llevara hasta Newstead. Elegí la línea violeta, un expreso. Pasé las doce millas de distancia que duraba el trayecto mirando el reflejo de mi soledad en el cristal, revisando el modesto equipo fotográfico que pude llevar conmigo cuando me fui a vivir a Inglaterra y repasando mentalmente el número de paradas que debía dejar pasar antes de bajar del autobús, que me dejó en la puerta misma de la abadía. Ir y volver no me iba a costar más de diez libras. En aquella época tampoco me habría podido permitir pagar mucho más. El camino de entrada ya me pareció soberbio, flanqueado por árboles majestuosos. Era verano y el sol taladraba las nubes.

El cartel de la puerta de entrada —*NEWSTEAD ABBEY AND GARDENS*— me dio la bienvenida. La abadía que yo buscaba no estaba allí. Había que pasear por un camino que, a primera vista, parecía interminable, así que eché a andar sin saber muy bien dónde acabaría. El asfalto dio paso a un sendero boscoso de ensueño. Sentí el crepitar de las hojas bajo mis pies y, cuando menos me lo esperaba, me encontré con la imponente visión de un lago de cuento de hadas, al fondo del cual se alzaba la sobria fachada de Newstead Abbey, mirándome con sus ojos de piedra. Ahí estaba, llamándome. Me detuve unos minutos en los encantos del lago que besaban las florecillas, imaginando si acaso lord Byron estuvo sentado en la misma orilla que yo. El arrullo de los patos salvajes me acompañó durante unos instantes antes de dejarlos atrás para adentrarme en la vieja abadía. Me estaban esperando los fantasmas del pasado, entonando los ecos de sus tragedias.

El fantasma de la Dama Blanca

Al pasar por caja pagué otras diez libras para obtener una entrada a todas las estancias del recinto, jardines chinos y bosquecillos aledaños incluidos. Fue precisamente en estos mismos bosques donde cobró vida la leyenda del fantasma de la Dama Blanca de Newstead Abbey, con la peculiaridad de que esta dama llegó a existir de verdad; es decir, fue un ser de carne y hueso. Se llamaba Sophie Hyatt y llegó a Newstead siguiendo al poeta lord Byron, a quien idolatraba. El coronel Wildman acababa de comprar la propiedad. Mientras se encontraba con el arquitecto inspeccionando el lugar, comentándole cuánto parecido tenían aquellas arboledas con los mágicos bosques del célebre relato alemán *Ondina*, se presentó ante él una joven que le pareció salida de los cuentos feéricos. La mujer no dijo una sola palabra. El coronel comentó con su arquitecto qué afortunado se sentía por tener deambulando por allí a un ser "élfico".

Cuando regresó a la casa y preguntó si alguien más la había visto le dijeron que no, pero después reflexionaron y le preguntaron si acaso se estaría refiriendo a la pequeña Dama Blanca, como todos la conocían allí. Entonces le explicaron que esa mujer vivía en Weir Mill Farmhouse y acudía a Newstead Abbey todas las mañanas y se quedaba allí hasta que se hacía de noche. Se trataba de una muchacha tímida, no hablaba con nadie y al parecer no sabían qué hacer con ella. Siempre iba vestida igual, con un vestido y un sombrero blancos. Su única compañía era un perro que había pertenecido a lord Byron. A veces se sentaba durante horas apoyada en el tronco del árbol donde el poeta había grabado su nombre.

Esta romántica figura, que evitaba tropezarse con la gente y resultaba tan resbaladiza, les hizo a muchos preguntarse si acaso no se trataba de una alucinación. El coronel decidió realizar algunas pesquisas y averiguar algo más sobre aquella muchacha. Fue así como descubrió que la gente de Farmhouse decía que era la favorita del lugar y que tenía un aspecto físico poco desarrollado, amén de un rostro pálido. Era sorda y muda y padecía ciertas secuelas a causa de una enfermedad que había tenido en la infancia. El coronel y su mujer, conmovidos por la historia y soledad que la envolvían, viendo que la joven no tenía a nadie que la ayudara, la acogieron bajo su protección.

No queriendo ser una carga para ellos, Sophie contactó con un familiar que tenía en EE. UU. y decidió marcharse. Le dejó una nota al matrimonio, informando de su decisión. Cuando la señora Wildman leyó aquellas líneas habló con su marido e, inmediatamente, enviaron un jinete a buscarla. Había partido hacia Nottingham para tomar la diligencia a Londres y tal vez todavía estaban a tiempo de encontrarla. Si ella quería, podía quedarse a vivir en los terrenos de Newstead por el resto de su vida. Tanto era el aprecio que le tenían. El jinete partió al galope y, al llegar a la plaza del mercado de Nottingham, vio una multitud frente al pub Black Boy. Estaban rodeando el cuerpo de una joven. Sophie había sido arrollada por un coche de caballos que no había oído acercarse debido a su sordera. Y reza la leyenda que desde entonces vaga por los bosques de Newstead Abbey.

El Monje Negro y el Duende Monje Negro

Hubo un tiempo en el que estos mismos muros que ahora contemplo acogieron a una comunidad de monjes cuyo espíritu podría estar tras las supuestas apariciones fantasmales del Monje Negro que muchos aseguran haber visto. La familia de lord Byron, y él mismo, tuvieron varios encuentros con esta figura. Al poeta inglés, además, le aterrorizaba especialmente encontrarse con esta enigmática presencia, pues al parecer era un símbolo de mal presagio para los Byron y su visión era muy temida en Newstead Abbey. Poco antes de que lord Byron se casara con Anne Milbanke, el poeta vio al Monje Negro y por todos es sabido que aquel matrimonio resultó del todo desastroso. Tan convencido estaba Byron de que el fantasma del Monje Negro se aparecía con el fin de presagiar malos augurios que llegó incluso a plasmarlo en su poema "Don Juan".

El poeta aseguraba, asimismo, haber sufrido distintas experiencias paranormales en una habitación llamada la celda del trejo, en donde solía dormir, a la que entré dejándome engatusar por la imaginación. Fue ahí, en su cuarto, que visité, donde lord Byron confesó haber visto muchas veces un pilar de humo blanco y etéreo que emanaba del suelo y desaparecía de repente, sin dejar huella. Y fue ahí mismo donde una noche despertó de súbito al sentirse acechado por una figura negra de aspecto talar y de ojos rojos. Byron trató de vencer al miedo incorporándose sobre el lecho para hacerle frente a aquel ser que, poco después, se escabulló por el suelo sin dejar rastro.

Pero a veces el Monje Negro muestra un lado amable y compasivo, a pesar de que los Byron le tuvieran auténtico pánico. En 1930, sir Julian Cahn le compró la vieja abadía a William Frederick. Su esposa estaba a punto de dar a luz. Sir Julian

Cahn telefoneó al doctor y le pidió que acudiera tan pronto como pudiese y —sea o no una costumbre inglesa aquella de fijarse en los relojes para remarcar la puntualidad o impuntualidad—, cuando este llegó, sir Julian le dijo que había llegado justo a tiempo. El doctor le contestó que no habría sido así de no haberle preguntado a un monje que pasaba por el bosque dónde estaba Newstead Abbey. El monje, sin terciar palabra, le indicó con el dedo la dirección correcta, y fue así como pudo encontrar el camino y llegar a tiempo. Lo extraño era que no había monjes en aquel lugar desde hacía cientos de años...

Algunas personas dicen que no se trata del mismo monje, que el que vaticina malos augurios y se les aparecía a los Byron era el llamado Duende Monje Negro y el que se dedica a ayudar al prójimo es en realidad el auténtico fantasma del Monje Negro. Yo, por si acaso, preferiría no encontrarme con ninguno de los dos.

Sir John Byron, el fantasma residente

Hay fantasmas que se ganan el título de residentes, como es el caso de sir John Byron, el segundo Bryon; es decir, el que vivió en Newstead Abbey durante el siglo XVII. La anécdota romántica cuenta que este hombre falleció tan solo cuatro horas más tarde que su esposa, como un gorrión entristecido. Seis meses después de su muerte los sirvientes empezaron a sentirse aterrorizados, sobre todo en la biblioteca, adonde ninguno osaba entrar porque aseguraban que el espíritu de John Byron se encontraba sentado en un sillón, fumando pipa, como solía hacer, y que podían ver el humo de esta.

Precisamente el humo, las extrañas nieblas y los vapores etéreos han sido uno de los fenómenos más comunes y repetitivos en la historia de Newstead Abbey, no solo en lo que se refiere al humo de la pipa de Johh Byron sentado en la biblioteca, sino también al que el poeta lord Byron aseguró haber visto en varias ocasiones en su dormitorio. En la actualidad, algunos miembros del personal que trabajan en la vieja abadía dicen que han visto extraños humos y nieblas en distintas estancias.

La Dama Rosa y el Caballero

Inspiré a profundidad, tratando de identificar las fragancias de Newstead Abbey. No logré captar ningún aroma, pero dicen que cuando el fantasma de la Dama Rosa hace acto de presencia, riega el ambiente con perfumes de rosas y lavanda. Nadie, absolutamente nadie, ha visto jamás a la Dama Rosa y, sin embargo, sí son muchos los que aseguran haber percibido este aroma fuerte y denso, sobre todo en los pasillos.

Otro fantasma tímido es conocido como el Caballero. Solo se le ha visto una única vez, que sepamos, y su aparición está relacionada con uno de los fenómenos paranormales más frecuentes de Newstead Abbey, es decir, con los extraños humos y las nieblas vaporosas que surgen de forma espontánea y desaparecen sin dejar rastro. Según cuentan, uno de los miembros del personal de trabajadores de la abadía vio cómo salía un humillo desde una de las puertas del pasillo donde se solía percibir con más frecuencia la fragancia de la Dama Rosa. Se acercó para ver lo que pasaba, temiendo que se hubiera prendido fuego dentro de la habitación. Entró y exploró la estancia sin encontrar nada. Miró a un lado y a otro, y cuando se disponía a marcharse, vio en el espejo el reflejo de un hombre vestido como un antiguo caballero, ataviado con un sobrero de plumas y una espada en el cinto.

Perdón, ¿le he atravesado?

Ya vimos que en Newstead Abbey los fantasmas se aparecen reflejados en un espejo, forman siluetas de niebla y humos vaporosos, pasean su figura de Dama Blanca, se transforman en grajos que descansan los domingos como si fueran las almas de los antiguos monjes, se muestran como duendes de malos augurios o protectores, fuman pipa, riegan el ambiente con agradables olores victorianos de rosa y lavanda y… de paso, te empujan, y si pueden, además, te atraviesan.

Maisie Hammond estaba un día buscando a un compañero de trabajo por los pasillos y las habitaciones de la abadía, minutos antes de que el lugar se abriera a las visitas del público. Al llegar a la habitación conocida como Beckett Room, tropezó con alguien que la empujó. Los modales ingleses están tan clavados en el lenguaje y las fórmulas comunicativas de interacción social que, incluso antes de verle la cara a la persona con la que se tropiezan, le piden disculpas, "*Sorry*". Ese fue el primer instinto de Maisie Hammond, pero cuando reaccionó, se dio cuenta de que no había nadie. Un escalofrío recorrió todo su cuerpo. Se había chocado con algo invisible.

No fue la única, porque otra colega suya reportó haber sido atravesada, literalmente, por "algo". Sucedió mientras bajaba la pequeña escalera de caracol de la habitación de lord Byron, aquella en la que el poeta había asegurado en varias ocasiones haber experimentado vivencias paranormales. Antes había tenido la sensación de que alguien la seguía, pero jamás pudo imaginar que aquello que, según ella, la estaba persiguiendo, llegaría al extremo de "atravesarla".

Los grajos de Newstead

Tras otear la estampa que ofrecía Newstead Abbey, circundada por bosques, mirando hacia el lago, ofreciendo esa gótica visión de lugar encantado, me fui a pasear por los jardines chinos. Muchos de los que han tenido o tuvieron el privilegio de estar en este lugar guardan memorias místicas, entre ellos el famoso escritor Washington Irvin, quien durante su estancia en la abadía se dio cuenta de algo muy inquietante. Se lo habían dicho ántes los lugareños, pero, por supuesto, no dio crédito... hasta que él mismo lo vio con sus propios ojos.

Los grajos de Newstead Abbey celebraban el domingo. Las aves salían por la mañana a por comida y se recogían al atardecer, todos los días, a excepción del domingo. Según le dijeron los vecinos del área, los grajos de Nottingham son las almas de los antiguos Monjes Negros, reencarnados en pájaros, que habitan la vieja abadía como antaño la ocuparon los de su orden monacal. Tan en serio se tomaban los habitantes del lugar estas cosas que, a pesar de que la caza de grajos era muy común entre los vecinos, existía una especie de ley no escrita que impedía matar a los de la abadía, y nadie jamás se atrevió a dispararles un tiro.

Miré el reloj. No quería perder el autobús de vuelta y todavía tenía que desandar el camino andado. Me despedí con cierta nostalgia de esa panorámica bellísima, una de esas imágenes que uno no tiene la oportunidad de ver todos los días. No me extraña que lord Byron fuera poeta. ¿Cómo no sentirse inspirado en un lugar así? Me prometí a mí misma que volvería y lo hice, pero esa es otra historia...

UNA ABADÍA FUNDADA
SOBRE UN ASESINATO DE SANGRE

Newstead Abbey fue construida a instancias del rey Enrique II con el propósito de expiar el asesinato de Tomás Beckett, más conocido como santo Tomás de Canterbury, allá por el siglo XII, quien llegó a ser canciller de Inglaterra. Al principio, el rey y el clérigo eran amigos, cazaban juntos e incluso el monarca envió a su propio hijo a vivir a la casa de Beckett para que este fuera su tutor. Pero las cosas cambiaron con los años. Enrique II quería tener el control absoluto sobre su reino y sobre la Iglesia, y hasta entonces Beckett no solo no se le había opuesto, sino que además era considerado por todos un fiel servidor del rey; pero a la muerte del arzobispo Teobaldo, cuando Enrique II impuso a su amigo Beckett como sucesor, se operó un cambio radical que sorprendió a todos y que sería el causante de que hasta el propio hijo del rey se enfrentara a su padre al hallarse ligado de manera afectiva a Beckett. El clérigo, que hasta entonces había disfrutado de los placeres de la vida, impuso una regla estricta y austera en la vida monacal, se inclinó a favor del papa Alejandro III en el cisma de la Iglesia y retó al rey, proponiéndose acabar con el control civil sobre la Iglesia. Luchó por la libertad de elección de sus prelados y la seguridad de las propiedades.

La reacción del rey no se hizo esperar y aunque son tan solo rumores, se cuenta que llegó a preguntarse en voz alta si no habría nadie capaz de librarle "de este cura turbulento", y a comentar cosas como "es conveniente que Beckett desaparezca". La cuestión es que cuatro caballeros anglonormandos se tomaron muy en serio la exasperación del rey y asesinaron al arzobispo en el atrio de la catedral de Canterbury. Algún remordimiento hubo de arder en las tripas del rey Enrique II cuando decidió fundar la abadía de Newstead como fórmula de expiación y desagravio al clérigo o, tal vez, para acallar los demonios de su propia conciencia ante aquel asesinato de sangre.

EL HOGAR DE LORD BYRON

Enrique VIII fue un rey famoso por su ruptura con la Iglesia católica romana y por haberse erigido como cabeza de la Iglesia anglicana en su país, entre otras cosas, para anular su matrimonio con su primera esposa, Catalina de Aragón, para casarse con su amante, Ana Bolena, un matrimonio que también acabaría de forma desgraciada con la ejecución de ella, acusada de adulterio. Posteriormente, se casó con Juana Seymour y, cuando esta falleció, con Ana de Cleves, a quien también mandó a ejecutar. Finalmente, contrajo matrimonio con Catalina Howard, la única que le sobrevivió. Fue este rey, a raíz de su ruptura con la Iglesia, quien "desclerizó" Newstead Abbey, momento en el que fue cedida a John Byron.

Newstead Abbey perteneció a los Byron durante siglos. El poeta lord Byron vivió en esta abadía desde 1808 hasta 1814, aunque siempre de forma intermitente. Sin duda alguna, el célebre poeta romántico es una de las figuras más atractivas que han morado en la casa y, en la actualidad, el visitante que acude a Newstead Abbey encuentra en su interior constantes referencias a la vida del escritor, así como un pequeño museo dedicado a este, donde se pueden adquirir copias de su correspondencia, libros, etcétera.

Lord Byron fue un ser excepcional. A los nueve años se enamoró perdidamente de su institutriz. Fue con ella, con Mary Gray, a esta edad, con quien empezó a tener relaciones sexuales. Nunca pudo olvidarla, y la correspondencia cruzada entre ambos es uno de los testimonios más bellos de amor que jamás haya existido. Por otro lado, Byron llegó a trabar una amistad profunda y sincera con Percy Shelley y su mujer, Mary Shelley, así como con su médico personal, John William Polidori. Del profundo interés que todos ellos sentían hacia los temas de misterio —recordemos que Byron aseguró haber vivido varias experiencias sobrenaturales en la abadía— surgió la famosa idea de escribir relatos de terror, que desembocarían en el famoso *Frankestein*, de Mary Shelley, o *El Vampiro*, de Polidori.

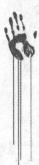

FILMOTECA

Remando al viento, protagonizada por Hugh Grant, se inspira en uno de los episodios de la vida de lord Byron, los dos meses que pasó en Villa Diodati con Polidori, Percy y Mary Shelley, quien, a raíz de aquellas tardes de lluvia y el común propósito de crear una historia de terror, acabó escribiendo una de las mayores obras de la literatura universal: *Frankenstein*.

EL MISTERIO DE LA CASA MATUSITA

El lugar más embrujado de Perú tiene un nombre: Casa Matusita. Las leyendas hablan de masacres, personas que enloquecieron al atreverse a entrar, exorcismos infructuosos y visiones fantasmales.

Eran mis últimos días en Lima, que se despedía con el habitual pañuelo grisáceo de su cielo embotado. El chofer del coche en el que íbamos mis amigas y yo nos miró con cara de emoción cuando le dijimos que nuestro destino era la Matusita, el lugar embrujado más famoso de Perú. Bajamos del vehículo e hicimos algunas fotografías. Los viandantes nos vitoreaban, algunos imitando ruidos fantasmales, otros con una risa cómplice y alguno que otro, incluso, sorprendido por nuestra osadía: ¡le estábamos sacando fotos a la casa de los fantasmas! Acabábamos de destapar la caja de Pandora del misterio y no pensaba parar hasta llegar al final.

Los orígenes de la Casa Matusita, un edificio dividido en dos plantas, se remontan, según las leyendas, a 1753, cuando su primera ocupante, una misteriosa mujer que arribó desde las lejanas tierras de Europa, fue acusada por la Inquisición de bruja y hechicera, pues vendía sortilegios a quienes pudieran pagarlos. Su nombre era Parvaneh Dervaspa y sus ancestros se habrían remontado al Imperio persa. Los rumores sobre las curaciones misteriosas —en apariencia— que esta mujer obraba con aquellas enfermedades y dolencias que hasta entonces no tenían otro remedio mejor llegaron a oído de las autoridades inquisitoriales, de modo que en 1754 irrumpieron en la casa y se la llevaron por la fuerza.

Siguieron días de infames torturas, aquellas con las que el Santo Oficio tenía la habilidad de arrancar confesiones, y Parvaneh acabó reconociendo que era una adoradora del demonio. Fue condenada a morir en la hoguera el 23 de octubre de 1754, pero antes de morir profirió la maldición con la que todo podría haber empezado: maldijo a los que la llevaron a la hoguera y a todos los que a partir de ese día se atrevieran a vivir en su casa. No tenemos forma alguna de saber cuál es el origen de esta leyenda, pero lo que sí sabemos es que el actual edificio es de construcción más reciente.

¿Leyendas urbanas?

Las primeras leyendas urbanas que con más fuerza calaron en el imaginario popular de los peruanos hacen referencia a una familia oriental o española, según la versión, que, a causa de una infidelidad del marido o de la mujer, de nuevo según la versión, desembocó en una masacre en la que acabaron muertos los cónyuges, los hijos y el/la amante. Hasta la fecha nadie ha podido encontrar pruebas de este suceso. Otra de las leyendas cuenta que en la casa vivía un hombre adinerado que abusaba de sus criados. Estos, hartos ya de tanto sufrimiento, decidieron vengarse: una noche, mientras el dueño celebraba una cena de gala, les dieron a los invitados comida envenenada con un potente alucinógeno. Su objetivo no era acabar con sus vidas, sino provocarles un trastorno mental. Tras retirarse durante un rato, los sirvientes volvieron al comedor, encontrándose con una escena dantesca: sangre por doquier y cuerpos despedazados. Estaban todos muertos, incluido el dueño. Como suele ocurrir con este tipo de leyendas, existe otra versión en la que fueron los propios sirvientes quienes asesinaron a los presentes, tras lo cual incendiaron la casa para borrar el rastro de su crimen, pero esta, inexplicablemente, no ardió, y acabaron encerrados en un manicomio.

¿Son verdaderas estas leyendas? Lamentablemente, no puedo contestarles a eso. A mí aún me surge otra pregunta. ¿Qué había justo en ese lugar antes de que se construyese el actual edificio? Las crónicas y los mapas de la época me permitieron saber que en tiempos prehispánicos la zona era un lugar de adoración religiosa y, por lo visto, durante la era colonial, la antigua muralla de Lima, que actuaba tanto de defensa militar como de frontera para separar a los españoles de los indios y esclavos, pasaba justo por allí.

Otros datos sugerentes me llevaron a hacer una parada en 1860, año en el que se construyó frente a la Casa Matusita el panóptico de Lima, una cárcel que estuvo funcionando hasta 1961 y por la que pasaron delincuentes, criminales, prisioneros de guerra y hasta un presidente de una República; aunque lo más significativo no es esto, sino que, según la tradición popular, los edificios aledaños sirvieron en más de una ocasión como sala de interrogatorios y torturas, en especial durante la Guerra del Pacífico, en la que Perú y Chile se enfrentaron.

¿El fantasma de la Casa Matusita?

En 1937 llegó a Lima Emilio Hideo Matsushita (Wakayama, Japón, 1918-Lima, Perú, 1984). Unos años después, en 1950, fundó una empresa de construcción especializada en instalaciones de fontanería y electricidad llamada CASA MATUSITA, que acabaría convirtiéndose en un importante grupo

empresarial. La actividad estuvo ubicada, entre otros lugares, en la actual Casa Matusita. De ahí su nombre. Javier Aída,
expresidente de la Cámara de Comercio de Lima y exgeren-
te comercial del Grupo Matusita, se refirió al fantasma de la
Casa Matusita en unas declaraciones recogidas por la periodista Gisella Vargas Ochoa en una nota publicada en el 2002
en el diario *El Comercio*.

Según la reportera, corría el año 1953 y la tienda Matusita buscaba un nuevo local al que trasladarse, cuando vieron que había uno vacío en el cruce de la avenida Wilson con
España. Era el lugar idóneo, aunque el guardián de la casa
les advirtió que aquel lugar estaba embrujado, que allí penaban los fantasmas, que años atrás había sido un matadero de
criminales. Y, probablemente, con las palabras de "matadero de criminales" se estaba refiriendo al hecho de que, tal y
como sugería la tradición popular, el emplazamiento, como
tantos otros aledaños al panóptico de Lima, había servido
como sala de interrogatorios y torturas, y quién sabe si incluso como paredón de fusilamiento.

Decían incluso que, un día, un párroco, consciente de que
el lugar se hallaba bajo la influencia de fuerzas malignas, se
fue con paso decidido hasta Casa Matusita para exorcizarla,
pero que su propósito, lejos de fructificar, acabó pasándole
factura. Nada más entrar en la vivienda sufrió la acometida
de los espectros que le infundieron un ataque de pánico. Los
espíritus no dejaban de susurrarle al oído, y algunos cuentan
que incluso lo echaron de allí a escupitajos.

Las investigaciones que llevé a cabo con el fin de encontrar los posibles orígenes de esta leyenda me llevaron a un
recorte de la revista *Suceso*, edición del domingo 3 de marzo de 1968, en la que se realizaba un perfil de Santos San
Miguel, el veterano guardián de la Casa Matusita que estuvo

viviendo allí desde 1950. Su misión era cuidar y proteger la casa. La nota se titulaba "Amigo de los fantasmas. Vive con ellos desde hace cerca de doce años". Allí, este hombre contaba, entre otras anécdotas relacionadas con la casa, que un cura había ido un buen día con la intención exorcizar la casa: "Asegura que un sacerdote un día fue a la mansión y le quiso obligar a que lo dejara pasar. 'Portaba una botella de agua bendita y estaba con mucha gente'. Él se negó y no solo eso, sino que nuevamente resistió un asedio frente a la casa. Para defenderla se subió al techo y comenzó a lanzar piedras. Una de estas le cayó al reverendo en el libro de oraciones que tenía abierto. 'La multitud pedía a gritos la excomunión y ese padre no sé qué me dijo en latín, pero la gente comenzó a gritarme *excomulgado*'". Como vemos, este incidente pudo ser el que en realidad diera lugar a la leyenda del párroco que fue a exorcizar la Casa Matusita y salió escaldado, pero no precisamente por los fantasmas.

En otros medios aseguraban que este mismo guardián se había referido en varias ocasiones a que los únicos fantasmas que rondaban por la casa eran los ladrones que intentaban entrar. Y sabemos que era el mismo guardia porque Santos San Miguel llevaba ostentado el oficio allí desde 1950. ¿Había cambiado de opinión o le habían hecho cambiar de opinión de cara a la galería? La pregunta surge porque, según sabemos, la familia Andrade, que compró la casa en 1924 y vivieron durante varias generaciones en ella, rechazaba de manera rotunda las leyendas sobre fantasmas.

Aseguraban los Andrade que allí habían sido muy felices, e incluso llegaron a esforzarse por desmentir cualquier historia con tinte espectral. Los últimos en hacerlo fueron Ladislao T. Andrade y su esposa, quienes acudieron a diversos medios de comunicación a tumbar el mito, en especial desde el

2014, cuando sucedieron dos grandes eventos mediáticos: el primero, el estreno de la película *Secreto Matusita*, de Fabián Vasteri, y el segundo, el anuncio de que Catherine Pirotta iba a rodar otra película, que contaría con el actor Malcom McDowell (*La naranja mecánica*). A la familia Andrade no le sentaron bien estas iniciativas. En el programa de televisión *Cuarto Poder*, los descendientes dijeron estar dispuestos a desenmascarar el mito: "Esta propiedad fue adquirida por mis abuelos en el año 1924. A mi abuela le encantó la fachada de la casa. [...] No hay fantasmas". No nos cabe duda de que la familia Andrade fue muy feliz allí.

En la Matusita sí penan

A pesar de que las leyendas que envuelven el misterio de la Casa Matusita son seguramente eso, puras leyendas, también tenemos una serie de testimonios que nos hacen pensar que en esta mítica casa limeña hay algo más. En el programa *Viaje a otra dimensión* de Radio Capital, conducido por el Dr. Anthony Choy, se emitió en el 2014 un especial dedicado a desentrañar los enigmas del lugar. El propio Choy, uno de los investigadores más conocidos y prestigiosos de Perú, reveló lo siguiente:

En mi afán de saber, fui a conversar en el 2009-2010 con el administrador del banco del primer piso y le pregunté si habían visto algo extraño. Me dijo que, cuando estaban implementando el banco, contrataron a unos electricistas para que les hicieran todo el cableado y uno de ellos contó que notó cómo le jalaban de arriba todos los cables cuando en la segunda planta no había nadie. Y lo segundo es que contrataron carpinteros a los que dejaron una noche encerrados trabajando porque se trataba de un banco y había que seguir unas medidas de seguridad. Y a la mañana siguiente, cuando fueron, se dieron cuenta de que los carpinteros se habían pasado toda la noche sin trabajar, asustados, porque decían que el termo que habían traído para beber cosas calientes se había empezado a mover solo. Mi opinión es que es una casa que pena, una casa donde hay actividad paranormal.

Un radioyente que se encontraba aquella noche escuchando el programa de Choy llamó para dar su propio testimonio. Brian, como se llamaba este agente, que trabajaba para la empresa de seguridad encargada de vigilar el banco en la planta baja, contó:

Un día nos llamaron porque había saltado la alarma de incendios. Fuimos para allá, pero cuando fuimos a abrir la puerta no podíamos abrirla, porque notábamos una fuerza que desde dentro la empujaba hacia fuera. El compañero y yo nos mirábamos extrañados. Luego volvimos a por otra llave. Con la segunda copia tampoco abrimos. Volvimos a por otra llave. Con el tercer juego de llaves se abrió finalmente. Se sentía un clima helado, frío. Dejaron a un agente allí para que se quedara a pernoctar, a cuidar la casa. Lo dejamos, aunque el pato no se quería quedar, porque además mi banco paga más o menos, ya me entiende; lo tuvimos que convencer. Se quedó. No pasó ni quince minutos y el pato nos comenzó a reventar el RPM, asustadísimo: que se había ido la luz, que escuchaba sonidos, bullas, gritos.

Regresamos. Llamamos a la central y dijeron que tenían que quedarse allí dentro, aunque fueran dos [dos
agentes juntos]. La cosa es que se quedaron los dos.
Regresó el sistema eléctrico y al rato se volvió a ir.
Cuando regresamos estaban los dos encerrados en
el baño. Estaban asustados. Todo el ambiente estaba
frío, menos el baño, que era la única zona que estaba
caliente. Llamamos a la central y nos dieron permiso
para que cuidaran afuera; se quedaron al frente de la
Real Plaza, viendo la Casa Matusita desde allí porque
estar adentro es… Yo he estado dentro también y es un
lugar en el que se siente algo escalofriante. Hay algo
en esa casa. La casa no es normal.

La aventura del misterio que había emprendido en Perú, y
en concreto aquel día en el que acudimos al cruce de la avenida Wilson con España, no acabó cuando subí al avión de
vuelta a Europa. Un día, ya en el viejo continente, chatean-
do en la distancia con Lino Bolaños, guionista de la película
sobre la Casa Matusita que Catherine Pirotta tenía previsto empezar a rodar en marzo, nos dimos cuenta de que nosotros, los investigadores y periodistas del misterio, también
formábamos parte de la leyenda: "La verdad es que uno de
los personajes se parece a ti, Mado", me dijo. "¿En serio?", le
pregunté con cierta incredulidad. "Sí, el personaje investiga,
como tú".

LA TAPADERA DE LA CIA

En pleno siglo XX, en la década de los cuarenta, la embajada de Estados Unidos se instaló en un edificio aledaño a la Casa Matusita. Algunos sostienen que fueron los mismísimos miembros de la embajada los que se inventaron todas las historias de fantasmas que rodean al lugar, pues estaba situado en un lugar óptimo y privilegiado para cometer un atentado terrorista. Contaban que la Matusita acogía un cuartel secreto de la CIA y que fueron ellos los que alimentaron el terror para que nadie se atreviera a husmear por aquel lugar.

EL CASO DE HUMBERTO VÍLCHEZ VERA

Sin duda alguna, el caso que más contribuyó a alimentar la leyenda negra de la Casa Matusita fue el de Humberto Vílchez Vera, un famoso presentador argentino que, buscando llamar la atención, dijo que iba a entrar a la Casa Matusita, y en aquella época, no había nada más difícil que tener los arrestos suficientes como para pasar una noche en aquel terrorífico lugar. Ya se había enfrentado a un toro bravo, se había lanzado en paracaídas, había roto la barrera del sonido a bordo de un avión, boxeado contra Mauro Mina…. Solo le quedaba enfrentarse a los fantasmas.

Poco después de aquel fatídico anuncio, Humberto Vílchez desapareció de la escena y los rumores empezaron a correr como la pólvora. Dijeron que se había vuelto loco en la temida casa de los fantasmas. Fueron muchos los limeños que me relataron aquel suceso: la casa le produjo tal embrujo que salió de allí espantado, gritando, profiriendo insultos y hasta espumarajos por la boca. Después de aquello, tuvo que pasar varios meses en un psiquiátrico.

Pero ¿qué hay de cierto en el caso de Humberto Vílchez? Era verdad que había recibido tratamiento psicológico, pero no porque hubiera entrado en la Casa Matusita, donde, además, no llegó a poner el pie. El mismo Vílchez se confesó en un libro que él mismo publicó, titulado *El cazador de fantasmas*: "La palabra de un ídolo de la televisión es una palabra fundamental y yo había anunciado que entraría a la casa embrujada. Nunca entré, pero todos me vieron entrar; nunca hablé con un fantasma, pero ellos me miran como si me hubiera convertido en un ciudadano del más allá [...]. Necesitamos creer en algo cuando no creemos en nosotros mismos. Algunos creen en fantasmas...".

FILMOTECA

El misterio de la Casa Matusita (2016) narra la historia de un escritor norteamericano que se traslada junto con su esposa a la Casa Matusita para realizar una investigación periodística. Una vez allí, la pareja descubre eventos aparentemente sobrenaturales que acaban cambiando su vida para siempre. Entre el reparto se encuentran nombres tan famosos como el de Malcom McDowell y Bruce Davidson.

EL CUARTEL DE LOS MUERTOS, MONÓVAR (ESPAÑA)

Los miembros del cuerpo de la Guardia Civil de Monóvar (España) comparten cuartel con unos inquilinos que montan guardia desde los albores de su descanso eterno. Construido sobre un antiguo cementerio, las oficinas, los patios y las viviendas del benemérito edificio alzan torres amuralladas sobre un sustrato de huesos y calaveras; un auténtico almario donde están guardadas las almas que algunos guardias civiles temen hasta el punto de no querer vivir allí. ¿Por qué?

Es curioso, pero a veces, yendo a por una cosa, te encuentras con otra. Eso fue poco más o menos lo que me pasó con este caso. Yo estaba realizando una ruta nocturna con J. J. Requena, conocido investigador de fenómenos paranormales de Alicante, cuando una pareja de guardiaciviles se acercó a preguntarnos qué estábamos haciendo por aquellos parajes. Al mostrarles el equipo de grabación y contarles mi interés en la búsqueda de fenómenos sobrenaturales, uno de ellos me confesó que su cuartel estaba encantado y empezó a contarme algunas anécdotas que le habían sucedido. Fue así como, con su ayuda, emprendí un trabajo de investigación de campo que acabaría desvelando los turbadores orígenes del lugar.

Empecemos por exponer la anatomía del lugar. Monóvar está ubicado en la comarca del Medio Vinalopó, provincia de Alicante. Tiene unos doce mil habitantes, el orgullo de haber sido la ciudad del famoso escritor Azorín, varias pedanías con encanto y unos vinos que quitan el sentido. Su paisaje de viñedos proporciona los sarmientos que, al quemarlos, brindan el fuego sobre el que cocinan las gachamigas y arroces de la tierra.

Los guardiaciviles que viven en las casas habilitadas para ellos en la Casa Cuartel de la Guardia Civil de Monóvar lo hacen en un inmueble que tiene dos bloques de casas con cuatro viviendas por bloque, conformando un total de ocho viviendas. Se accede a los apartamentos por la puerta principal del edificio de la benemérita, coronado por el letrero TODO POR LA PATRIA, que da paso a las dependencias administrativas y desemboca en un amplio y diáfano patio interior.

Por razones obvias, y dado que el cuerpo de guardiaciviles de España es de naturaleza militar, mi testigo me pidió que ocultara su nombre, así que lo llamaremos Bacon, para preservar su identidad, y procederemos de igual modo con el resto de compañeros que me presentó, y a los que también entrevisté. El primero en abrir la caja de Pandora fue, precisamente, Bacon:

Una vez, sobre febrero o marzo del 2010, estaba yo en mi cuarto metido en la cama y con la luz encendida. Todavía no me había echado a dormir cuando de repente escuché cómo tocaban a la puerta de mi dormitorio con los nudillos. Fueron tres o cuatro golpes seguidos, no muy fuertes... La puerta de la casa estaba completamente cerrada. ¿Quién había podido entrar en mi casa y tocar a la puerta de mi habitación? Es una historia inexplicable que sufrí yo, pero he escuchado otras muchas de mis compañeros. Mi mejor amigo escuchó cómo subían y bajaban las escaleras sobre las tres de la mañana cuando él estaba solo en el bloque. También ha escuchado varias veces cómo le silban en la puerta en plena madrugada y en una ocasión notó cómo le tocaban en la frente, haciéndole la señal de la cruz.

La señal de la cruz

Tocaba hablar con el mejor amigo de Bacon, al que llamaremos Harris, para que fuera él quien me relatase la experiencia en primera persona, y esto fue lo que escuché de su boca: "Me desperté una noche sudoroso y muy asustado, al notar cómo alguien me había tocado la frente, haciéndome la señal de la cruz". Harris me contó más historias, entre otras, la de una familia que vivió en la Casa Cuartel durante ocho años: "Tenían unas figuritas en el salón. Cada vez que se iban de casa se daban la vuelta solas, y al volver a su domicilio se las encontraban del revés. En otra ocasión descubrieron a uno de sus hijos, un niño, hablando con un ser invisible. Según me contaron, además, la puerta del servicio se cerró sola por dentro y tuvieron que romperla para poder abrirla. Yo no creo en estas cosas, pero a veces oigo golpes y cosas que me rayan mucho, y aquella vez que noté cómo me tocaban la frente pasé mucho miedo".

Harris también comentó que, una noche que él estaba de servicio trabajando, se quedó una amiga suya en la casa, a la espera de que él regresara: "Se pasó toda la noche oyendo un arrastrar de muebles en el piso de abajo. Al día siguiente les comentó a los vecinos si habían estado cambiando los muebles de sitio o haciendo mudanza, pero estos le dijeron que no. Ella se acojonó muchísimo porque los ruidos habían persistido durante toda la noche. ¿De dónde procedían?".

Pero Bacon me había dicho otras cosas que, si bien no eran de corte paranormal, sí sugerían algo más macabro...

"Una vez se rompió una bañera y salió un nicho" (un osario, huesos). Y prosiguió: "Otra vez cayó granizo a raíz de unas fuertes lluvias torrenciales en Monóvar. En el patio del Cuartel, cuyo suelo es de tierra y chinorro, se hicieron varios agujeros y salieron varios huesos pequeños al exterior. Lo vimos todos".

Tras escuchar aquellos testimonios, me pregunté si aquel anecdotario pertenecía al ámbito privado del cuerpo militar monovero o si, por el contrario, había trascendido entre los habitantes del pueblo. Solo tuve que interrogar a unos cuantos lugareños para averiguar que, en efecto, sabían que los miembros de la benemérita pasaban miedo entre las paredes de la Casa Cuartel y algo más... El edificio amurallado había sido construido sobre un antiguo cementerio y, cuando llovía o se rompía algo, emergían a la superficie calaveras y huesecillos.

HISTORIAS DE HUESOS Y ENTIERROS

Con todos aquellos datos sobre la mano solo me quedaba una opción, que no era otra que hablar con mi amigo Rafael Poveda, monovero de pro, conocido enólogo y autor de multitud de trabajos relacionados con la historia de su pueblo. Gracias a él supe que cuando el antiguo cementerio cayó en desuso, y antes de que se construyera el Cuartel de la Guardia Civil, algunos de los cadáveres fueron retirados por sus familias y trasladados al cementerio municipal, mientras que otros muchos se quedaron allí para siempre, la mayoría porque no tenían familiares vivos que reclamaran sus cuerpos o porque, de tenerlos, carecían de recursos para hacerse cargo del proceso. Lo cierto es que aquellos cadáveres no fueron retirados por la administración ni trasladados a otras fosas, sino que fueron abandonados a su suerte, convirtiéndose en los siniestros escombros sobre los que se construyeron las dependencias de este peculiar cuartel de los muertos.

¿Qué tipo de personas estaban enterradas allí? Había de todo. Desde dos criminales, Melitón Pérez y su cuñado, que fueron asesinados dentro de una casa del pueblo, hasta el padre Juan Rico Vidal, el franciscano que defendió la independencia española frente al invasor francés y que fue nombrado representante de las Cortes en 1821, pasando por cristianos y moriscos.

Precisamente sobre los enterramientos de los moriscos en Monóvar hay algo que decir, según me detalló Rafael Poveda al regalarme un libro en el que se recogen los informes que los obispos escribían en sus llamadas "visitaciones" a la localidad con el fin de supervisar, entre otras cosas y de forma muy especial, que los moriscos fuesen conversos reales transformados en auténticos cristianos, sospechando y sabiendo que se habían bautizado como cristianos para no ser expulsados, pero seguían conservando su fe musulmana. En este libro se aprecia cómo los obispos se quejaban en sus informes y daban órdenes explícitas, tales como que no calzaran babuchas, que no tocaran la dulzaina y, sobre todo, que no fueran enterrados como los "moros", con losas de piedra y mirando a la Quibla, sino que fueran enterrados "en el cementerio nuevo" (antiguo cementerio, donde ahora se halla la Casa Cuartel), y que les pusieran una cruz. *¿Dónde está la cruz?* Esta era una pregunta que se repetía un obispo ante las tumbas de los moriscos.

¿Qué clase de consecuencias podría tener que los moriscos, bautizados como cristianos de puertas afuera, pero quienes seguían conservando su fe en la religión musulmana y sus prácticas en clandestinidad y en el secreto de su ámbito doméstico, fueran enterrados de forma contraria a su fe?

Tal vez las almas montan guardia todavía después de muertas y dan toques de atención a los vivos para que no se duerman, para que no olviden, para que siempre recuerden a sus muertos y respeten su memoria. ¿Es así en el cuartel de los muertos? Con todas aquellas tribulaciones en la cabeza, visité una vez más el lugar. Hacía un día nublado, de colores grises sobre el cielo que amparaba las murallas de piedra coronadas en las esquinas por los torreones vigía, que ahora espían a ojo de cámara de videovigilancia. ¿Se habría asomado alguna vez alguien imposible a saludar en la pantalla, flotando sobre el halo de eso que algunos llaman más allá?

¿Existe el más allá? Tal vez no. Pero hay algo que sí existe, algo real. Lo llaman miedo. Eso que hace que muchos pasen la noche montando la guardia impuesta por los sargentos del insomnio, que rompan filas o... permanezcan firmes y atentos por si alguien toca a la puerta, y no hay nadie al otro lado. Y no olviden anotar los sucesos en el informe secreto de su corazón, donde nadie pueda leer que alguna vez alguien tembló de miedo en el cuartel de los muertos.

A sus órdenes, mi capitán...

CONSTRUCCIONES POLÉMICAS
SOBRE ANTIGUOS CEMENTERIOS

Construir sobre antiguos cementerios puede ser en la actualidad una fuente de la que no dejan de manar las aguas del conflicto, si se dan las circunstancias que lo propicien. Así, la planificación de un Museo de la Tolerancia en Israel, sobre el antiguo cementerio musulmán de Mamilla, aventó los fuegos de la cólera entre la población palestina. Con todo, caminar sobre los muertos no es tan raro. El ser humano construye, destruye y reconstruye sobre las ruinas de la muerte, y en ocasiones incluso aprovecha sus sótanos para almacenar cadáveres. Roma y París están surcadas por larguísimos túneles de catacumbas sembradas de calaveras a lo largo de sus vericuetos y laberintos, las más llamativas de Europa.

La civilización humana lleva construyendo ciudades sobre ciudades, de forma que los arqueólogos pueden distinguir varias capas pertenecientes a distintas épocas cuando realizan una excavación. En la actualidad, multitud de edificios e infraestructuras se alzan, asimismo, sobre antiguos cementerios. Bloques de viviendas, centros comerciales, garajes, parques, atracciones... La tradición popular les atribuye a los lugares construidos sobre antiguos cementerios o necrópolis características propias de enclaves encantados o malditos, donde se producen fenómenos paranormales. El respeto hacia los muertos se ha grabado a fuego en el acervo colectivo de la humanidad, llegando a infundir auténtico terror ante la idea de la profanación de los muertos. Aquellos que osan perturbar su eterno descanso son señalados y condenados socialmente. Ahora bien, en el Viejo Continente europeo es casi imposible encontrar un trozo de tierra bajo el que no descansen los restos de otra civilización...

FILMOTECA

Poltergeist es una película producida por Steven Spielberg, cuya trama gira en torno a una casa en la que se están produciendo fenómenos *poltergeist* que desembocan en el rapto de la hija pequeña de la familia que la habita. Para recuperarla sus padres han de recurrir a una parapsicóloga que, en compañía de una médium, trata de rescatar a Caroline de las garras del más allá. En el proceso, descubren que las fuerzas que la retienen están muy enfadadas porque la casa y todas las del vecindario se hayan sobre sus restos mortales, en un antiguo cementerio.

CAPÍTULO 14

ESPECTROFILIA

Muchas personas aseguran haber tenido relaciones sexuales con fantasmas. Algunas de ellas han llegado incluso a enamorarse de estos seres, establecer vínculos afectivos, una relación de pareja, y hasta casarse con ellos. Amanda Teague se enamoró del fantasma de un pirata haitiano fallecido hace trescientos años y se casó con él. No es la única. ¿Vivieron felices y comieron perdices?

Amanda Teague podría ser como cualquiera de nosotras: una mujer sensible, amante de las películas de aventuras románticas como *Piratas del Caribe*, fan del actor Johnny Depp, sobre todo en el papel de Jack Sparrow. Hasta aquí, todo "normal". Podríamos ser yo, usted, mi hermana, su madre… Su obsesión con el protagonista de *Piratas del Caribe* fue tal que, en 2015, llegó incluso a trabajar a tiempo parcial como imitadora de Jack Sparrow, del mismo modo en que los fans de Michael Jackson trabajan imitando al rey del pop, amenizando fiestas. Fue justo en aquella época cuando Amanda conoció a Jack Teague, el supuesto espíritu de un antiguo pirata haitiano, fallecido hace trescientos años. Y cuando digo que lo conoció, me refiero a que lo conoció en espíritu, obviamente. En este punto, muchos de mis lectores se estarán preguntando si llegó a conocerle a través de alguna biografía, archivo histórico, documento… No, tampoco fue así. Amanda Teague tuvo "contacto" con él, un tipo de contacto difícil de definir, pero que, a grandes rasgos, podríamos denominar como espiritual y fantasmagórico. El flechazo fue instantáneo. Tiempo después estaban casados y, aunque parezca difícil de creer, el matrimonio *post mortem* es una práctica legal en varios países, como Francia y Bélgica, aunque también ha sido admitido por jueces en otros lugares.

Me casé con un fantasma

Cuando localicé a Amanda, esta mujer de origen irlandés ya hacía unos años que se había casado con el fantasma de su corazón. Se mostró proclive a hablar conmigo y, a pesar de que no es tímida, tampoco es excesivamente expresiva. Acordé entrevistarme con ella sin que mostrara mucho entusiasmo (intuía yo que la relación con Jack Teague ya no era como antes). Mi batería de preguntas era larga. ¿Cómo es tener una cita con un fantasma? ¿De qué forma se comunicaban? "La primera vez que me encontré con su espíritu fue en marzo del 2015. Estuvimos comunicándonos durante varios meses antes de empezar a tener una relación, y desde que la iniciamos hasta que nos casamos pasaron seis meses. Al principio fue un periodo de meditación espiritual, pero cuando empezamos a salir formalmente la comunicación se volvió más intensa. Podía ir con él a muchos sitios: a la playa, podía ver una película y sentir su energía junto a mí y comunicarme con él. Siempre nos comunicábamos a través de diferentes medios mediúmnicos. Nosotros no nos veíamos con los ojos ni nos oíamos con los oídos físicos", me explicó Amanda, haciendo referencia al tipo de relación que estableció con el fantasma de Jack Teague.

La peculiar relación romántica que esta mujer tenía con Jack se materializó en una boda celebrada en octubre de 2017. "No es que hubiera una propuesta formal. Habíamos hablado de casarnos, y pensamos que podría ser una buena idea", prosiguió Amanda. Pero esta irlandesa no lo tuvo fácil. En primer lugar, tuvo que enfrentarse a su familia, que al principio no vio con buenos ojos el enlace; en segundo lugar, tuvo que saltarse una serie de triquiñuelas legales. Y, por último, contar con una médium que canalizara el espíritu de Jack, a fin de que este pudiera dar su consentimiento en libertad. "Mi familia no se lo tomó muy bien al principio, pero luego mi madre me apoyó. En cuanto a mis hijos, siempre han sido muy comprensivos. Los eduqué para que tuvieran una mente abierta y respetuosa con todas las creencias y culturas, aunque no las compartieran. La boda la ofició un sacerdote pagano, que también estaba autorizado para registrar legalmente el matrimonio; la ceremonia espiritual tuvo lugar en otra fecha diferente, y fue oficiada por una sacerdotisa. Jack dio su consentimiento a través de una médium". Por lo demás, el ritual no difirió mucho de lo que estamos acostumbrados a ver en Occidente, damas de honor y padrinos incluidos, salvo que uno de los padrinos tampoco estaba de cuerpo presente, sino en espíritu. La familia de Jack no estuvo presente de ningún modo. Al parecer, según Amanda, el pirata se llevaba muy mal con su padre, y su madre hacía tiempo que se había reencarnado.

La boda se celebró en aguas internacionales, siguiendo el consejo de los abogados, a fin de que el matrimonio fuera "legal". Las leyes del Reino Unido no reconocen el matrimonio con una persona fallecida, pero Amanda estaba dispuesta a usar todas las herramientas legales en caso de que impugnaran su unión. Por su parte, Shlomit Glaser, abogada experta en asuntos de familia en la firma Glaser Jones Law, dijo en declaraciones a *Newsweek* que casarse con un fantasma no es lo mismo que casarse con una persona muerta —algo que sí está permitido por la ley en algunos países del mundo, como Francia, siempre y cuando se demuestre que existía una relación previa y planes de boda—. Pero en el Reino Unido no es posible hacer ni una cosa ni la otra, al menos a los ojos de la ley. De modo que, a pesar de que Amanda Teague no cometió ningún acto criminal ni hizo daño a nadie al cumplir su deseo, jamás podría gozar de los beneficios legales que tendría cualquier otra pareja reconocida por la ley.

Atracción fatal

Una de las cosas que Amanda Teague afirmó en su día fue que Jack había sido lo mejor que le había pasado entre las sábanas. Nadie, antes de él, la había hecho tan feliz sexualmente. Cuando le pedí que me explicara de qué modo mantenían relaciones sexuales, me respondió sin ningún tapujo: "El sexo espiritual lleva practicándose desde tiempos ancestrales, y hasta se hace mención de ello en la Biblia. Es algo de lo que no se suele hablar mucho, pero es como sentir la energía del espíritu. Hay mucha gente que puede haber sentido, en algún momento, el roce energético de un espíritu en alguna parte. Algo así. Evidentemente, nos llevó un tiempo aprender a mantener esa conexión". La luna de miel fue de ensueño: "Yo estaba tan enamorada de él que, en aquellos momentos, creí que duraría para siempre", rememoraba. Después de la boda, se mudaron a vivir a un lugar cerca de la costa, como no podía ser de otro modo, ya que, según ella, Jack estaba ansioso por estar junto al mar. La convivencia transcurrió dentro de los cánones de la normalidad. Al evocar aquella época, Amanda no recuerda que hubiera ninguna diferencia entre lo que se siente al estar casada con un hombre físico y lo que se siente al estar casada con un fantasma. Vivían el día a día en armoniosa cotidianidad. "Yo diría que estábamos felizmente casados".

Pero la felicidad no duró mucho. A finales de 2018, Amanda Teague tomó la decisión de divorciarse. Fueron varios los medios de comunicación que quisieron conocer los motivos de la ruptura. A todos les respondió con el mismo comunicado: "Creo que es hora de que todos sepan que mi matrimonio ha terminado. Lo explicaré todo a su debido tiempo, pero ahora lo único que quiero decir es que hay que tener mucho cuidado al adentrarse en el mundo espiritual. No es algo con lo que uno deba jugar". Fueron momentos duros para ella, en los que no se encontraba preparada para hablar de lo que en realidad había pasado, y evadía la presión de los periodistas con la excusa de que Jack era un pendenciero, demasiado frío y no estaba hecho para el matrimonio ni para comprometerse más allá de una relación sexual casual. ¿Qué pasó de verdad? Amanda se sinceró en nuestra plática: "Todo empezó a ir mal desde la boda, me seguía la desgracia, los desastres se iban sucediendo uno detrás de otro, y poco a poco fui perdiendo la salud. Tengo experiencia en el mundo espiritual y sé los efectos que una posesión puede llegar a provocar en una persona. Yo desarrollé todos los síntomas".

Sin embargo, Amanda se resistía a aceptar que Jack pudiera estar haciéndole daño. No solo eso, sino que, además, todos y cada uno de los guías y mentores a los que consultó le dijeron que el espíritu de su marido no era maligno. A pesar de todo, la irlandesa seguía viendo señales de alarma en su relación, hechos que le hacían pensar que la cosa no iba bien, "como cuando murió mi amado perro Toby y no quiso ir con Jack". La salud de Amanda siguió empeorando gravemente: "Estuve a punto de morir en el 2018. Ahí fue cuando me di cuenta de que había algo que no iba bien", me reveló. Al parecer, cuando le dijo a su marido que quería el divorcio, este no se lo tomó muy bien: "Me dijo que si trataba de deshacerme de él, me mataría". Para Amanda no fue fácil recordar el extremo al que llegó la situación: "Tuve que hacerme un exorcismo para desprenderme de la energía y conexión que tenía conmigo. Era como un vampiro energético que se alimentaba de mi fuerza vital y así poder permanecer atado a la tierra. Ahora está en un plano en el que ya no puede interferir con el reino físico".

Amanda ha empezado una nueva vida y no ha vuelto a encontrarse mal desde el exorcismo. ¿Volvería a casarse con un fantasma? "No, de ninguna manera. Jamás volvería a entablar una relación con un espíritu. Ya no practico ninguna forma de mediumnidad. Creo que es demasiado peligroso. Quería mucho a Jack, pero me quiero más a mí".

El caso de Amanda Teague es particular porque no encaja en una tradición cultural específica, ni encuentra amparo en ningún marco legal *post mortem* (como el recogido en la ley francesa) al no existir una relación previa. De hecho, cabe la posibilidad de que Jack Teague no haya existido jamás, ni vivo ni muerto, salvo en la imaginación de Amanda, fuertemente avivada por su obsesión con la saga de películas *Piratas del Caribe* y el personaje del capitán Jack Sparrow, quien en la ficción tiene un padre llamado Edward Teague y un tío llamado Jack Teague.

La espectrofilia alude a la excitación y/o relación sexual con espíritus, fantasmas, dioses, demonios y ángeles. En la Edad Media se documentaban casos relativos a íncubos, súcubos, seres demoníacos y hasta el mismo Satán, tal y como se recoge en algunas actas de juicios contra brujas, acusadas de mantener relaciones sexuales con el diablo.

Recientemente, han sido varias las mujeres que, como Amanda Teague, han saltado a los medios de comunicación afirmando haber tenido sexo con fantasmas. Sian Jameson declaró al periódico británico *The Sun* haber tenido un encuentro con un atractivo fantasma en una remota cabaña de Gales: "Durante el acto sexual pude saber y sentir todo tipo de cosas acerca de él: su nombre era Robert y vivió hace más de cien años", relató al tabloide. Algún tiempo después, también en el Reino Unido, Amethyst Realm sorprendió a los telespectadores del programa *This Morning*, de ITV, al afirmar que había tenido sexo con varios fantasmas. Realm aceptó, además, casarse con uno de sus novios fantasma, con quien planeaba tener hijos. La boda no llegó a fructificar porque él la sorprendió poniéndole los cuernos... con otro fantasma.

En la otra cara de la moneda, mucho menos amable y anecdótica, tenemos los testimonios de personas que aseguran haber sido violadas por un fantasma. Se trata, en su mayoría, de creaciones de la mente inconsciente, experiencias vividas a medio camino del sueño y la vigilia, la parálisis del sueño, alucinaciones, etcétera, aunque ha habido casos en verdad dramáticos y sospechosos, como el protagoniza-do por Carlan Moran. Esta californiana era viuda, madre de cuatro hijos, y a principios de los años setenta buscó la ayu-da de expertos en parapsicología científica de la Universidad de California debido a magulladuras y lesiones en todo su cuerpo, incluida la zona genital, atribuidas a entidades so-brenaturales. El doctor Raff y el hipnólogo Karry Gaynor se trasladaron a su domicilio a la espera de conseguir pruebas de la actividad paranormal. Obtuvieron dos fotografías en las que captaron unas enigmáticas luces rondando el cuerpo de Carla Morán en el momento de las agresiones. Nunca pu-dieron ayudarla a combatir los ataques, y a pesar de que ella se mudó en un intento desesperado de huir de su acosador fantasma, los ataques persistieron hasta el día de su muerte.

Casos como los de Moran no tienen nada que ver con la espectrofilia, que es una parafilia. Hay gente que se excita oliendo un calcetín y otros que lo hacen con fantasmas. Mien-tras la parafilia no les haga sentir mal ni sea síntoma de un trastorno mental subyacente, las personas que "se acuestan" con fantasmas o cualquier otro ingenio de su imaginación no le hacen mal a nadie y además practican sexo seguro, menos en el caso de la Virgen María, que, si lo pensamos bien, pro-tagonizó el más famoso caso de la historia de la espectrofilia o algo parecido...

A pesar de que el caso que acabo de relatarles pueda pare-cer aislado y anecdótico, les aseguro que no lo es. La última en casarse con un fantasma, que yo tenga noticia, fue Brocar-de Began, cantante británica. Tampoco le fue muy bien, pues, según declaraciones que dio al medio británico *Daily Star*, hubo de precisar de la ayuda de un médium para que actuase como consejero matrimonial. La cuestión es que Eduardo, el espíritu de un soldado victoriano, no se tomó muy bien eso de que su mujer quisiera hacer terapia de pareja. La cosa se puso mucho peor cuando se enteró de que ella quería romper y pasó a dedicarse a atormentarla a base de llantos de bebé.

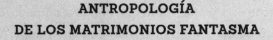

ANTROPOLOGÍA
DE LOS MATRIMONIOS FANTASMA

Existen varias culturas en las que la práctica del matrimonio fantasma es habitual o llegó a serlo en algún momento dado de la historia. No hay mucha bibliografía al respecto, pero básicamente podríamos reducirlas a cinco: la tradición de los nuer y los atwot en África, la Antigüedad griega, los chinos y los japoneses. Los nuer y los atwot son grupos que practican una economía de subsistencia basada en la ganadería. En cuanto al matrimonio fantasma, si un nuer muere sin heredero, una de las mujeres de su hermano se casará con el fantasma del hermano muerto y la prole que engendre con ella será considerada descendencia del hermano fallecido. Si una pariente mujer es estéril, puede adoptar el rol masculino y tomar una esposa, como en el caso anterior, y toda la prole nacida de esta esposa será considerada descendencia del "fantasma pater" (la mujer estéril). Entre los atwot pasa algo similar. Si un hombre fallece sin heredero, se le realiza un matrimonio fantasma y los hijos de la nueva esposa, aunque engendrados por otro hombre, son considerados hijos del fallecido. Ahora bien, si el fallecido muere teniendo una hija viva, esta hija puede adoptar el rol masculino y tomar una esposa con la que tener un heredero del fallecido.

En China hay una larga tradición de matrimonios fantasma, concretamente entre los cantoneses, así como en Singapur. Por lo general, ambos contrayentes están muertos, aunque también hay casos en los que uno de ellos está vivo y el otro no. A veces el matrimonio fantasma tiene lugar durante el funeral, y ambos ritos coindicen. La forma de matrimonio fantasma japonesa difiere bastante de los casos anteriores. Ellos lo que hacen es casar al fantasma con una muñeca, que puede comprarse en los templos o en cualquier supermercado. A veces se compran dos muñecas para que una de ellas simbolice al fantasma durante el ritual. Antes se realizaba entre un ser fallecido y una persona viva, pero en un momento dado de la historia, la demanda de hombres fallecidos sin casar llegó a ser tan grande que no había bastantes mujeres vivas para satisfacerla. De ahí que tuvieran que recurrir a las muñecas.

En la Antigüedad griega, el matrimonio fantasma recibía el nombre de *epikleros*. Se daba cuando un pariente de un hombre muerto se hacía cargo de su propiedad y su mujer hasta que esta tenía un hijo al que poder darle el nombre del fallecido. Antropólogos como Schwartze, entre otros, han definido los motivos por los que estas sociedades practican o llegaron a practicar el matrimonio fantasma, y suelen deberse a cuestiones económicas, sociales, religiosas, entre otras, que podríamos resumir en este cuadro:

Motivo por el que se practica el matrimonio fantasma	Nuer	Atwot	Chinos	Japoneses	Antigüedad griega
Por cuestiones de propiedades	X	X			X
Para mantener el nombre de la familia	X	X	X		
Para tranquilizar al espíritu del fallecido		X	X	X	
Para crear lazos interfamiliares	X		X		
Debido a la jerarquía de matrimonio entre hermanos	X	X	X		

FILMOTECA

El ente es una película estadounidense protagonizada por Carla Moran, una mujer californiana atormentada por un espíritu que la maltrata y la viola sistemáticamente. Desesperada, pide ayuda a unos expertos de la Universidad de California, quienes la someten a un estudio de laboratorio con el objetivo de detectar pruebas de la presunta entidad paranormal que la está acosando desde el más allá.

CAPÍTULO 15
VAMPIROS

VAMPIROS ANCESTRALES

Nuestros antepasados no se fiaban de algunos muertos, sobre todo si habían sido ejemplarmente malvados en vida. ¿Y si les daba por salir de sus tumbas para vagar durante toda la eternidad en busca de nuevas víctimas a las que aterrorizar? El miedo a que esto pudiera suceder era real; por eso, ataban las extremidades del difunto, le arrancaban los dientes si era necesario y, en todos los casos, le anclaban a su lugar de descanso eterno, clavándole una estaca.

Cada dos por tres encuentran un vampiro en Bulgaria. Más de cien acumulan, que es la cifra que ostenta este país balcánico en cuanto al hallazgo arqueológico de esqueletos apuñalados en el pecho. Increíble, pero cierto. La imagen del Nosferatu, el portador de enfermedades y desgracias, el chupasangre, el seductor hipnótico que absorbe la energía y voluntad de sus víctimas, sobrevuela nuestro inconsciente colectivo. Gran parte de la culpa la tuvo Bram Stoker, el escritor irlandés que, a pesar de no haber inventado al monstruo, sí logró inmortalizarlo en su novela *Drácula* como uno de los vampiros más famosos de la historia de la literatura y el cine. Stoker había bebido en buenas fuentes, y Rumanía, la patria de Vlad Tepes, en quien se inspiraría para caracterizar al terrorífico hematófago, pasaría a la posteridad como un lugar de culto. Pero Bulgaria está cobrando (o tal vez recuperando) protagonismo en el panorama de las crónicas vampíricas a la luz de los descubrimientos arqueológicos de estos últimos años.

Los búlgaros creían firmemente en el mito en la Edad Media y ante la sospecha de que uno de estos monstruos inmortales decidiera resucitar por las buenas y amargarles la existencia a los vivos, se quitaban la preocupación llevando a cabo rituales de protección, cuyo eje central giraba en torno al conocido clavado de estacas en el pecho. ¿De dónde provenía este miedo hacia los no muertos? ¿Quiénes fueron aquellos hombres en vida? ¿Quién era sospechoso de ser un vampiro? ¿Existen todavía hoy estos rituales? Para dar respuesta a estas y otras preguntas, me desplacé a Bulgaria en busca de uno de los mitos más aterradores de nuestro catálogo de monstruos. En una travesía llena de aventuras y misterios, crucé las montañas Rhodope hasta llegar a la costa para detenerme en una de las estaciones más inquietantes de la historia: los rituales funerarios contra los vampiros. La cifra de esqueletos enterrados con claras señales delatoras, como decía, alcanza ya el centenar, y aunque podría parecer que estamos hablando de prácticas ancestrales del pasado, ajenas al hombre contemporáneo, todavía hay rincones en los que el corazón de la vieja Europa del Este late de miedo.

El vampiro de Sozopol

No muy lejos de Burgas, en la costa, se encuentra la hermosa y tranquila ciudad pesquera de Sozopol, cerca del mar Negro. Se había llamado Antheia, pero poco después le cambiaron el nombre por el de Apolonia porque aquí se encontraba un majestuoso templo dedicado al dios Apolo, en el que cuentan que se alzaba, colosal y grandiosa, una estatua de 9 metros de alto esculpida por el mismísimo Calamis. Hoy en día, Sozopol todavía guarda el nombre de Apolonia para designar a su playa más hermosa. En el 2011, este mágico lugar rodeado de encantos dio la vuelta al mundo entero al saltar a los medios de comunicación internacionales con la sorprendente noticia de que se había encontrado en sus inmediaciones, durante las excavaciones de una antigua necrópolis, a un vampiro. Le habían clavado una estaca de hierro, concretamente un trozo de arado. No solo eso, sino que además le habían atado las extremidades para mayor seguridad. Estaba claro que tenían miedo de que pudiera ser un no muerto. Los cuerpos se encontraban en un cementerio de la Edad Media situado detrás de la iglesia de san Nicolás. Por cierto, que el lugar está muy próximo a la iglesia de san Jorge, donde los búlgaros aseguran que se encuentran las reliquias del apóstol san Juan Bautista.

En el momento del descubrimiento, Bojïdar Dimitrov, director del Museo Nacional de Historia, recibió un aluvión de llamadas por parte de los medios y tuvo que hacer declaraciones sobre el asunto. No era la primera vez que encontraban vampiros en sus tierras, pero nunca este tipo de noticias habían trascendido tanto a nivel internacional. El caso de Sozopol se hizo famosísimo. Entre aquellas primeras declaraciones públicas que Dimitrov hizo en su día ante los medios, destacamos las del comunicado oficial, recogido por la Agencia Efe: "A los habitantes de Sofía que teman que la presencia del vampiro pueda traer desgracias a la capital búlgara, les diré que este bebedor de sangre ha sido neutralizado con este pedazo de hierro durante la Edad Media. […] Uno de los empleados no paraba de santiguarse al lavar los huesos". Llegó incluso a asegurar que, cuando estaban trasladando la caja con el vampiro, los trabajadores del museo se santiguaban para protegerse.

Busqué a Bojidar Dimitrov para entrevistarle y me encontré a un hombre afable, inteligente y con bastante sentido del humor, que accedió a contestar todas mis preguntas. Matizó que los búlgaros de hoy en día son personas racionales y no creen en este tipo de supersticiones: "Solo unas cuantas mujeres mayores tenían miedo de que el descubrimiento del vampiro trajera mala suerte a la ciudad".

Sin embargo, conforme seguía entrevistando a Dimitrov, me di cuenta de que estos rituales y creencias están todavía muy arraigados en el país, ya que no solo se llevaron a cabo durante la Edad Media, sino que se prolongaron hasta 1920, y en algunos pueblos todavía se efectúan estas prácticas antivampíricas: "Los investigadores Ivanichka Georgieva y Rachko Popov apuntaron 1920 como la fecha hasta la que pervivieron estas prácticas, pero lo cierto es que nos quedamos realmente impresionados cuando vimos en la televisión a algunos habitantes de pueblos búlgaros de Vidin y Pernik explicando que ellos todavía llevan a cabo estas prácticas hoy en día. Se han anotado casos similares en un pueblo rumano recientemente, en el 2007".

Bojidar Dimitrov mencionó aquí a los investigadores Iva-niscka Georgieva y Rachko Popov, quienes hace algunas décadas ya habían estudiado el fenómeno de los vampiros y habían escrito un libro, publicado por la Academia Búl-gara de las Ciencias. "De acuerdo con estos investigadores —prosiguió Dimitrov—, los búlgaros creían que había un cie-lo, pero no un infierno. Tras la muerte solo las almas de las buenas personas iban al cielo. Las de los malos se quedaban en la tumba y algunas veces incluso se materializaban, an-daban por las calles y bebían sangre de los humanos y los animales. Para mantener el cuerpo de estas malas personas clavado a la tumba se le apuñalaba con una estaca de hierro. Estas creencias, así como otras creencias paganas, pervivie-ron tras la evangelización de Bulgaria, en 863. También se han encontrado vampiros en Serbia y Rumanía porque eran parte del amplio estado medieval búlgaro".

Pero ¿quién era sospechoso de ser un vampiro? Al parecer no una persona cualquiera, sino alguien que había sido muy, muy, pero que muy malo en vida. No solo malo, sino malí-simo, alguien espectacularmente malvado, perverso y tira-no. De hecho, en las necrópolis donde se encuentran estos esqueletos estacados, no es frecuente hallar a más de uno. ¿Quiere decir eso que todos los demás eran unos santos? Obviamente no, pero no eran tan malignos como aquel al que se le había clavado el hierro en el pecho, y así me lo explicó Dimitrov: "Sí, hay evidencias de que eran personas muy ma-las. Por ejemplo, Sozopol ha sido siempre una ciudad de pes-cadores, piratas, soldados y este tipo de gente brusca, pero el resto de cuerpos encontrados en la necrópolis estaban in-tactos. Había solo dos vampiros. Estaban juntos. Un hombre y una mujer, un matrimonio. El esqueleto de la mujer era muy frágil y no pudimos conservarlo".

Si hoy quisiera volver a entrevistar a Dimitrov no podría, pues lamentablemente nos dejó en el 2018, pero atesoro sus palabras como si fueran una de esas reliquias que a él tanto le fascinaban, y a las que dedicó su vida.

El mito sigue vivo

Sozopol brillaba a la luz del sol con sus aguas marinas reverberando al cielo. Esta pequeña ciudad, de las más antiguas de la costa tracia del mar Negro, sonríe a todos los que la visitan en verano, cuando las terrazas se abren y los turistas acuden, entre otros motivos, para visitar el museo en el que se encuentra el vampiro que ha hecho de este lugar uno de visita obligada para los amantes de lo extraño. Sin embargo, sus habitantes son reacios a hablar del tema. Fueron alrededor de veinte personas las que intenté entrevistar, con la ayuda de mis colaboradores y traductores, las que prácticamente huyeron de nosotros. Cuando entramos en la iglesia para entrevistarnos con el sacerdote sobre la influencia del cristianismo ortodoxo con relación al mito y otras cuestiones relacionadas, la mujer que cuidaba el recinto nos echó de allí en cuanto pronunciamos la palabra "vampiro". ¿Qué estaba pasando? ¿Tenían miedo de hablar? Aun así, seguimos firmes en nuestro empeño y poco a poco fuimos encontrando gente dispuesta a hablar y a contarnos un poco más.

Nuestros pasos nos condujeron al museo Sozopol, un lugar que da cuenta de la antigüedad e importancia de esta ciudad, desde sus primeros asentamientos, a la vista de los vestigios arqueológicos hallados bajo el mar y la tierra. Es allí donde el famoso vampiro se encuentra expuesto al público, dentro de una vitrina. Después de haber visto las momias egipcias del Museo Británico y los majestuosos dinosaurios del Museo de Historia Natural de Londres, de haber acompañado en salas de autopsia forense y de haber trabajado en campos de voluntariado de excavaciones arqueológicas, un hueso más o un muerto menos no debería causarnos ninguna impresión… Pero la causa, porque esa carcasa material que nos sostiene sigue hablándonos, nos trae noticias de otros tiempos, nos dice cómo éramos, qué comíamos, cómo vivíamos, cómo moríamos y cómo nos enterraban. Es precisamente a través de los rituales funerarios y los modos de enterramiento como descubrimos, o al menos intuimos, cómo eran nuestros antepasados, cuáles eran sus creencias, qué concepto tenían de la muerte y del más allá, e incluso qué temores les atormentaban. Y ahí estaba aquel esqueleto, en la vitrina del museo de Sozopol, contándonos tantas cosas… Allí conocimos a Ognyan Lulev, el encargado del museo. Nos recibió con suma amabilidad y nos acompañó por las calles de la ciudad para enseñarnos el lugar donde fue encontrado el estacado.

Tenía muchas cosas que preguntarle a Lulev. ¿Realmente era un vampiro? "Bueno, sí, lo era", nos contó, "pero no un vampiro como los de las películas de Hollywood. El mito que hizo que personas como estas fueran apuñaladas con una estaca los concebía como personas ruines y malvadas. Era una creencia pagana que fue atravesando el tiempo con distintos envoltorios, aunque la idea era siempre la misma: evitar que estos muertos salieran de sus tumbas para molestar y atormentar a la gente. Por eso, muchas veces les ataban de manos y piernas o los sujetaban a una piedra pesada… Y en todos los casos los apuñalaban en el pecho. No eran vampiros como los de las películas, eran otro tipo de vampiros. Por ejemplo, vampiros que te quitaban la energía. Hay muchas leyendas sobre ello. El mito se fue conformando con el sincretismo de distintos sistemas de creencias".

¿Y del vampiro de Sozopol qué sabemos? ¿En realidad era tan malo? "Desde luego no era un don nadie", dijo Lulev. "Era un tipo importante porque estaba enterrado en un lugar privilegiado y su tumba era bonita. Definitivamente se trataba de alguien poderoso, con un elevado estatus. La gente que viene al museo siente muchísima curiosidad, aunque algunos me preguntan dónde tiene los colmillos", bromeó Lulev. ¿Hasta dónde llegan las bromas de este cuidador del vampiro en el museo de Sozopol? ¿Cree él en estas criaturas de la noche? La pregunta no le amilanó. "Sí, claro que creo, pero no en los que te chupan la sangre. Creo en los vampiros que te agotan emocionalmente". Ante una respuesta de este tipo, uno se ve tentado a pensar que los búlgaros siguen siendo, de algún modo, fieles a su tradición.

A grandes rasgos, el retrato que nos ofrece Lulev se corresponde plenamente con el folclore de origen eslavo que retrata al mito como una criatura que se alimenta de la esencia vital de los seres vivos; alguien quien, al morir, se convertía en un cadáver viviente. Los tracios y búlgaros antiguos acostumbraban a amputarles las extremidades, cortarles los tendones de las rodillas o los talones a los cadáveres de aquellas personas susceptibles de regresar como un "no muerto", a las que remataban apuñalándolas en el pecho.

Tras despedirnos de Lulev, nos echamos de nuevo a las calles en busca de la leyenda. A pie de barca, nos paramos a hablar con un anciano pescador llamado Stefan. ¿Qué sabía del vampiro? "Era un hombre malo. Y no hay más que hablar", dijo con gravedad, poniendo punto final a la conversación. En otro lugar, nos paramos a hablar con Yvanka y Yianka, dos ancianas que se encontraban sentadas apaciblemente en un banco. Fueron ellas quienes nos dieron el testimonio de la leyenda viva. "Era un hombre muy malo. Un tirano. El alcalde de la ciudad". No iban muy desencaminadas, porque los últimos estudios, según Bojidar Dimitrov, teorizaban con la idea de que se tratase de un personaje histórico bien conocido, el pirata Krivich, quien vivió en el siglo XIII y llegó a ejercer de dirigente o alcalde de Sozopol en algún momento. Además, estas mujeres tenían más cosas que contarnos: "Nuestra madre nos decía que en los velatorios de los muertos no dejaban que los gatos entrasen en la habitación, porque si saltaban sobre el muerto, se le salía el alma y se convertía en un vampiro". Historias de otros tiempos, cuentos de viejas, supersticiones, leyendas, creencias, folclore, mitos... Cultura. Eso es lo que nos regalaron estas mujeres, un relato de extraordinario valor, un relato vivo de su cultura, de la cual forma parte imprescindible, desde el punto de vista antropológico, su sistema de creencias y supersticiones.

Cómo desactivar a un vampiro: el segundo entierro

En Bulgaria, por si las moscas, ni los arqueólogos se libran de la carga supersticiosa. Así lo demostró Nikolay Ovcharov, descubridor de otros vampiros búlgaros, como el de Veliko Ternovo, donde en 2012 encontraron un esqueleto con las extremidades atadas en la necrópolis de la iglesia ortodoxa de san Pedro y san Pablo. Ovcharov llevó a cabo un ritual que, según la tradición etnográfica, tenía por propósito "desactivar" al vampiro. Antes de extraer el armazón esquelético de su tumba lo roció con vino y lavó los huesos, también con vino. Pretendía así formalizar un segundo entierro o reentierro, de acuerdo con la tradición, para destruir al vampiro.

El procedimiento se realizó recogiendo los huesos empapados de vino en una bolsa para enterrarlos después en otro lugar, a la luz de una vela. Fue precisamente Ovcharov quien descubrió al vampiro de Perperikon, a quien bautizó como el "gemelo de Sozopol" porque fue apuñalado con el mismo objeto metálico, un apero de labranza, concretamente, una pieza de arado. Este arqueólogo, al que todos conocen en su país como el Indiana Jones de Bulgaria, va a tener que cambiar pronto su apodo por el de "cazavampiros".

A nivel popular, todo el mundo sabe qué hace falta para matar a un vampiro. El método más conocido, que hunde sus raíces en el folclore eslavo, es el de clavarle una estaca. Hasta hace poco, a principios del siglo XX, y por increíble que pudiera parecer, los viajeros con destino a la vieja Europa del Este compraban unos curiosos kits de viaje con las herramientas necesarias para destruir a un vampiro. Hoy en día estos kits de viaje para cazavampiros se encuentran en museos, en manos de coleccionistas o en subastas de todo tipo, incluso en eBay.

VAMPIROS REALES

Les gusta la noche, adoran el *look* gótico, organizan fiestas salvajes a las que acuden cientos de personas y saben cómo pasárselo bien. Son personas sociables, amables, de buena conversación y excelentes anfitriones. Ellas, con cierto aire de *femme fatale*; ellos, con un innegable halo de dandi; ambos, en todo caso, fusionados con la estética punk. Los hay de todas las edades, profesiones y nacionalidades. Podrían ser tu mejor amigo, tu padre, tu madre, tu hermano, tus hijos. Son encantadores y adorables. Solo hay un pequeño detalle en sus gustos dietéticos que puede llegar a horrorizarte: les gusta beber sangre humana. Para todo lo demás, Master-Card. Estamos hablando de vampiros reales, individuos que se identifican como miembros de una estirpe legendaria.

Merticus

Merticus Stevens tiene treinta y nueve años, es anticuario, está casado y le apasiona viajar. Vive en Atlanta (Georgia) y es vampiro. Reconoce que si no se alimenta de sangre de humana, se siente débil, apático, decaído, y acaba enfermando. Para mantenerse en forma le basta con una cucharadita de sangre a la semana. ¿Su donante? Su propia esposa. Es el presidente de la Asociación de Vampiros de Atlanta (AVA) y al día de hoy es el vampiro que más activamente ha colaborado en la investigación sociológica del vampirismo. Uno de sus mayores logros al frente de la institución fue llevar a cabo dos macroestudios, compuestos por miles de preguntas, en los que participaron cientos de vampiros de todo el mundo. En la actualidad, diferentes científicos del ámbito sociológico, psicológico, psiquiátrico, médico, forense, etcétera, se están nutriendo de la valiosa información recopilada hasta la fecha en estos estudios. Se trata de "Vampirism and Energy Work Research Study. A Detailed Sociologial and Phenomenological Study of the Real Vampire and Energy Worker Community", y "Advanced Vampirism and Energy Work. Research Survey. Examining the Intricacies of the Vampiric Condition".

Merticus sabía que llevaba tiempo queriendo entrevistarle. A pesar del rol "público" a la hora de incentivar los estudios sobre vampirismo real, es un hombre muy celoso de su vida privada. No accede a que le hagan fotos de ningún tipo, pero no porque no salga en ellas ni le falte el reflejo cada vez que pase frente al espejo. Sencillamente tiene familia y ha sufrido en sus carnes la persecución, demonización y acoso de quienes ven en los vampiros reales una amenaza, cuando no otra cosa peor. Por fin logré establecer una estrecha comunicación con él durante varias semanas.

"Me identifico como vampiro real desde 1997, aunque considero que el vampirismo siempre ha formado parte de mi vida, desde que nací", empezó a relatar Merticus. "Un día, estaba leyendo una página web sobre vampiros reales y sucumbí al encanto de aquel estilo de vida". Noté enseguida la importancia de la palabra *identificarse* y el término *vampiros reales*. Es aquí donde entra en juego la jerga subcultural, pues la comunidad de vampiros reales no está compuesta del vampiro que ustedes y nosotros tenemos en mente: una bestia maligna con capacidad de convertirse en murciélago, un no-muerto que muere desintegrado a la luz del día, duerme en un ataúd y sale por las noches a deambular por el reino de las sombras a seducir a sus víctimas para clavarles en el cuello sus afilados colmillos, siempre y cuando no les presenten batalla protegiéndose con una ristra de ajos, agua bendita o un crucifijo; seres inmortales a los que solo se puede matar clavándoles una estaca en el corazón, al más puro estilo Van Helsing. No, no estamos hablando del personaje de *Drácula*. ¿De qué estamos hablando, entonces? ¿Quiénes son estos vampiros reales del siglo XXI? "Soy un tipo normal. Me enfrento a los mismos problemas con los que lidian cada día los hombres de la treintena: ajustarse el cinturón, tornarse canoso poco a poco, tratar de encontrar una forma de seguir siendo relevante a medida que los más jóvenes van ganando terreno y haciéndose más fuertes… Puedo identificarme como un vampiro, pero no soy más que un hombre que sacia sus necesidades de energía a través de un café de origen úni-co (la sangre humana), un estilo de vida activo, un sexo in-creíblemente bueno y la indulgencia ocasional de dejar que la energía fluya a través de mi cuerpo", me dijo este vampiro de Atlanta. En definitiva, Merticus es un ser humano con ga-nas de vivir, de tener una vida sexual plena, y de no pasar por la existencia sin más, como casi todo el mundo, ¿no?

Merticus estaba convencido de que, a pesar de que tar-dó unos años en autoidentificarse como vampiro, siempre lo fue, biológicamente hablando. "Creo que el vampirismo está determinando por un conjunto de factores biológicos, meta-físicos y espirituales". El caso de Merticus podría parecernos aislado y hasta anecdótico, de no ser porque los vampiros reales son un fenómeno mundial, con marcada presencia y visibilidad en Estados Unidos y el Reino Unido. Llevan unos treinta años coexistiendo como comunidad organizada, aunque antes de eso ya se encontraban entre nosotros. Sin embargo, no fue sino hasta la década de los setenta cuan-do empezaron a identificarse abiertamente como "vampiros reales". En los años ochenta comenzaron a comunicarse de forma fluida entre ellos a través de cartas, listas de suscrip-ción, revistas. Y la llegada de internet en los años noventa hizo que la comunidad de vampiros reales creciera de mane-ra exponencial.

"Mientras que la mayoría de la gente se nutre energéti-camente comiendo y haciendo deporte, nosotros necesita-mos alimentarnos de las energías vitales, el prana, el chi o a través de pequeñas cantidades de sangre de personas cono-cidas como donantes". Merticus me explicó que hay vampi-ros reales de varios tipos: los que necesitan alimentarse de sangre, para lo cual llegan a acuerdos orales y contractuales —todo bien escrito y estipulado— con personas dispuestas a convertirse en sus donantes. A este tipo de vampiro le preocupa muchísimo consumir sangre en mal estado y sigue unos estrictos procedimientos de control. Exigen exámenes médicos de sus donantes antes de extraerles la sangre y por lo general recurren a las jeringuillas para obtener el apreciado fluido. Eso de ir pegando mordiscos por ahí a golpe de colmillo está mal visto entre los miembros de la comunidad de vampiros reales. Lo consideran una práctica ruda, insegura y poco higiénica, aunque se sabe que algunos lo hacen con donantes con los que tienen una relación muy estrecha. La frecuencia con la que consumen sangre varía y depende, entre otras cosas, de la disponibilidad de donantes, claro está; así que algunos optan por congelar la sangre, mientras que otros se alimentan de sangre animal y otros alimentos sustitutos que contienen sangre como forma de saciar de forma temporal sus ansias de ingerir el líquido rojo que corre por nuestras humanas venas.

Luego están los vampiros psíquicos, quienes no se alimentan de sangre, sino de la energía vital de los demás, también donantes, y de otras energías del entorno. La transmisión es indolora, aunque algunos donantes aseguran que se sienten ligeramente cansados o mareados tras el ritual. La transmisión puede realizarse mediante diferentes métodos. Y en tercer lugar están los vampiros híbridos, aquellos que se necesitan tanto sangre como energía vital. Todos ellos actúan con el consentimiento previo del donante. Lo de hipnotizar víctimas con la mirada y aparecerse en sus sueños hasta conseguir que caigan rendidas entre sus fauces, con el cuello dispuesto, solo pasa en las películas.

Merticus es híbrido. ¿Su método favorito? El intercambio energético y sexual. Tampoco rechaza alimentarse de las energías elementales y ambientales. Procura que el intercambio sea siempre justo, es decir, que haya un equilibrio entre lo que él y la otra persona necesitan, y a menudo hace que la energía circule para beneficio de otros. En la jerga del mundillo vampírico, a los donantes se les conoce como "cisnes negros". En el caso particular de Merticus, su donante es su esposa. La pregunta que nos ronroneaba por dentro era: si te alimentas energéticamente de otra persona, ¿es como si le estuvieras siendo infiel? "Algunos vampiros establecen una relación romántica con sus donantes. Otros únicamente sexual, y hay quienes, aparte de alimentarse de su pareja o cónyuge, tienen otros donantes de sangre, o tántricos". En definitiva, que los hay monógamos, solteros y sin compromiso, y otros a los que les van las relaciones abiertas. Como la vida misma.

Underground: el reino de los vampiros

Entrevistar a un vampiro no es fácil. Toqué muchas puertas en el mundo *underground*. En una de ellas me atendió JP Vanir, como se hace llamar un estadounidense de cuarenta años que, al igual que Merticus, empezó a identificarse como vampiro real tras leer un libro sobre la materia. Era otro híbrido. "Soy un ser bastante nocturno. La mayor parte del tiempo estoy cansado y eso que me levanto a las diez de la mañana. Empiezo a encontrarme mejor cuando estoy rodeado de un montón de gente y de mis donantes". Cuando le preguntamos qué siente cuando se alimenta de otra persona, nos dijo: "Me siento más vivo y despierto, ya no estoy vacío; me siento hiperactivo". Vanir se encuentra plenamente integrado en la comunidad vampírica y acude a las fiestas que organizan, eventos que con tan solo dos o tres días de promoción logran reunir a seiscientos asistentes, como mínimo, todos ellos elegantemente ataviados para la ocasión, con sus vestimentas góticas, sus lentillas y sus colmillos hechos a medida, por su supuesto. Nada de las típicas dentaduras postizas de Halloween. Aquí hay nivel.

Damien Ferguson, de treinta y cuatro años, vivía en Washington y era artista en el momento en el que le entrevisté. Le encantaba escribir, pintar, leer, escuchar música, jugar a videojuegos, aprender cosas… Ah, y también le iba el rollo BDSM, un término que abarca una serie de prácticas sexuales. A saber: *bondage*, disciplina, dominación, sumisión, sadismo y masoquismo. Por cierto, según los resultados de las encuestas llevadas a cabo por la AVA de Atlanta, el 39% de estos modernos draculines sienten gran interés por el sadomaso. ¿Sus métodos favoritos para llenarse de energía? "Si me alimento de sangre, uso cuchillas y realizo unos cortes. Suelo bebérmela conforme va brotando. Para obtener energía vital necesito estar en contacto con la persona. La toco en alguna parte del cuerpo (ni erógena ni sexual) y me relajo". Damien Ferguson no ha establecido hasta la fecha ningún tipo de relación romántica o sexual con sus donantes, como hacen otros vampiros. Según me dijo, en algunos casos, y dependiendo de la necesidad del vampiro, lo mejor es tener varios, "más que nada por la seguridad y el bienestar de los donantes", no vaya a ser que se queden "secos".

Entrevista con la vampira: Michelle Belanger

Nació el 11 de junio de 1973, tiene cincuenta años, es de Ohio y es escritora. De mirada clara y equívocamente tímida —más bien penetrante, como su voz grave y profunda—,

Michelle Belanger se oculta a veces tras unas gafas gradua-
das con las que se ayuda para poder ver mejor. Le gustan los
gatos y es de risa fácil. Los cabellos de color cambiante, casi
indefinible, enmarcan un rostro de blancura rosada y, a pesar
del gusto por el *look* gótico —camiseta negra, chaqueta de
cuero, gafas oscuras y botas de pisada firme—, esta moderna
vampiresa no intimida ni encaja en los moldes del imaginario
decimonónico de *femme fatale*. Más bien, genera simpatía, y
a poco de hablar con ella, se gana la etiqueta de entrañable.
Así son los que se autodefinen con el apelativo de "vampiros
reales": una subidentidad social bajo la cual confluyen personas que aseguran "alimentarse" de los demás, llegando a
chuparles la sangre si es necesario.

Michelle Belanger es una de las damas más respetadas
en el mundillo de los "vampiros reales". Es autora de varios
libros sobre vampirismo, ciencias ocultas, temas sobrenaturales... No oculta su identidad ni su espiritual forma de entender temas como el BDSM y el poliamor (relación amorosa
y/o sexual con varias personas de forma simultánea y con
el conocimiento y consentimiento de todas ellas). Defiende
las prácticas seguras, la responsabilidad y la comunicación
en las subculturas alternativas de las que forma parte, y realiza talleres de formación de energía para vampiros psíquicos. La primera vez que empezó a pensar en sí misma como
una vampira tenía apenas diez años: "Incluso entonces me
daba cuenta de que no me refería a uno de esos vampiros de
las películas. No me veía como un no-muerto, pero recono-
cía en mí tanto la habilidad como la necesidad de absorber la
energía vital de la gente que me rodeaba", rememoró. Y a eso
se dedicaba la joven Michelle, ya desde su más tierna infancia, a alimentarse energéticamente de los demás, como si de
un juego se tratara. Lejos de ser la oveja negra de la familia,

creció en un ambiente católico abierto, donde las habilidades psíquicas no eran un tema tabú, sino una realidad más cotidiana de lo que cabría imaginar, pues no era la única con capacidades psíquicas entre su parentela, así que "el hecho de que alguien pudiera sentir la energía de los demás no era algo del otro mundo". Sin embargo, Michelle tardó un poco en salir del armario: "Tardé años en hablar abiertamente de mi vampirismo", y es que no era la típica chica que uno pudiera llamar vampira: estudiante estrella, se graduó entre los diez primeros de su clase, y ganó múltiples premios y becas.

"Usamos el término 'vampiro' en el mismo sentido que las modernas paganas y wiccanas se autodenominan a sí mismas 'brujas'. Nosotros distinguimos claramente entre nuestro uso de la palabra y la forma en la que la misma se proyecta en la ficción, las películas y el folclore". En efecto, ni salen corriendo si se les muestra una cruz ni se desintegran si se les arroja agua bendita; les gusta el ajo, admirar su reflejo frente al espejo y, que sepamos, tampoco explotan como una chicharra si les da el sol. Lo de dormir en ataúdes tampoco les va mucho: "Lo único que tenemos en común con los vampiros, tal y como lo entiende el resto del mundo, es nuestra necesidad de fuerza vital. Creemos que somos especialmente conscientes de la energía vital de otras personas, así como de nuestra habilidad para nutrirnos de ella con el fin de mantener nuestra salud y bienestar". Los que, como Michelle, se definen de este modo, se desmarcan del perfil depredador y condenan cualquier tipo de actitud abusiva o no consentida. Siguen un código ético respetuoso y defienden las prácticas seguras, en especial en lo relativo al consumo de sangre como medio para conseguir la energía vital. Los "vampiros reales" no tienen víctimas, sino donantes que, por voluntad propia, les permiten obtener aquello que necesitan de forma altruista. "Solo nos alimentamos de donantes voluntarios", recalcaba Belanger.

"Conozco a muchos vampiros que beben sangre, pero yo no soy una de ellos. Adquiero la fuerza vital en forma de energía", me dijo. Consciente de la confusión que surge cuando los profanos intentamos entender a qué se refiere, trata de explicarlo acudiendo a un ejemplo: "Piensa en la gente que practica taichí o yoga. Es la misma energía. Los vampiros energéticos como yo suelen denominarse también 'vampiros psíquicos'. Y la verdad es que todos y cada uno de los vampiros psíquicos que conozco son también psíquicos en otros ámbitos". Belanger ha hecho alarde de este tipo de habilidades en programas de televisión como *Paranormal State* o *Paranormal Lockdown*.

A pesar de que los temas que Michelle Belanger trata en sus libros y en los programas de televisión en los que participa puedan parecer oscuros y tenebrosos, lo cierto es que esta famosa vampiresa estadounidense derrocha bastante luz. Tiene una personalidad abierta y divertida; amable y simpática, se abrió a mí con confianza, sin papeles impostados. La vampiresa que yo conozco no tiene capa ni representa ningún rol. Es una persona de lo más común, y encima me cayó bien. Cuando no está escribiendo —su principal ocupación y vocación—, disfruta jugando al *Skyrim* (*The Elder Scrolls V*), el videojuego que en ese momento la tenía enganchadísima, aunque el *Sid's Meier Civilization* también la traía de cabeza a veces. Belanger ha hecho sus pinitos en el mundo de la música y la composición de canciones, pero, sobre todo, es una ávida lectora y devora todos los libros que caen en sus manos, en especial los relacionados con la historia, el folclore, la psicología y el mundo criminal. "A lo mejor soy un poco búho, como les pasa a muchos de los miembros de la comunidad vampírica; mi capacidad de sentir a la gente —su energía, sus emociones, todo tipo de información psíquica— me hace huir de las multitudes. Pero por lo general, y dejando a un lado el hecho de ser vampírica, no me diferencio en nada al resto de gente. En serio". Es lo que nos asegura, y con solo asomarme a su cuenta de Twitter, supe que estaba diciendo la verdad: fotos de sus hermosos gatos, *selfies* en pareja, paseos por las montañas, instantáneas de sus viajes… Ah, y desayuna café con leche. A veces hasta va al Starbucks. Nada de cálices de sangre.

En ocasiones, Belanger acude a los llamados "bailes vampíricos", fiestas en las que los miembros pertenecientes a esta subcultura acuden disfrazados de Drácula, con sofisticados maquillajes góticos y colmillos hechos a medida. Michelle no pasa desapercibida. Respetada y admirada por sus compañeros, esta dama de los vampiros lleva desde los años noventa desempeñando un papel relevante en la comunidad vampírica moderna: "Como autora de *Psychic Vampire Codex* (*Códice psíquico de los vampiros*), he puesto palabras a muchas de las técnicas y los procesos exclusivos de los vampiros psíquicos y esas enseñanzas le han dado la vuelta al mundo. Además, a partir de 1996, empecé a desempeñar un rol importante como portavoz mediático de los vampiros psíquicos y los vampiros sanguíneos. Y también soy responsable del conjunto de normas éticas que rigen nuestra comunidad y que en la actualidad todavía siguen vigentes".

Si a usted le dijeran que su abogado es un vampiro psíquico, ¿requeriría de sus servicios? ¿Acudiría a su médico de cabecera de saber que tiene la manía dietética de consumir pequeñas cantidades de sangre humana periódicamente para sentirse mejor? ¿Votarían en las próximas elecciones a un vampiro psíquico? Tal vez no. Aun así, Belanger y otros miembros destacados de la comunidad están convencidos de que la información es la mejor arma contra la ignorancia y han asumido con total responsabilidad la tarea de desclasificar todo aquello que en el pasado circulaba solo a través de canales cerrados o secretos. "Yo llevo desde 1996 desmontando mitos, explicándoles a los medios quiénes somos en verdad. Gran parte de este trabajo implica disipar rumores, prejuicios e información falsa. En un momento dado, decidimos autoidentificarnos con una palabra cargada de profundo significado, y sería muy cándido pretender que el resto de personas ajenas a nuestra comunidad vieran el término 'vampiro' y entendieran al instante lo que significa para nosotros. Pero creo que hemos hecho muchos progresos saliendo de las sombras a través de libros y entrevistas, programas de televisión e incluso videos de YouTube." ¿Quién dijo que salir del armario fuera tarea fácil? La comunidad afroamericana, la feminista, los sindicalistas, la comunidad LGTB y otros colectivos saben bien lo que es derramar sangre a cambio de conseguir un mundo en el que puedan existir sin temor a perder la vida y, sobre todo, sin que ello suponga que su identidad implique la pérdida de su estatus como ciudadanos de pleno derecho.

Por desgracia, Belanger también ha sufrido este tipo de ataques en sus propias carnes, y por lo que averiguamos al adentrarnos en el mundo *underground* de los vampiros al hablar y entrevistarnos con varios de ellos, no es la única. "Vivo en un área bastante conservadora de los Estados Unidos. Hay otras regiones peores en este país, pero digamos que, si no eres blanca y cristiana, la mayoría de la gente te trata con recelo. No porto ninguna bandera declarando mi vampirismo allá donde voy, pero al ser tan activa en las redes sociales, los rumores se expanden como la pólvora. En el pasado, sufrí ataques vandálicos, me destrozaron el coche. He tenido que soportar amenazas. Hace veinte años era mucho peor, así que entiendo a la perfección que muchas de las personas que se autoidentifican como vampiros lleven una doble vida y guarden el secreto. Si lo hicieran público, como yo, se estarían arriesgando a perder su trabajo, e incluso a su familia".

Cuando le pregunté a Michelle cómo se alimentaba de esa enigmática energía vital, y qué sentía al hacerlo, me dijo: "Puedo alimentarme con un simple toque. Puede ser algo tan sencillo como posar mi mano sobre el hombro de alguien. El toque psíquico es un foco, realmente. Tal y como sucede con otras corrientes tradicionales energéticas, como el reiki, el proceso real es una simple cuestión de mente y voluntad. Cuando cojo la energía de otra persona, se produce un intenso sentido de conexión. Empiezo a percibir cómo piensa, cómo siente. Hay un derrame psíquico. Si estoy usando mi mano para tocar, siento cómo se calienta y hormiguea. Esa sensación de hormigueo se extiende a menudo a lo largo de mi brazo. El calor se va expandiendo y siento un embriagador latigazo, como si estuviera bebiendo luz líquida. Para la otra persona el proceso resulta muy relajante. Cuando se realiza de manera correcta, no es perjudicial ni duele. Tan solo hace que al donante le entre sueño, se sienta a gusto, relajado, como si le acabaran de dar un buen masaje y estuviera disfrutando de sus efectos bajo una cálida manta".

Científicos frente al fenómeno de los vampiros reales

Investigadores como la escritora Suzanne Carre y el sociólogo D. J. Williams se han dedicado a explorar el fenómeno de los vampiros reales desde el punto de vista sociológico. Williams es profesor de Sociología, Trabajo Social y Criminología en la Universidad de Idaho. Lleva años estudiando las conductas sociales desviadas y es director del Centro de Sexualidad Positiva de Los Ángeles. A este científico social, autor de varios estudios y libros, le encanta ahondar en lo que podríamos denominar ocio desviado o perverso, y es uno de los mayores expertos que existen a nivel mundial sobre vampiros reales. Williams se mostró encantado de poder colaborar conmigo.

Hay muchas personas que creen que los vampiros reales padecen algún tipo de desorden mental. ¿Está de acuerdo? "A pesar de que hay gente que asume que los vampiros reales tienen delirios o algún tipo de psicopatología subyacente, no hay ninguna evidencia que apoye esta teoría. Los académicos —entre los cuales me incluyo— que en realidad han pasado un tiempo considerable con ellos, hemos observado que los vampiros gozan de una buena salud mental, equiparable a la mayoría de la población general", respondió. Si no podemos explicar el fenómeno desde el punto de vista psiquiátrico, ¿debemos hacerlo desde el punto de vista sociológico, entonces? "Estamos en una época en la que tenemos un amplio abanico de identidades; a menudo la gente adopta varias de ellas porque parecen encajar y expresar la forma en la que se entienden a sí mismos. Tal y como sucede con otras identidades, los vampiros reales han elegido (y a veces creado) y aplicado términos específicos para describir y dotar de sentido a un importante aspecto sobre sí mismos, y en definitiva, sobre quiénes son".

El investigador Joseph Lyacock, profesor de Estudios Religiosos de la Universidad de Texas, experto en la historia de la religión americana y aproximaciones sociológicas a los estudios religiosos, también se ha acercado al fenómeno. La conclusión a la que ha llegado es que el vampiro real es una identidad específica. Las personas que se autoidentifican como vampiros reales andan a medio camino entre lo que podríamos considerar una tribu urbana, con un estilo de vida y *look* muy característicos, y lo que algunos denominarían una religión, con un conjunto de creencias altamente sistematizado en lo relativo a la identidad del vampiro real. Según los sociólogos, estas personas no tienen ningún desorden mental ni suponen una amenaza para los demás o para sí mismos. Es lo que dice D. J. Williams.

Sabemos, eso sí, que tanto Merticus como Williams han colaborado con el FBI en calidad de asesores. *¿Cómo pueden los estudios sobre vampiros reales ayudar en las investigaciones forenses federales?*, fue la pregunta que le trasladé al sociólogo. "Bueno, a veces hay casos excepcionales en los que ciertas personas han cometido un asesinato y han afirmado ser vampiros. Te pongo los ejemplos de Rod Ferrell (Estados Unidos) y Matthew Hardman (Reino Unido). Suelen recibir amplia cobertura en los medios, y claro, el público tiende a generalizar con respecto a la propensión a la violencia de estos individuos que, en ningún caso, son miembros de la comunidad de vampiros reales, quienes denuncian la violencia y el comportamiento no ético", explicó. Fue entonces cuando me vino a la memoria el caso de John George Haigh, quien en 1949 fue acusado en Londres de matar a seis personas, cuyos cuerpos disolvió posteriormente en ácido sulfúrico. Haigh trató de hacerse pasar por un enajenado mental aquejado de vampirismo, asegurando que tenía sueños que lo impulsaban a matar y beber sangre, motivo por el que fue apodado "el vampiro de Londres". No coló. Las autoridades tampoco encontraron evidencia alguna de que se bebiera la sangre de sus víctimas ni de que actuara bajo ningún tipo de compulsión. El alegato de vampirismo e incapacidad mental fue desestimado. Haigh fue condenado a morir en la horca.

Pero, entonces, ¿qué diferencia hay entre un vampiro real y una persona que sufre de vampirismo? El vampirismo clínico es una parafilia, un extrañísimo desorden mental en el que el individuo se excita sexualmente ante la necesidad compulsiva de ver, toca o ingerir sangre, crea o no ser un vampiro. No hay mucha bibliografía al respecto, aunque Herschel Prins lo postuló como afección clínica en 1985, y Richard Noll describió sus características en 1992. Aun así, no está incluido en el CIE-10 ni en ningún otro manual de diagnóstico. La literatura médica suele asociarlo con la necrofilia y el fetichismo sexual. Etiológicamente se desconoce la causa, pero parece ser que el vampirismo clínico hunde sus raíces en traumas infantiles. Suele darse con mayor frecuencia en hombres que en mujeres, y el psicólogo Richard Noll propuso cuatro fases en su desarrollo: 1) Infancia: el niño suele vivir un incidente sangriento. Es en ese momento donde descubre que la sangre le excita; 2) Autovampirismo: la visión, el sabor y el tacto de su propia sangre le producen placer; 3) Zoofagia: en un momento dado, empieza a probar sangre animal, prefiriendo la de animales de compañía; 4) Vampirismo clínico: en este estado, el más avanzado, el individuo pasa a ingerir de forma compulsiva sangre humana, ya sea acudiendo a bancos de sangre o laboratorios, a través de donantes, o atacando y desangrando a sus víctimas.

Nos pusimos en contacto con la psicóloga forense y escritora Katherine Rasmland, quien nos dijo: "Si un vampiro real comete un crimen, su 'estatus vampírico' no le va a librar en un juicio a menos que se demuestre que tiene cuadros delirantes y es incapaz de apreciar la negligencia de sus actos".

Bueno, puede que la línea entre lo sociológico y lo psiquiátrico esté un poco empañada en ocasiones, pero el ámbito criminal lo tiene claro: la clave está en el delirio.

BIBLIOTECA

Drácula, de Bram Stoker, es sin duda la novela que más ha contribuido a popularizar y ensalzar la figura del vampiro tal y como ha llegado hasta nosotros en el imaginario popular: un no-muerto con habilidades hipnóticas de seducción que se alimenta de la sangre de sus víctimas y jamás envejece ni muere, a no ser que se le clave una estaca en el corazón.

CAPÍTULO 16
POLTERGEIST

En el pasado se hablaba de duendes ruidosos, entes que provocaban toda suerte de fenómenos extraños en el hogar. En la actualidad, los duendes han dado paso a otra terminología para referirse al agente causante: "foco". No es la casa la que está encantada, sino el inquilino que la habita, aunque no lo sepa.

Podría relatarles cientos de casos *poltergeist*, algunos tan famosos como dudosos, pero no estaría aportando nada. A lo largo de mi carrera como reportera de misterio he tenido la oportunidad de acercarme a expedientes mucho más brutales e impactantes, tan desconocidos como olvidados en los cofres del pasado. Destaparlos aquí es casi un sacrilegio; conocerlos, un privilegio. Pero ¿qué es un *poltergeist*? Buena pregunta. En principio estaríamos hablando de un fenómeno paranormal caracterizado por manifestación de actividades insólitas, como objetos que se mueven solos, grifos que se abren, luces que se apagan y se encienden, ruidos inexplicables y fenómenos físicos extraños. Estos eventos pueden ser intermitentes y de corta duración, pero en algunos casos pueden persistir durante semanas, o incluso meses.

Antiguamente se creía que, cuando se daban este tipo de situaciones en una casa, eran originados por un duende o espíritu travieso. Por eso la palabra *poltergeist*, que proviene del alemán, significa "espíritu ruidoso". A pesar del origen etimológico del término, en la actualidad se cree que los *poltergeists* no son originados por la presencia de un espíritu. Los investigadores de la fenomenología sí creen que el origen es una persona viva, a menudo un adolescente o una persona joven conocida como "agente" o "foco". Algunos sugieren que la naturaleza del *poltergeist* es resultado de la energía psíquica subconsciente liberada por el agente, mientras que otros plantean explicaciones más escépticas, como la actividad inconsciente de la persona o la influencia de factores ambientales, como corrientes de aire o vibraciones.

Seguimos sin tener explicación científica concluyente para este fenómeno, pero sí tenemos numerosos casos documentados en todo el mundo, y yo les voy a compartir algunos de los más escalofriantes que he investigado.

EL *POLTERGEIST* DE MÁLAGA

Málaga (España), primavera de 1977. El mítico y legendario grupo de investigación paranormal CICE recibió una llamada urgente al grito de "¡Por favor, vengan ustedes hoy mismo! ¡Llevamos seis noches sin dormir!". Así se expresaron los miembros de una familia de la capital que vivía aterrorizada por los sucesos que estaban teniendo lugar en su hogar. Los protagonistas eran Carlos Muñoz, el miembro más joven de la casa, su padre, su abuela, su tía abuela y un tío que se encontraba de visita. No sabían a quién más acudir. Estaban absolutamente desesperados. ¿Qué estaba pasando allí? Al parecer, los objetos más inusitados de la casa volaban como por arte de magia, desafiando todas las leyes de la gravedad, ante los atónitos ojos de los presentes.

Entre los miembros del CICE se encontraba Manuel Portales Ojeda, redactor de RTVE-RNE, quien no tardó en escribir una crónica para el *Diario Sur*, dando cuenta de todo lo que allí estaba pasando: ceniceros que salían disparados, estruendos inexplicables, cucharillas que volaban durante varios minutos, limones flotando como globos, sillones y estanterías volcadas, y una retahíla de objetos que parecían estar "psicodirigidos". Los testimonios que en su momento recogió Manuel Portales eran estremecedores. El padre de Carlos, descrito como un hombre recio y curtido, confesaba: "Mire usted, cuando me enteré de lo que estaba pasando y encontré a mi hijo tan nervioso, decidí no irme aquella noche. Mi Carlos, que se venía quedando en esta casa para acompañar de noche a mi madre, que está 'echailla a perder' [enferma], se caía de sueño. Le dije que estuviera tranquilo y se acostara. Y yo me quedé sentado en este sillón. El angelito roncaba a los dos minutos. Aquella noche no pasó nada. Hasta llegué a pensar que se habían puesto de acuerdo para inventarse la historia. Pero el sábado, día 12, me llama una vecina a las cuatro de la tarde, que me vaya corriendo para la casa de mi madre. Llego y los encuentro a todos sin saber qué hacer, de acá para allá. Me hago con la situación y le digo a mi hijo: 'Siéntate en ese sillón y estate tranquilo'. Yo enfrente, sin quitarle la vista de las manos. Pero no hice más que decirle esto, cuando un cenicero que había a más de metro y medio salió disparado para sus pies. Mi niño dio un salto y dijo: '¡Ay, qué susto, papá!'. Haciendo de tripas corazón, le tranquilicé y volví a sentarlo, ahora en otra posición. La parrilla que tienen las estufas para colgar los trapos a secar se levantó de repente y dio un golpe fenomenal. El niño estaba retirado de la estufa como dos metros y medio".

El padre de Carlos estaba decidido a averiguar qué era lo que estaba pasando, no sin cierto recelo y nerviosismo:

> Aunque yo llevaba mi gusanillo por dentro, quería llegar hasta el final, así que situé a mi hijo en el lado opuesto, junto a la puerta de la cocina, y me senté en el sillón que él ocupaba. No llegó a sentarse mi Carlos. Un tremendo golpe sonó en la puerta y una cucharilla de café entró tranquilamente volando sobre la cocina, donde no había nadie. Con las mismas, noto que la puerta que hay a mi izquierda y que da a un patio se mueve, como si alguien la empujara. No había nadie fuera. Todo esto sucedió en mi presencia y durante tres o cuatro minutos. Luego el niño se tranquilizó y cesó el "guirigay".

Los objetos más insólitos flotaban por la casa

Los sucesos paranormales que vivieron los miembros de esta familia no fueron cosa de un día, ni de dos, ni de tres, sino que se prolongaron durante varias semanas, y se dejaron sentir con bastante frecuencia e intensidad. La abuela de Carlos, quien por aquellas fechas estaba enferma, lo tenía claro: "Esto me va a quitar la vida. Me pongo tan nerviosa que no lo resisto". Fue un vaticinio profético, pues según pudimos averiguar, falleció poco después, no sin antes dejar para la posteridad su testimonio. Manuel Portales reprodujo sus palabras en el *Diario Sur*, el 20 de marzo de 1977:

> Yo no me muevo de aquí, de este sillón. Cuando el otro día aquel jarrón de plata que tengo en el chinero empieza a volcarse, y se va para la cocina, como si alguien lo llevara agarrado. Llamo a una hermana mía que estaba en la alcoba y pregunto por mi nieto. Ella me dice que está en el baño. Entonces me entró una "temblaera" [temblando] que no se la deseo a nadie. [...] No tengo cabeza como para acordarme de todo. Pero, por ejemplo, he visto un limón entrar por aquella puerta, como si fuera un globo, dar la vuelta a la habitación y volver a salir para la cocina sin chocar con nada.

La fila de testigos de lo insólito seguía alargándose. La tía abuela de Carlos, hermana de su abuela, no dejaba de recoger los restos del estropicio y volver a poner las cosas en su sitio. Había acabado acostumbrándose, en cierta medida, a cruzarse con tazas, cucharas, ceniceros y cacharros de toda suerte porque si no, como ella misma afirmó en su momento, "estaría todo hecho un baratillo y no se podría ni pasar". Ella tampoco se libró de las garras de la experiencia sobrenatural:

> Acompaño a mi hermana desde que está malucha —decía—. La noche del miércoles, que me quedé por primera vez, el niño [Carlos Muñoz] vino corriendo al cuarto donde dormimos mi hermana y yo, perseguido por un bote de cristal que se hizo añicos a sus pies, sin

tocarle. Otra noche se cayó un tarro de colonia brus-
camente, pero no se rompió, a pesar de que el líquido
se derramó todo. Lo pongo sobre la mesilla de noche, y
salgo para afuera. Detrás mío, a gran velocidad, sale el
tarro y me da en esta pierna, quedando parado debajo
de la mesa. Lo miro para cogerlo, y se va dando saltitos
al otro extremo, se destapa, y el tapón, que era de plástico, cae dando un porrazo que no parecía del mismo
tapón. Otro día, de un saco amarrado que tengo en la
cocina, sin que nadie lo abriera, sale medio bollo y se
para en una bandeja con vasos que hay en el comedor,
tira los vasos y sale disparado como una bala contra la
pared. Otra noche veo que aquella tetera moruna que
pesa más de diez kilos se cae debajo de la mesa, si-
guiéndole más tarde las tacitas que también son me-
tálicas. Luego he visto venir desde la cocina cuchillos,
"exprimelimones", casillos, platos... Todo viene a parar
al comedor.

La tía abuela de Carlos parecía ser la única que no se dejaba impresionar por el fenómeno. Había acabado aceptan-
do lo extraño como algo cotidiano, y su única queja era que
se pasaba el día recogiendo las cosas del suelo, "que me va
a dar una ciática, a mis años", añadía. El que sí quedó sumamente impresionado fue el tío de Carlos, llamado precisamente igual que su sobrino. Su tocayo se encontraba en la
casa de paso, pues había regresado del extranjero para visitar unos días a la familia, encontrándose de lleno con aquel
carnaval de pavorosos sucesos. Al principio acogió la noticia con escepticismo, decidido a pasar la noche durmiendo a
pierna suelta, como muy bien apuntaba Portales, pero pronto se daría de bruces con la cruda realidad. Aquella noche

se encontraba en la casa otro invitado más, un joven amigo suyo que acaba de llegar de Almería. Veamos qué fue lo que pasó:

De repente vemos, este amigo mío, mi sobrino y yo, a través del espejo, mis zapatillas subiendo hacia el techo para luego resbalar por la cabecera de la cama. De la mesita de noche comenzaron a salir zapatos de niños, ruidos de cacharros en la cocina y un tremendo golpe en el comedor. Mi madre y mi tía dormían en el otro cuarto y mi sobrino en el nuestro. Salgo, a duras penas, porque alguien tenía que hacerlo, y me encuentro este sillón tumbado, que pesa lo suyo. Lo pongo en su posición normal y me vuelvo a la cama. Mi sobrino temblaba. Me acuesto con él y le pongo sus dos manos asiéndome el brazo derecho. De repente noto alguna cosa que me alborota el pelo y que me pone un objeto en la otra mano: un cenicero en forma de cocodrilo que estaba siempre en el comedor. Sin comentarios.

No fue la única maravilla que habrían de ver sus ojos, pues en los días sucesivos todavía tuvo tiempo a presenciar otras manifestaciones diversas: "Luego, en días sucesivos, he visto, que los ojos se me salían, cómo un vaso recorría la mesa suavemente (estaba yo solo en el comedor) hasta caer despacio al suelo, cacharros que caen, golpes que nadie da, etcétera. Mire usted, por azares de la vida, yo he tenido que cruzar bosques infectados de alimañas y zonas donde las fieras acudían de vez en cuando, y nunca, se lo juro, me sentí tan mal y tan sin saber qué hacer como en esta ocasión".

Según pude saber, con base en los testimonios que me llegaron sobre este caso, el tío de Carlos pasó tanto miedo que adelantó su viaje de vuelta, pues no podía soportar la presión de aquellos fenómenos paranormales. Logré averiguar, eso sí, que había regresado hacía poco a su tierra natal, y traté de quedar con él para que me contara lo que recordaba de aquel suceso, pero no quiso colaborar conmigo. No debe ser fácil traer a la memoria hechos tan escabrosos. A quienes sí pude localizar fue a otros familiares y protagonistas de esta historia, que, cuarenta años después, me dieron nuevas pistas y claves en torno a lo que sucedió en aquella casa.

El CICE

Málaga (España), invierno de 2015. Los periodistas e investigadores del CICE que en su día acudieron al domicilio para estudiar el caso fueron el mencionado Manuel Portales, junto a Vicente Gómez, Aurelio Cruz, Luis Torres, Rafael Liébana y Paquita Moreno. Me di a la tarea de localizar a varios de ellos. ¿Qué recordaban de aquel caso? ¿Cómo lo veían ahora, después de cuarenta años? ¿Podían aportar algún dato extra? La sorpresa llegó con Manuel Portales, quien no solo se acordaba perfectamente de la crónica que había escrito en el *Diario Sur* a finales de los años setenta, sino que él mismo había tenido la oportunidad de presenciar en sus propias carnes y con sus propios ojos una manifestación de lo más inusual en el lugar mientras se encontraba entrevistando al joven Carlos. Manuel me invitó a su casa y yo sentí que estaba entrando en un santuario. Me pidió que tomara asiento y pensé que estaba sentada frente a una leyenda. Tenía la mesa llena de álbumes con recortes de los artículos que había escrito y fotografías de los lugares que había visitado en busca de todo aquello que se salía de los bordes de lo ordinario. Rememoró sus peripecias: "Todas las cosas que había raras, allí estaba yo".

Nada más entrar en materia, nos dijo:

Este chico [refiriéndose a Carlos Muñoz] tenía unos poderes que ni él sabía que los tenía. Él no sabía que le iba a cruzar un pimiento por delante cuando yo le estaba entrevistando, que eso lo vi yo, mientras sostenía el micrófono frente a él, como se cruzó el pimiento entre nosotros, frente a nuestras propias narices. Y en ese momento, salta y dice uno de allí: "Pues esto no es nada, aquí los sillones se me ponen boca abajo". También vi un cubierto pasar flotando, aunque a mí no me sorprendía porque yo ya estoy acostumbrado a ver estas cosas. El chico estaba asustado. No lo hacía adrede. Y en la farmacia donde trabajaba la cosa se puso seria porque se cambiaban las cosas de sitio nada más entrar el niño. No sé si al final lo echarían... Creo que el chico tenía poderes mentales, pero no era consciente.

Salí de casa de Manuel, dejándole a solas con sus recuerdos, sus experiencias inolvidables, sus recortes de periódicos y álbumes de fotos, y me dirigí al hogar de Paquita Moreno, otro de los miembros del CICE que en su día acudió a investigar el fenómeno junto a Manuel Portales. Era la segunda vez en la mañana que iba a conocer a una leyenda de la investigación paranormal de los años setenta. En el pasado, la opinión que habían dado (también reproducida por Portales, en el *Diario Sur*) fue la siguiente: "El aura o luminosidad que le he visto alrededor del cuerpo a Carlos [Muñoz] es de un color azul claro, muy alta; pero, extrañamente, no sale inmediatamente de la línea de su figura, sino que deja unos centímetros en claro. Está bastante dispersa, con puntos luminosos, y rota a la altura de los hombros. Los fenómenos suceden porque existe un clima de inquietud en la casa y porque Carlos tiene la edad, dieciocho años, de la transición desde la pubertad a la juventud, en que se suelen dar estos fenómenos u otros de la misma índole". Es decir, Paquita también creía que el foco de aquellos fenómenos era Carlos y se amparaba en el hecho de que, según la tradición parapsicológica, este tipo de fenómenos *poltergeist* eran desencadenados por un agente o foco, por lo general un adolescente.

Cuando entré en casa de Paquita Moreno me encontré con un laberinto interminable de estanterías y más estanterías abarrotadas de libros. Llegué a un espacio en el que todavía reinaban más libros. Eran una plaga. Al darse cuenta de que no podía dejar de maravillarme por su vasta biblioteca, dijo: "Me gusta mucho leer, sobre todo a Agatha Christie". Recordaba su etapa en el CICE de la siguiente manera: "El CICE éramos un grupo de personas preocupado por comprobar si los hechos paranormales eran reales o si se trataba de un fraude. Fuimos a muchos sitios de España y el extranjero. Estuvimos en el caso de Bélmez, en el del edificio Plaza Janés…". ¿Qué recordaba de este caso acaecido en Málaga?:

Yo, personalmente, no vi nada, pero la gente decía que el muchacho tenía poderes de telequinesis. Lo que sí es cierto es que percibí su aura, porque todo el mundo tiene un aura y yo a veces estoy predispuesta a percibirla, y se veía perfectamente que era un aura muy luminosa y atrayente. Carlos tenía alguna facultad psíquica, desde luego. Parece ser, aunque yo no le he podido comprobar, que las personas como Carlos, con esa propensión, en esa edad, tienen más poderes, por así decirlo. La familia estaba muy nerviosa. Además, el muchacho daba siempre la impresión de ser muy inquieto. Desprendía, si no miedo, sí cierto recelo.

La abuela convocaba a los espíritus en aquella casa

Había llegado el momento de hablar con los miembros de la familia que durante la primavera de 1977 habitó en aquella casa de la calle José María Freuiller, en donde tuvieron lugar estos acontecimientos, y la primera en abrirme las puertas fue Ana María, la prima de Carlos. Ella era muy pequeña cuando todo aquello ocurrió:

Mi primo se dio cuenta de que estaban pasando cosas raras en la casa, pero al principio no le dio importancia, pensando que serían manías suyas, aunque cuando la cosa se puso seria se asustó tanto que se lo dijo a su padre. Mi tío se quedó unas noches para ver si era verdad lo que pasaba, y vaya si pasaban cosas. Las puertas se abrían y se cerraban, los grifos se abrían solos, las zapatillas subían por las paredes, salían las almendras de un saco que tenían una a una como caminando, se volcaban los muebles... Y pasaba todo por la noche, mayormente. Me acuerdo de que había un vecino llamado Rodrigo, el padre de José María Martín Carpena, el concejal del PP que asesinó ETA, que no daba crédito a lo que estaba pasando. Era un hombre muy culto, y decidió poner unas trampas en la cocina de mi abuela, sin decirle nada a nadie, a ver si destapaba lo que él consideraba una broma pesada, pero al final él mismo tuvo que reconocer que allí no había trampa ni cartón, sin poder dar una explicación a lo que estaba pasando. Allí la verdad es que no dormían, los sofás se volcaban solos, se armaba un estruendo que despertaba a los vecinos. Eso era morirse de miedo.

Ana María también me aportó algunos datos nuevos sobre las hipótesis que en aquella época se barajaron en relación con el origen de aquellas manifestaciones:

La cuestión es que el fenómeno parecía perseguir a mi primo allá donde iba. Si entraba en una cafetería, se movían las copas, se caían los vasos al suelo, o estallaba el letrero luminoso de la discoteca a la que entraba, por ponerte un caso. Mi abuela era muy aficionada al espiritismo y solía reunirse con amigas allí, con todo a oscuras, iluminándose tan solo con la luz de una velita, para invocar a los espíritus. Y como mi primo era tan bueno, tan noble y tenía tan buen corazón, mi abuela llegó a temer en algún momento que a lo mejor todo aquello era culpa suya por haber invocado algún espíritu que se estaba cebando con su nieto por ser el más débil de la casa, por así decirlo; él era muy noble de corazón, mi primo era una persona buenísima.

Otra familiar suya, que prefirió que guardara su nombre en el anonimato, me reveló otra de las hipótesis sobre el origen de aquellas expresiones inexplicadas, no sin antes referirnos sus recuerdos y vivencias al respecto:

Yo he llegado a dormir en esa casa y puedo decir que una noche sentí varias presencias y pasé mucho miedo, y eso que yo no soy sensitiva ni nada de eso. En la casa, la abuela se juntaba con las amigas a hacer espiritismo, así que ya de por sí arrastraba algo… También hay que decir que Carlos era muy bromista, y que siempre le estaba gastando bromas pesadas al abuelo, así que este le llegó a amenazar varias veces diciéndole: "Cuando me muera, te tengo que asustar bastante". Y daba la casualidad de que el abuelo había fallecido hacía dos o tres meses, y por eso llegamos a pensar también que a lo mejor aquello era cosa del abuelo, porque además fueron varios los miembros de la familia que se acordaron de eso que le había dicho y pensaban que era cosa de él. Y desde luego tengo que decir que aquellos fenómenos desafiaban las leyes de la gravedad, pero no hacían daño a nadie. Eso sí, eran muy vistosos, llamaban mucho la atención, como si fuera eso lo que pretendían precisamente. Y las cosas no pasaban solo en casa de la abuela. Me acuerdo de una noche, por ejemplo, que estábamos varias personas con él, y llegábamos a otra casa, y nada más entrar con él, oímos un estruendo y vimos que se había caído un mueble al suelo. Por eso algunos expertos pensaban que tenía poderes de telequinesia e incluso querían llevárselo a investigarlo a Madrid o Barcelona, para hacer experimentos con él, pero el padre no le dejó porque tenía miedo de que le trastornaran la cabeza y no les dejó que se lo llevaran. Pasamos muchísimo miedo en la familia.

Otro tío de Carlos, Juan Manuel García, a quien también rendí una visita, confesó emocionado que Carlos siempre había sido su sobrino favorito. Recordaba perfectamente los acontecimientos hasta el punto de que él mismo llegó a presenciar uno que le dejó bastante impactado:

Una vez que fuimos al campo a visitar a un familiar, la ropa que tenían tendida se echó a volar y los limoneros empezaron a agitarse a su paso [el de Carlos] y a caerse los limones al suelo. Eso sin haber viento, agitándose la ropa con una violencia, y los limones temblando. Eso sí que lo presencié yo. Mi madre lo vivía con cierto recelo. Estaba en tensión. Mi mujer sí que le cogió un poquillo de susto. Se movía todo en su presencia. Yo creo que hay personas que pueden llegar a controlar ese poder. Pienso que eso era una fuerza magnética o algo que él tenía en su cerebro. Los hermanos tenían miedo porque imagínate que ves una cosa salir volando sin que nadie la toque. Yo no he visto otra cosa igual. En la farmacia en la que estaba trabajando sí que sé que tuvo problemas.

Me despedí de los familiares de Carlos Muñoz y paseé por las calles del barrio, la casa en la Carlos vivó, el lugar en donde alguna vez estuvo la farmacia en la que trabajó, de la que fue despedido a causa de los *poltergeists* que lo acompañaban allá donde iba y hacían que los medicamentos se movieran solos de sitio. Algunos vecinos todavía recordaban los insólitos sucesos de la calle José María Freuiller. Una de las vecinas me contó que el escándalo que se armaba por las noches era tan grande que en ocasiones otros vecinos se levantaban de madrugada, alertados por los ruidos, y salían a la calle a ver qué estaba pasando:

A mí me lo contaba el tío de Carlos que vivía en el extranjero y había venido de visita. Me decía: "Estábamos durmiendo en la cama y los pimientos volando, todo volando". Esas cosas me las comentaba él mismo por las mañanas porque la cosa le pilló allí, y además dormía con el niño. Pasaron mucho miedo. Ellos [la familia] pensaban que era el muchacho el que movía las cosas con su mente. Y hubo un vecino, Rodrigo, que incluso hizo algunas pruebas para ver si aquello eran trucos, y por lo visto no había ningún truco.

Hubo otros vecinos que también fueron testigos de cómo caían una peseta y un duro del techo, lo que en jerga parapsicológica se conoce como aporte o transferencia sobrenatural de un objeto de una dimensión a otra.

Carlos Muñoz: el foco del fenómeno

Como ya habrán sospechado ustedes, el hecho de que los fenómenos siguieran a Carlos apunta a que él era el llamado "foco" o "agente". Evidentemente, los miembros del CICE también barajaron esta posibilidad y lo sometieron al siguiente cuestionario:

—¿Qué sientes momentos antes de que estos fenómenos sucedan? ¿Caes en trance?

—Solo me encuentro muy nervioso, se me acelera el pulso y paso del calor al frío en cuestión de segundos. Al principio no quería quedarme solo, pero ahora empiezo a analizar, aunque no le veo la punta, cuando me sucede.

—¿Tú eres consciente de los fenómenos?, ¿tienes voluntad de que ocurran?

—Ni mucho menos. Solo un día, estando aquí todos por la noche viendo la televisión, y tras oír unos golpes, dije: "Lo único que faltaba es que se apagara la luz".

—¿Y se apagó la luz?

—Se apagó, y eso que lo dije de broma, como si el conmutador fuera de grandes dimensiones, como esas palancas que cortan toda una barriada.

—¿Qué más cosas te han sucedido, además de las ya narradas?

—El otro día fui con unos amigos a una finca de Cártama y empezaron a caerse los limones de los árboles. Anteayer varios kilos de almendras que se secaban al sol en este patio, dentro de una caja de cartón, se vinieron una a una hasta el comedor. Y el caso que considero más raro: estando una tarde aquí, cayó un pimiento, que todavía conservo, desde el techo. Tras la sorpresa, lo cogimos y lo metimos en una servilleta, poniéndolo en la cocina, con un plátano encima, como prueba. Vamos a los pocos minutos y estaba todo intacto, menos el pimiento. Empezamos a buscarlo y lo encontramos encima del reloj. A mi padre, el otro día, alguien le puso una llave que se había perdido en la propia mano (archivos del CICE).

EL DUENDE RUMBERO DE BARRANQUILLA

Siempre que pienso en Barranquilla, me viene a la mente la luz cálida de su cielo. Así de cálida es la sonrisa y hospitalidad de sus gentes, como Key de la Rosa, la joven barranquillera que me acogió en su casa durante el breve pero intenso periodo de tiempo que pasé allí. Y si hay un caso *poltergeist* que conmovió a la opinión pública en el pasado fue el que los barranquilleros conocen como el Duende Rumbero.

Fue uno de los casos más conocidos de la costa porque la entidad que supuestamente se manifestaba en la carrera 6B con la calle 38 del barrio de la Magdalena era exhibicionista y le gustaba llamar la atención. Allí había una vivienda en la que se producían golpes atronadores, entre otros fenómenos *poltergeist*. Pero quizás los más significativos y llamativos de todos eran las cachetadas y pedradas que atacaban a todo el que pasaba por allí. Los proyectiles parecían proceder del patio y del tejado y atacaban lo mismo a viandantes que a las fachadas de los negocios que había enfrente. Los propietarios de los inmuebles afectados devolvían las piedras con enojo. La gente se apelotonaba alrededor de la casa para ser testigo de la furia de aquel duende que partía platos y lanzaba rocas como puños. La familia que vivía allí salía corriendo despavorida a la calle, pidiendo ayuda contra aquella cosa invisible que se manifestaba en su hogar.

Se armó un revuelo tan grande que tuvo que intervenir la policía… Y ellos también salieron apedreados. Ya nadie dudaba de que en aquella casa había un duende bien travieso y, además, no tardó en dejarse ver: era como un enano regordete y rojizo. Aquella vivienda era una patata caliente que nadie quería sostener entre las manos. Una cantinera llamada Nancy Miranda compró la propiedad para convertirla en un bar de aquellos donde ponían muchachas bonitas que hacían tomar trago a los hombres. El cambio de titularidad y función no impidió que el duende siguiera haciendo de las suyas, y a las tantas de la mañana, según me contó mi amigo el investigador costeño Álvaro Palacio: "Las meseras empezaban a convulsionar y hablar lenguas extrañas". Los estropicios no cesaban y Nancy, que llegó hasta el extremo de ver a una de sus meseras poseídas, harta de ver cómo decaía el negocio, decidió venderle el local a Garly Rodríguez. El nuevo propietario tenía un gran reto por delante, porque sabía que ningún negocio había llegado a funcionar jamás en ese local.

Fue valiente al correr el riesgo, pero no estaba solo en la tarea. Contó con el asesoramiento de una santera famosa que acudió en solitario a invocar al espíritu. El duende se presentó ante ella. Era como todos los que lo habían visto lo describían: un enano deforme y rojizo. Estaba terriblemente furioso. Lo que le dijo a la santera era que él era un engendro, un ser que no había llegado a nacer, porque lo habían abortado y enterrado allí. ¿Qué hacer? La santera llegó a un acuerdo con el duende. Le construiría un altar de ofrendas y desenterrarían los huesos para darles digna sepultura en el cementerio a cambio de que su espíritu abandonara el lugar. El engendro aceptó y la santera dio instrucciones precisas a Garly para que sacara dos metros de arena del suelo, ya que la tierra estaba maldita. Por su parte, el dueño del local, queriendo honrar la memoria de la criatura, mandó a hacer un retrato sobre lienzo del duende con guisa rumbera y bautizó el local en su honor. En la puerta colgaba un cartel que decía EL DUENDE RUMBERO.

Mis amigos de Todomono (búsquenlos en Instagram por @todomono si quieren saber lo que es diseño costeño del bueno), Fernando Vengoechea y Johnny Insignares, me describieron el curioso ritual que se desarrolló alrededor del altar del duende rumbero que había en aquel bar: "La gente le brindaba tragos o le dejaban una copita". Garly estuvo tres años al frente del negocio, pero las ofrendas y las muestras de respeto no acallaron al duende, que seguía pegado al lugar y no había perdido ni un ápice de mala leche. Los clientes se molestaban porque "alguien" se bebía sus tragos, es decir, se consumían solos. Las peleas eran una constante y, a pesar de que Garly le ponía trago todos los días sobre la mesa-altar que había frente al retrato del duende, todo fue a peor: el duende empezó a aparecérsele por las noches, pidiéndole más ron: "Póngame más ron", le pedía el engendro. Así que Garly estuvo a punto de enloquecer y sintió tanto miedo que abandonó el local y se convirtió al cristianismo. El duende había podido con él.

La era del duende rumbero dio paso a una casa de comida rápida y panadería llamada El Tizón Rojo —¿tal vez en memoria del duende pelirrojo?— que, según mis últimas indagaciones, ya no se encuentra en ese preciso y exacto lugar, sino en otro. Lo cierto es que lo que más me sembró angustia fue la conversación que tuve con mi amigo Palacio sobre unas pesquisas que había estado haciendo en torno a los orígenes del lugar y, al parecer, según le habían contado los vecinos, en el pasado había sido una clínica clandestina donde practicaban abortos. Cuando contrasté esta hipótesis con otros investigadores, me contaron que en el pasado fue un prostíbulo y que, cuando las prostitutas se quedaban embarazadas, eran forzadas a abortar allí. Sea como fuere, parece que, en efecto, tal y como sugería Palacio, la teoría de que en aquella casa se practicaban abortos estaba presente en el imaginario popular de los vecinos, aunque hasta el momento no hemos podido encontrar más datos que lo verifiquen. Mientras tanto, animo a los barranquilleros a pasar frente al lugar con precaución y hasta con casco, no vaya a ser que se lleven una pedrada en la cabeza. El peligro siempre está ahí…

EL *POLTERGEIST* DE LOGROSÁN

Hace treinta años, la pequeña población de Logrosán, en Cáceres (España), fue el escenario de uno de los casos de *poltergeist* más impactantes de la historia del país. En la humilde casa que hoy se ubica en la calle Teatro volaban sandías, se incendiaban jamones por combustión espontánea, las sombras cruzaban las paredes, las botellas bailaban poseídas sobre el suelo y sus moradores vivían espantados y embargados por el terror y la sorpresa de unos fenómenos inexplicables de los que muchos vecinos en el pueblo fueron también testigos y a los que nadie logró dar una explicación. ¿Brujería? ¿Promesas incumplidas? ¿Espíritus malvados?

El misterio que sacudió a un pueblo

A veces pasan cosas a las que no les podemos dar una explicación. Las concebimos como hechos aislados y poco corrientes, excepciones a las que no queremos prestar mucho caso y sobre las que preferimos pensar que tienen una explicación lógica. Si nos quedáramos en nuestra casa, sentados en el sofá, sin molestarnos en escuchar a los que cuentan qué les pasó una vez o acudiendo a los lugares donde alguna vez se produjo un encuentro con fenómenos fronterizos, podríamos seguir pasando las páginas del libro de nuestra vida sin detenernos en los pasajes que desentonan en la pauta de lo ordinario. Pero si nos dejamos arrastrar por la curiosidad humana, si dejamos que nuestra inquietud vuele en busca de respuestas y nos armamos la mochila con el ánimo presto a investigar qué fue lo que pasó alguna vez, en algún lugar, nos daremos cuenta de que hay cosas que difícilmente podemos explicar, a lo sumo teorizar, y en la mayoría de los casos, respetar, en tanto pertenecen al testimonio y a la memoria de personas honestas. Este es el caso del llamado *poltergeist* de Logrosán.

Logrosán, 1982. La pequeña y pacífica población de Logrosán, con sus agricultores y sus paseos bajo la sombra, sus ganaderos y sus ratos de siesta, vivió uno de los episodios más extraños y misteriosos de su historia. En la humilde casa que hoy encontramos en la calle Teatro se habían desatado una corriente de fenómenos sobrenaturales a los que la familia San Román y sus vecinos no lograban dar ninguna explicación. ¿Qué podría estar haciendo que los cuadros se cayeran, que unas enigmáticas sombras recorrieran las paredes, que las sandías salieran volando, que los tomates se estrellaran, que las botellas bailaran sobre el suelo como si tuvieran vida propia? Con estos preliminares se dibujan las primeras tomas de contacto con uno de los misterios más enigmáticos de la historia de los *poltergeists* en España.

Algunos de los medios de comunicación más conocidos del país por aquella época se hicieron eco de la extraña noticia, recogiendo la rumorología popular y apuntando a Andrés Sánchez López, que entonces solo era un niño, como posible causante de aquellos fenómenos. Se llegó a decir que el niño era retrasado y que él era, debido a algún tipo de estado de conciencia alterada o poderes naturales, el causante. Sin embargo, nuestra visita a Logrosán desmiente aquellas teorías, ya que Andrés no padecía ni padece en la actualidad de ningún tipo de retraso mental. Su hermano, José Sánchez López, nos dice que Andrés iba un poco retrasado en la escuela porque la empezó tarde, a los diez años, como solía suceder en aquellos tiempos en los que el trabajo requería la ayuda y colaboración de todos en las sociedades rurales y los niños empezaban la escuela tiempo después. Sus padres habían dejado el pueblo, se habían marchado a cuidar ganado por Extremadura y habían dejado a Andrés viviendo en casa de sus abuelos, junto a su tío Ulpiano, para que este pudiera ir a la escuela.

Los tomates volando y estrellándose contra la pared

Logrosán, verano de 2011. Deambulé por las calles de Logrosán bajo el sol, respirando el espíritu de un pueblo arraigado a sus costumbres y viendo la huella de sus tradiciones en cada fachada. Antes de llegar al municipio había estado conduciendo durante varias horas, cruzando antiguos pueblos de piedra y campanarios coronados por nidos de cigüeñas. Me detuve frente al negocio José Sánchez. Se trataba de un pequeño bar generoso con la sombra, que daba la bienvenida a los juegos de cartas y dominó a la hora del café. José tenía alrededor de veinte años cuando los extraños fenómenos *poltergeist* se desataron en la casa. Hizo un resumen de lo que pasó:

> Los tomates salían y saltaban y se quedaban pegados a la pared. Salían unas hojas que parecían de parra, que parecían una mano, con las estrías y todo que tienen los parrales, y se quedaban así en la pared, en la sombra; pasaban por la pared haciendo sombras. Luego mi abuela tenía unos melones en una buhardilla y los melones salían rodando escaleras abajo. Los cuadros y los espejos se caían y se estallaban en el suelo, se hacían los cristales mixtos. Le echaban la culpa a mi hermano, decían que tenía poderes, pero mi hermano no hacía

nada. Era un tema muy serio y mis abuelos no sabían cómo manejarlo. Son cosas que desde luego eran muy raras, pero ahí están.

No fueron los únicos que vieron las sombras. Según José: "Juana, una vecina del pueblo, y dos de sus sobrinas las vieron también". Incluso la médico del pueblo, según nos relata, fue testigo de los fenómenos sobrenaturales que allí acontecían. Al parecer le dio tiempo de verlo a medio pueblo, pues el fenómeno se prolongó, para tortura de los habitantes de la casa, durante un par de meses. Muchos fueron los reporteros que allí acudieron, entre ellos uno al que José Sánchez recuerda especialmente, porque disparó un carrete de fotos en el que no salió ninguna de las que apuntaban a María San Román sosteniendo el famoso cuadro que se caía de la pared. Tras acabar la entrevista en su bar, noté a José pensativo. "Son cosas muy raras, que más vale creerlas que no verlas", remató.

Extrañas sombras recorriendo las paredes

Los hermanos Sánchez, Andrés y José, eran nietos de María San Román y su esposo José. En la casa donde sucedió todo vivían los abuelos, el tío Ulpiano y el pequeño Andrés. Me despedí de José y salí de nuevo a la calle; al abrigo de la tranquilidad del pueblo, los ancianos estaban tomando el fresco bajo la sombra de los árboles y los coches truncaban el paso del tiempo. En una placeta coronada por un gran árbol, rodeado por unos bordes blancos, encontré a Vicenta Sánchez, tía de Andrés Sánchez, hija de María San Román y hermana de Ulpiano, que estaba allí sentada con unas amigas.

Vicenta tenía ochenta y tres años, pero su memoria estaba intacta. Me animó a seguirla hasta la casa, donde me ofreció un cómodo asiento y me mostró las fotos antiguas de los familiares mientras iba explicando quién era quién y abría las puertas de la memoria con detalle y precisión.

Ella dijo que la sombra no era una mano, como aseguraban por ahí, sino como una hoja de parra. Fue testigo de otros muchos fenómenos con sus propios ojos: "Se caían los platos", dijo y después añadió que un jamón que tenían colgado ardió solo, por combustión espontánea, y que ella misma lo vio. También explicó que los tomates que había en la parte de arriba, como en una especie de buhardilla, salían despedidos hacia abajo, volando solos y estrellándose. "Tenía mi madre un cuarto con las sandías que se levantaban solas y salían escaleras abajo. Eso lo vi yo, que estaba en casa de mi madre, y un señor de aquí del pueblo lo vio", añadió. Vicenta aportó un dato nuevo: "Había otra familia a la que también le pasó lo mismo en otra casa".

¿Estaríamos entonces ante un caso que afectó a más de una casa en el pueblo? Cuando le pregunté a Vicenta qué explicación le daba, ella contestó: "Alguien que haría brujería. Dicen que hay gente que se dedica a las brujerías". Por aquellos tiempos, su familia creía que todo podría deberse a una "manda", o promesa incumplida, que el abuelo había hecho y no había podido cumplir al haber muerto de cáncer. Al fin y al cabo, el cuadro que se había caído solo de la pared era el que sostenía en el interior del marco la foto de este hombre. Según cuentan, sus familiares decidieron ir a Guadalupe a cumplirle la promesa y, a los tres días de que esto sucediera, todo cesó.

Botellas bailando solas sobre el suelo

El hijo de Vicenta Sánchez se llama Francisco y llegó a la casa después de echar unas horas en el trabajo, en el preciso instante en el que me encontraba todavía desvelando los archivos del misterio junto a su madre. Rápidamente se unió a la conversación y confirmó los detalles que iba dando Vicenta. Él era joven cuando todo aquello sucedió, tendría alrededor de veintiocho años, según comentó. Francisco me confesó que él mismo pudo ver muchas cosas raras allí:

> Claro que las vi y más no vi porque no quise. Eso de las sandías lo vi yo, una más grande que una pelota de tenis, estrellada contra una pared. Explícame tú a mí eso cómo puede ser. Eso es difícil, difícil. Imposible. Otra vez vi una botella de esas de Fanta de limón que se echaba allí una sevillana, aquello era una perindola. Yo la verdad es que no quería pensarlo, porque si machacaba con el mismo tema, llega un momento que ya no duermes. ¿Qué era? No te lo puedo decir.

Francisco me dejó con esa imagen en la cabeza, una de esas antiguas botellas de refresco de cristal bailando sola, como poseída y llena de vida, moviéndose ante su atónita mirada.

Les agradecí a Vicenta y a Francisco su hospitalidad y dejé que mis pasos me guiasen por la calle Teatro hacia la casa donde vivía Ulpiano Sánchez, con tan buena suerte que me lo crucé de camino, disponiéndose a abrir la puerta de su domicilio. Él vivía en la casa con sus padres cuando los extraños fenómenos misteriosos les asaltaron durante dos meses. Era, junto con Andrés, el único testigo de los que vivían allí que todavía seguía vivo. Tenía setenta y siete años cuando yo le conocí. Le pedí que me contara cómo vivió él aquella experiencia, pero se mostró muy compungido. ¿Por qué? "Porque aquello fue muy duro. Aquello pasó de verdad. Lo vio hasta el veterinario. Yo cuando oigo algún caso parecido en la radio pienso 'otro más' y enseguida corto y apago. No quiero saber nada". Traté de imaginar hasta qué punto le había traumatizado aquel episodio como para dejar a un hombre curtido como Ulpiano con la mirada húmeda cuando le tenté a recordar.

Brujería, promesas incumplidas y poderes sobrenaturales

¿Qué pasó en este municipio cacereño que vio nacer al célebre abogado y teósofo Mario Roso de Luna? Nadie lo sabría decir. Lo que sí está claro es que algo pasó, y no fue ante la mirada de uno, ni dos ni tres, ni en un momento espontáneo. No. Pasó ante la mirada de toda una familia y de muchos vecinos del pueblo, y además sucedió durante mucho, al menos unos dos meses. Que una botella de cristal empiece a bailar sobre el suelo como si fuera un ser con vida propia, que los cacharros de la cocina y las bombillas se caigan y exploten, que los tomates y las sandías salgan despedidos y se estrellen, que una extraña sombra en forma de hoja de parra aparezca por las paredes, que las cortinas se caigan solas y se vuelvan a caer después de volver a colgarlas… ¿Es normal? Los habitantes de Logrosán piensan que no, que no era normal, que aquello pasó y no tenía ninguna explicación salvo la que ellos quisieran darle para calmar su inquietud: brujería de gentes que los querían mal, una promesa incumplida del abuelo o poderes sobrenaturales del por aquel entonces niño

Andrés. El fenómeno desapareció a los dos meses, cesó de repente de la misma forma en la que se originó, dejando tras de sí un rastro de interrogantes y abriendo un hueco para el alivio de los que tuvieron que sufrir el acoso de aquellas extrañas manifestaciones.

Ahora, tras varias décadas, no solamente miramos hacia atrás, sino también hacia el presente, comprobando que todavía hoy suceden en muchos lugares del mundo fenómenos como el que se cebó con aquella casa de la calle Teatro en la que vivía la familia de María San Román. En la mayoría de los casos, los fenómenos quedan entre los familiares y no trascienden las paredes del hogar por temor a sufrir burlas y, muchas veces, por temor a hablar de algo que solo con el mero hecho de mencionarlo hace que a los que los viven se les ericen todos los pelos del cuerpo. A veces callar es como ahuyentar y hablar es como llamar y atraer, por eso muchos prefieren callar. Y del pasado al presente, y del presente al futuro, me pregunto si algún día lograremos encontrar una explicación a estos fenómenos.

POLTERGEISTS FAMOSOS

Caso Enfield, Londres, años '70. Ocurrió en la casa de la familia Hodgson en Enfield, un suburbio de Londres, entre 1977 y 1979. Los informes de actividad paranormal involucraron principalmente a dos hermanas, Janet y Margaret Hodgson. Los fenómenos en la casa de los Hodgson incluyeron movimientos de muebles, golpes en las paredes, objetos que se desplazaban, cambios de temperatura y voces misteriosas. La actividad fue presenciada por la familia, vecinos, investigadores paranormales y también por la prensa y la comunidad local.

Caso Rosenheim, 1967. Incidente relacionado con fenómenos *poltergeist.* Ocurrió en Rosenheim, una ciudad en Baviera (Alemania), en 1967. La historia se centró en una oficina de abogados llamada Rosenheim Law Firm. Los empleados de la firma comenzaron a experimentar eventos extraños y fenómenos inexplicables. Las luces en la oficina parpadeaban, los teléfonos se descolgaban solos y las máquinas de escribir funcionaban sin que nadie las tocara. Estos fenómenos se volvieron tan frecuentes y perturbadores que los empleados informaron a la policía y a la compañía eléctrica local.

Caso Bell Witch, condado de Robertson, Tennessee, siglo XIX. Ocurrió en 1817 cuando John Bell, su esposa y sus hijos empezaron a experimentar fenómenos extraños en su granja. Se escuchaban golpes en las paredes, muebles que se movían por sí solos, ruidos inexplicables y voces misteriosas. Además, la hija de John Bell, Betsy, era particularmente afectada por la entidad, siendo golpeada, pellizcada y arrastrada por la habitación. La entidad se hacía llamar Kate o Bell Witch y afirmaba ser un espíritu vengativo y hostil. Se decía que tenía conocimiento detallado sobre la vida de las personas, era capaz de conversar y mostraba una inteligencia inusual. La actividad paranormal persistió durante varios años y atrajo a muchas personas curiosas, investigadores y escritores que documentaron el caso. El caso de la Bell Witch se hizo famoso en la época y ha sido incluido en numerosos relatos y estudios a lo largo de los años. Ha sido objeto de debates y especulaciones sobre su autenticidad, con algunos sugiriendo que fue un engaño elaborado o incluso una manifestación colectiva de la psicología de la familia Bell.

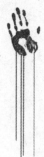

FILMOTECA

Carrie, basada en la novela homónima de Stephen King, relata la historia de una chica que sufre acoso escolar. Durante el paso de la pubertad a la adolescencia desencadena una serie de fenómenos *poltergeist* que atentan contra aquellos que en el pasado la maltrataron.

CAPÍTULO 17
CASAS SANGRANTES

El fenómeno de las casas sangrantes es uno de los más misteriosos, raros y poco estudiados y, a pesar de que las fuerzas de seguridad suelen ser las primeras en llegar al lugar de los hechos para investigar si ha ocurrido un delito de sangre, pocas veces se logra resolver el misterio.

La primera vez que oí hablar de casas sangrantes tuve que sentarme dos veces. Había oído hablar de casas encantadas, ruidos extraños, objetos volando, apariciones espectrales… pero ¿casas sangrantes? Empecé a indagar. Me di de bruces con una inquietante realidad, pues el fenómeno de las casas sangrantes, a pesar de lo inusual, podía rastrearse en diferentes lugares del planeta. Y esto fue lo que descubrí…

La casa sangrante de Georgia (Estados Unidos)

En 1987, las primeras páginas de *The New York Times* arrancaban con un titular que Sherlock Holmes habría considerado
todo un reto: dos ancianos se habían despertado en mitad
de la noche con el horror de encontrar la casa ensangrentada, pero, misteriosamente, la sangre no era ninguno de ellos.
No fue el único periódico estadounidense en hacer eco de la
noticia. También *The Registered-Guard* de Oregon recogió
el insólito suceso. ¿Qué hacía toda esa sangre ahí y a quién
pertenecía? Esto fue lo que la policía trató de averiguar sin
éxito alguno.

Sucedió el 8 de septiembre de 1987, en el 1114 de Foun-
tain Drive, Atlanta (Georgia). La señora Minnie Winston, de
setenta y siete años, había decidido darse un apacible baño
aquella noche. Fue al salir de la bañera, poco antes de la medianoche, cuando se dio cuenta de que el suelo estaba man-
chado de algo viscoso que resultó ser sangre. Salió de allí
alarmada, solo para comprobar que también había sangre en
la cocina, el salón, la habitación y los pasillos. Entre las cosas que se le pasaron por la cabeza llegó a creer que le había ocurrido algo a su marido, el señor William Winston, de
setenta y nueve años, quien estaba enfermo del riñón y acudía a diálisis regularmente. Le llamó y, tras comprobar que
estaba bien, se preguntaron qué estaba pasando en aquella casa alquilada que había sido su hogar durante veintidós
años. Lógicamente, llamaron a la policía. Cuando los agentes
llegaron, el señor Winston les dijo: "Yo no estoy sangrando.
Mi esposa no está sangrando. Y aquí no hay nadie más". No
solo eso, sino que habían cerrado la casa horas antes, así que
era imposible que otra persona hubiera entrado en el domicilio. Lo primero que hicieron las autoridades fue examinar la

sustancia en un laboratorio, el State Crime Lab. Los análisis mostraron que se trataba de sangre humana perteneciente al grupo O, pero ni el señor ni la señora Winston tenían ese grupo sanguíneo. Los exámenes médicos constaban que la sangre de ambos era del grupo A.

El caso era tan extraño que atrajo la atención de periodistas y curiosos que no dejaban de llamar por teléfono y tocar a la puerta. La señora Winston empezó a perder la paciencia. De acuerdo con declaraciones a *Associated Press*: "No sé de dónde salió toda esa sangre y estoy cansada de que la gente me agobie con sus preguntas. Si viene una sola persona más a preguntar, no pienso abrirle la puerta". Esta era la forma en la que la señora Winston trataba de eludir a los fisgones, pero lo cierto es que aquella mujer no parecía tener ni idea de lo que estaba pasando, y lucía tan desconcertada como los demás. Al menos, que sepamos, no volvieron a aparecer más manchas de sangre.

Larry Howard, el jefe de laboratorio que analizó la sangre, tampoco tenía muy claro qué había pasado, pero a él solo se le ocurrían dos cosas: "Podría tratarse de un homicidio o podría tratarse de un montaje", según declaraciones que dio a la agencia de noticias norteamericana. Obviamente, la preocupación de la policía era averiguar si allí se había producido un asesinato. El detective Steve Cartwright dijo que no habían encontrado huellas de un crimen. Aun así, tampoco creían que se tratara de un montaje, según declaraciones al mismo medio de la portavoz policial Marion Lee: "Si la policía creyera que se trata de un montaje, no lo estaría investigando". Al día siguiente, Horace Walker, lugarteniente de la policía, reconoció que se encontraban en un callejón sin salida: "No tenemos ninguna pista. Continuaremos con una investigación de rutina y, si descubrimos que no se ha cometido ningún crimen, abandonaremos el caso". Al preguntarle si podría tratarse de un montaje, no descartó la posibilidad, pero había algo raro en todo aquello, tal y como reflejaban sus declaraciones a *The New York Times*: "Podría tratarse de un montaje, pero lo que más me preocupa es que no tenemos ninguna respuesta".

Al mes del suceso, la policía dijo que todavía seguía investigando el origen de la sangre: "No hemos parado de buscar porque sabemos que las casas no sangran. Todavía no hemos descartado que se haya producido un crimen y esa nuestra mayor preocupación", dijo el sargento H. L. Bolton en el *Afro American*. Al poco tiempo se rindieron. El señor Winston murió dos años después de que las paredes de su casa se tiñeran de rojo, mientras que su esposa vivió todavía hasta la hiperlongeva edad de ciento cuatro. Probablemente, en su más de medio siglo de vida, nunca vio nada igual.

La casa sangrante de La Plata, Buenos Aires (Argentina)

Mi amigo el escritor y periodista José Antonio Roldán, autor de *Tras la huella del misterio*, entre otros, descubrió el extraño caso de una casa sangrante en La Plata, Buenos Aires (Argentina). Ocurrió en el edificio 1310 de la calle 54, en la mañana del 15 de noviembre de 1986. Cipriana Núñez, de origen uruguayo, y su cuñada, Blanca Luz Rodríguez, se afanaban en barrer el portal del negocio familiar —un laboratorio fotográfico—, cuando descubrieron que del suelo manaba un líquido rojizo. En su chisporroteo trazaba un curioso camino hacia el interior de la casa. Las mujeres no tardaron en alertar al resto de ocupantes de la casa, Luis Abraham Fersko, esposo de Cipriana y hermano de Blanca Luz, y Óscar

Máximo Núñez, hijo del matrimonio. Según el testimonio de Óscar Máximo Núñez, recogido por José Antonio Roldán: "el líquido seguía un camino hacia el fondo de la casa. Puerta abierta… puerta donde se metía. Se murió en el camino, en el pasillo y en la cocina. Hasta que volvió a saltar, pero en esta ocasión arriba de la mesa. Salía de la mesa y eso nos sorprendió a todos". El escándalo y griterío de sorpresa llamó la atención del barrio y los vecinos empezaron a amontonarse en la casa, atraídos por la curiosidad. "Si se quería limpiar [la sangre] y se limpiaba, se volvía a rellenar el lugar donde se había ubicado inicialmente", informó el joven Óscar. Una media de quinientas personas al día acudían a la casa para observar el curioso fenómeno de la que ya habían bautizado como "la casa sangrante". Ni siquiera la policía era capaz de contener a la multitud que se agolpaba en el hogar de los Fersko. Fue el propio Óscar quien llamó a las fuerzas de seguridad, quienes, por cierto, trataron de resolver aquel misterio sin éxito, pues los cuatro efectivos que allí se personaron, y a los que Óscar les dio las llaves del local, no fueron capaces de encontrar el origen de aquel brote sanguinolento.

Tal y como me relató Roldán, los agentes tomaron muestras del líquido que manaba de las baldosas y asistieron en directo a los nuevos brotes de regueros de "sangre que surgían cuando se limpiaban los primeros". El juez de lo penal Ángel Nelky Martínez también acudió al lugar de los hechos, mientras que el médico Arturo Marcelo Lezcano, tras tomar unas muestras, afirmaba que "esto es sangre. Se ha coagulado como la sangre y tiene su olor". Los análisis practicados sobre aquella sustancia decían que se trataba de sangre del grupo A+, pero al parecer también contenía otra sustancia que no pudieron identificar, además de restos de anticoagulante. Ni la policía, ni las autoridades judiciales, ni los representantes de la Iglesia —que también metieron sus narices en el asunto— fueron capaces de dar una explicación satisfactoria a lo que estaba pasando.

Los periodistas que se hicieron eco del caso sufrieron presiones por parte de las autoridades para que dejaran de informar sobre el evento, con el fin de que les dejasen trabajar. En pocas palabras, les invitaron a no volver a escribir sobre el tema. Al parecer, tal y como averiguó Roldán, hubo una de esas visitas tan típicas y tópicas por parte de lo que comúnmente conocemos como los "hombres de negro", un grupo de ocho personas, hombres y mujeres, que bajaron de dos coches de lujo de color oscuro, y se dedicaron a observarlo todo, como me relató Roldán:

> Lo hicieron en grupo, observándolo todo. Una de las mujeres se acercó al señor Fersko sin que sus compañeros se dieran cuenta y le comentó que estaban esperando que esto sucediera. Al notarlo, el resto de extraños personajes pusieron caras serias a su compañera y salieron precipitadamente de aquel lugar, recriminándole a la mujer su atrevimiento. La prensa de diario se había hecho eco del extraño suceso acontecido en la calle 54, pero a instancias militares y políticas se les pidió que no escribieran más sobre el asunto hasta que no se investigara, comentándoles que de no hacerlo estarían incurriendo en obstrucción a la justicia.

Lamentablemente, los protagonistas de esta historia fallecieron, pero Roldán, quien siguió manteniendo contacto con el último superviviente hasta el 2014, fecha en la que Óscar Máximo Fersko falleció, me hizo partícipe del profundo impacto que aquel suceso tuvo en él. "Máximo siempre me pareció una persona muy coherente, aunque marcada por aquel evento acontecido en su casa. Dedicó el resto de sus días a intentar buscarle explicación y para ello se metió mucho en la investigación de diferentes misterios. Persona amable, accesible y ávido de encontrar respuestas, fueran las que fueran. Él murió convencido, y así me lo dijo pocos días antes de su óbito, de que habían sido testigos de un fenómeno extraordinario", nos contó Roldán. Cuando le preguntamos al investigador sobre las explicaciones que se plantearon en su día y en qué quedó la cuestión con el pasar de los años, nos comentó:

> Lógicamente se barajó la posibilidad de que fuera fraude, aunque si lo fue, todavía no he dado con el motivo, ni quién pudo hacerlo ni cómo lo hizo. Para mí sigue siendo un caso abierto, un verdadero expediente X por resolver. De descartarse cualquier tipo de causa natural y racional se podría optar por la hipótesis paracientífica que habla de la posibilidad de que un agente vivo —uno de los habitantes de la vivienda— pudiera haber provocado el fenómeno. Estaríamos ante un psicoquinético capaz de ceder su sangre al inmueble, provocando el fenómeno.

Esta era la teoría de mi amigo Roldan. ¿Y la de ustedes?

La casa sangrante de Saint-Quentin, Picardie (Francia)

El pueblo francés de Saint-Quentin saltó a los medios de comunicación cuando una pareja que acababa de mudarse a una casa del distrito de Rémicourt empezó a oír extraños ruidos procedentes de la planta baja, descritos como choques metálicos de ollas y chirridos de tiza sobre la mesa. Sucedió en 1986. Al principio no le prestaron mucha atención, pero un día Lucie Belmer descubrió un líquido rojo en la pared de la cocina. Llamó a su marido, Jean Marque, para que echara un vistazo, pero este atribuyó aquello a un efecto de la pintura. Sin embargo, aquel líquido empezó a aparecer por las paredes de toda la casa, y no solo en las paredes, sino también en los suelos, los muebles y hasta en el interior de algunos cajones; lógicamente, la mujer, temiendo que alguien les estuviera gastando una broma pesada, decidió llamar a la policía.

El brigadier Guy Piette fue testigo de unos extraños ruidos estando allí, tal y como declaró en el programa *Mystères*, del canal TF1. Lucie y su marido decidieron preguntarles a los anteriores habitantes de la casa —los que la habían construido—, pero estos dijeron que mientras vivieron allí nunca había tenido lugar un fenómeno similar. La pareja trató de seguir con su vida, pero Lucie tenía miedo y se hizo acompañar de su madre y su hermana. El fenómeno volvía a repetirse: ruidos extraños, una vajilla rota, y aquella sangre de nuevo brotando por todas partes. La policía, alertada de nuevo, decidió tomar muestras de sangre para analizarlas y preparó una trampa, espolvoreando harina por el suelo y acordonando la casa para que nadie pudiera entrar. Sellaron el lugar durante una semana entera, tras la cual comprobaron que la casa había vuelto a sangrar y que no había ninguna marca en la harina. Por si fuera poco, llegaron los resultados de los análisis, aseverando que la sangre de la muestra era humana, tal y como confirmó el biólogo médico Jacques Chancé. Fue la propia policía que, viéndose incapaz de ayudar racionalmente a los Belmer, decidió recurrir a la ayuda de un médium, que tampoco fue de mucha ayuda, y el matrimonio Belmer, en últimas, abandonó la casa. Hasta aquí la historia que podemos rastrear por los testimonios que en su día dieron los testigos y la información que dieron los medios de comunicación.

La posterior leyenda que se tejió en torno al suceso cuenta que cuando excavaron en el sótano encontraron un cráneo; otros dicen que en realidad fueron varios cadáveres de militares. Algunos aseguran que la casa fue demolida y que en su lugar construyeron otra. Lo cierto es que el 20 de agosto del 2014, el periódico regional *Courier Picard* amaneció con la noticia de que la temida casa sangrante de la calle Cité de Mullhouse número 74 tenía un nuevo propietario e inquilino, un viudo que andaba buscando un lugar donde vivir en Saint-Quentin y al que le gustó aquel inmueble. El agente inmobiliario le previno: "Me veo en la obligación de decirle que esta es la casa que sangra". Pero el hombre no se echó para atrás y en 2013 la compró, y desde entonces ha llevado a cabo algunas reformas. El nuevo inquilino declaró a *Courier Picard* que él no ha visto las paredes sangrar, e incluso se rio del terror de sus antiguos habitantes: "Decían que el perro no se atrevía a bajar al sótano. No me extraña, la escalera estaba tan mal que a nadie se le habría ocurrido bajar ahí". Parece que este hombre no tenía miedo de habitar el lugar. Confieso que yo no sé si me habría interesado por el inmueble conociendo su pasado…

La casa sangrante de Arroyo de la Luz: el secreto mejor guardado

Si uno busca casas sangrantes en el mapa de la geografía española, lo más probable es que se encuentre con el caso de la casa sangrante de Arroyo de la Luz, en Cáceres

(Extremadura), donde la prensa de la época dio amplia cobertura a un extraño caso acaecido en 1985, protagonizado por la familia Castaño. Si hacemos caso a la crónica periodística, el inmueble, situado en la calle Gabriel y Galán número 28, se convirtió en el escenario de misteriosos sucesos durante la madrugada del 10 de agosto, cuando Eleuterio Castaño se quedó estupefacto al contemplar que las paredes exudaban un líquido rojizo. Parecía sangre. De hecho, parecía que la casa estaba sangrando. Se asustó tanto que llamó a la Guardia Civil. La noche iba a ser movida y por el hogar de los Castaño desfilarían el alcalde y el médico, a quien se le solicitó que atendiera a varios miembros de la familia Castaño que se encontraban sufriendo un ataque de ansiedad en aquellos momentos. El suceso les estaba sobrepasando.

Los análisis llevados a cabo por Antonio Sanguino, farmacéutico del pueblo, demostraron que, en efecto, se trataba de sangre humana. Se barajaron diversas hipótesis: que si la sangre era fruto del aborto de una de las hijas —desmentido por la familia Castaño—; que si procedía del antiguo matadero de cerdos próximo a la casa —cerrado desde hacía tres años—; que si tenían una promesa pendiente que debían cumplir. Incluso se llegó a especular con la fábula de que la casa tenía un pasado oscuro y una madre había matado a su propia hija en aquel mismo domicilio antes de la Guerra Civil. El periodista Julio Barroso siguió el fenómeno en el 2000. Habían pasado quince años, pero logró entrevistarse con Eleuterio Castaño y también con el médico que en su día atendió psicológicamente a la familia.

En el 2005, el portal *Mundo Parapsicológico* (www.mundoparapsicologico.com) publicó una entrada sobre este caso. La firmaba el conocido reportero de *Cuarto Milenio* Javier Pérez Campos. El artículo concluía aludiendo a la sospechosa forma en la que el asunto se había zanjado, levantándose un muro de silencio alrededor. Dos años después, la redacción del portal de noticias de misterio recibió un comunicado de los descendientes de la familia Castaño, aclarando los hechos:

La Familia Castaño Molano, descendientes directos de los propietarios de la supuesta "Casa Ensangrentada", desmentimos esta noticia y decimos que el hecho ocurrió así: una noche, una de las hijas del matrimonio, que dormía mal, fue visitada por su madre y al dar a la luz comenzaron a descubrir manchas de sangre por distintos espacios de la casa, lo que asustó a la pequeña, quien se quedó un tiempo en la puerta de casa con cierto miedo, temiendo que hubiera una rata o algún animal. Momento en que pasó el alcalde y, alarmado por el suceso, lo comunicó a diversos estamentos de la localidad. A la mañana siguiente, el médico certificó que se debió a las graves várices que padecía esta mujer, lo que hacía que la sangre saliera a borbotones con tanta fuerza que no dejaban rastro en la misma pierna. Por tanto, este malentendido se debió a una enfermedad grave y no a estos supuestos sucesos. Este comunicado lo firmamos los descendientes directos esta familia.

Me puse en contacto con mi amigo Julio Barroso, quien investigó a fondo el fenómeno en su época. ¿Qué opinaba de todo el asunto pasados los años, y con el comunicado de los descendientes de la familia Castaño sobre la mesa? ¿Podríamos dar carpetazo al tema por una simple mera cuestión de várices? "Aquella fatídica noche en la que brotó sangre en la casa estuvieron la Guardia Civil y el alcalde. Si hubieran sido várices, no habrían necesitado estas visitas". Barroso no desechaba la idea de que el comunicado emitido por la familia, achacando la sangre a las várices, fuera una cortina de humo: "Yo me entrevisté con Eleuterio y con el médico de cabecera que trató a la hija, que supuestamente estaba embarazada. Lo que ocurre es que fue mucha sangre, toda una pared. Y, claro, si se quedó embarazada una de las hijas siendo muy jovencita y emparedaron el feto, es un delito que nunca van a confirmar".

¿Sangró la casa en realidad? ¿Eran los rumores de aborto y feto emparedado una fantasía desmesurada alimentada por los vapores de la imaginación y las leyendas rurales? ¿Era toda aquella sangre que cubría la pared fruto de una hemorragia por várices? Tal vez. Para muchos, el misterio de la casa sangrante de Arroyo de la Luz sigue siendo el secreto mejor guardado.

A modo de curiosidad, les diré que casi todos los casos de casas sangrantes alrededor del mundo se remontan a mediados de los años ochenta, en el periodo comprendido entre 1985 y 1988, como si una oleada de leyenda urbana se hubiera apoderado del imaginario popular.

NO ERA LA CASA LA QUE SANGRABA, SINO LA DUEÑA LA QUE SUDABA SANGRE

El investigador vasco Enrique Echazarra, autor de *Los mejores 20 Expedientes X del País Vasco*, se encontró con un enigmático caso en Miranda del Ebro a principios del 2011. Leticia y Alberto, una joven pareja, estaban experimentando una serie de sucesos en su hogar: desajustes eléctricos acompañados por escenarios en los que todas las puertas de la casa, incluyendo las de los muebles, se abrían solas. El clima de nerviosismo fue en aumento hasta que observaron una serie de manchas de sangre en el parqué y las paredes, momento en el que ya no pudieron aguantar más y se fueron a dormir a casa de los padres de ella. Estaban tan angustiados que incluso se plantearon vender el piso, aunque ello les supusiera perder dinero. Sin embargo, la sangre no tenía ningún origen paranormal. Era la chica quien sudaba sangre. El momento quedó grabado por las cámaras de televisión de *Cuarto Milenio*, que se habían trasladado al domicilio de la pareja para realizar un reportaje en colaboración con el investigador vasco. Por lo visto, el miedo y estrés que Leticia había pasado durante los últimos días, al no poder dar una explicación racional a los desajustes eléctricos y las puertas que se abrían solas, le había provocado una rara enfermedad conocida como hematohidrosis, condición en la que un humano suda sangre. No se sabe muy bien cuál es el verdadero origen de este mal, pero los científicos creen que ocurre cuando la persona se encuentra bajo condiciones de estrés extremo.

RANKING DE LAS CASAS SANGRANTES DEL MUNDO

The Tallman House, Horicon, Wisconsin (Estados Unidos). En 1987, Alan y Debby Tallman, quienes se acababan de mudar a vivir a una nueva casa, compraron una litera de segunda mano y la pusieron en el sótano. Hasta ahí, todo normal, pero cuando la colocaron arriba se desencadenó un horror de supuestos fenómenos *poltergeist* de gran violencia e intensidad que convirtieron su vida en un infierno durante varios días, incluyendo sangrado de paredes por toda la casa. Los Tallman creyeron que los fenómenos inexplicables tenían que ver con aquella cama "maldita", así que procedieron a destruirla, momento en el que, por lo visto, cesaron los fenómenos. De todos modos, decidieron abandonar aquella casa y mudarse a su antiguo hogar. El caso apareció extensamente relatado en el libro *Haunted America*, de Michael Norman y Beth Scott.

Brownsville Road, Pittsburgh (Estados Unidos). En octubre de 1988, Bob Cranmer se mudó a vivir con su familia a una casa de un suburbio de Pittsburgh en el que él se había criado, concretamente en el número 3406 de Brownsville Road. Al poco de vivir allí, los ocupantes de la casa empezaron a ser testigos de una serie de fenómenos inexplicables, ruidos, lamentos, ataques físicos y, lo más horrible, paredes sangrantes. Bob Cranmen relató su experiencia en un libro titulado *The Demon of Brownville Road: A Pittsburgh Family's Battle with Evil in their Home*.

Maryknoll Seminary, Illinois (Estados Unidos). Cuenta la leyenda que el antiguo edificio del Maryknoll Seminary estaba encantado por el espíritu de un monje que se había quitado la vida colgándose del campanario. Por lo visto, mientras el edificio estuvo en pie, el lugar fue objeto de diversos fenómenos extraños, entre los cuales destacaba la sangre fresca que brotaba del campanario y que al parecer varias personas, entre ellas las autoridades del seminario, llegaron a ver. Desafortunadamente, el edificio fue demolido.

FILMOTECA

La cumbre escarlata. Guillermo del Toro retrató en su filme una casa sangrante: la sangre brota de los grifos, las paredes, el suelo. La metáfora de esta casa viva, que respira, sangra y agoniza, nos cuenta la historia de Edith, una escritora que se verá acosada por una serie de fantasmas con un pasado trágico apuntando al lado oscuro de su esposo Thomas y los terribles sucesos que tuvieron lugar en esa casa.

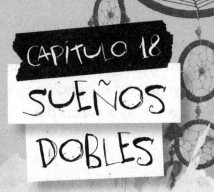

CAPÍTULO 18
SUEÑOS DOBLES

¿Pueden dos personas tener el mismo sueño, en la misma noche? El mismo escenario, las mismas ropas, la misma circunstancia, el mismo argumento, el mismo diálogo, los mismos detalles... La complejidad de los casos puede llegar a ser abrumadora, mientras que los ejemplos resultan inquietantes. ¿Qué dice la tradición? ¿Cuáles son las teorías de la ciencia, la medicina y la psiquiatría?

Mi tío Juan siempre fue un hombre muy querido para mí. El día que me comunicaron que había fallecido me asaltaron los remordimientos. ¿Por qué no le había llamado más veces? ¿Por qué no había ido a verle en los últimos tiempos? Supongo que nos pasa a todos. Al mes de su fallecimiento, soñé con él. En el sueño, él estaba desnudo, en una especie de cielo o sobre un fondo nuboso; no solo eso, sino que lucía sumamente joven, como yo nunca lo había conocido en realidad, con el pelo negro, acaracolado. Otro detalle que me llamó la atención fue que tenía sus dos piernas. Yo nunca lo había conocido con piernas. Yo lo conocí cojo y, posteriormente, sin piernas, en silla de ruedas. No estaba solo, pues en el sueño yo sentía que había otros con él, amigos suyos. Me miraba con una sonrisa en los ojos y, sin abrir la boca, me decía que estaba bien. Este episodio onírico me dejó muy marcada. Al tiempo, yo estaba cenando con mi hermana en un restaurante y empezamos a hablar del tío Juan, de cuánto lo echábamos de menos. En un momento dado, una de nosotras comentó que había soñado con él y, al instante, la otra dijo que también. ¿Ah, sí? A medida que empezamos a relatarnos el contenido del sueño descubrimos, con la piel cada vez más erizada, que habíamos soñado exactamente lo mismo. El tío, la desnudez, su juventud, el cielo, las dos piernas, los amigos que estaban con él y el mismo mensaje: estoy bien.

Me pregunté cómo era posible que ambas hubiéramos tenido el mismo sueño, aproximadamente la misma noche, cuando no la misma, según nuestros cálculos. De no haberlo compartido en aquella conversación jamás lo habríamos sabido. Empecé a cuestionarme si aquello que nos había sucedido a nosotras había sido vivido por más personas. Fue así como empecé a investigar este rarísimo fenómeno y me encontré con testimonios todavía más extraños.

Hallar testimonios de sueños dobles no es fácil, pero tampoco imposible, y como preguntando se llega a Roma, logré encontrar otros casos similares al mío. El primero de ellos fue protagonizado también por dos hermanas, Pilar y Vanessa Moll. A la última la conocía bien porque fuimos compañeras de trabajo en el pasado. Las siguientes palabras corresponden a su hermana Pilar:

Mi hermana Vanessa y yo tuvimos un sueño idéntico la misma noche. Mi padre había fallecido recientemente. Aquella noche soñé con un escenario de playa, mi padre caminaba junto a la orilla, vestido todo de blanco, y tras él venía un corte de animales. Me dijo que no preocupara, que ya no le iba a ver más y que estaba muy bien y, a continuación, me dio unos consejos que debía aplicar a mi vida. Fue un sueño precioso, me llenó de calma y me transmitió mucha paz. A la mañana siguiente, sentí la necesidad de transmitirle a mi hermana lo que había soñado y cuál no fue mi sorpresa cuando ella, muy asombrada por lo que le estaba contando, me confesó que había tenido el mismo sueño con mi padre. Él también estaba en la playa, junto a las olas, caminando hacia ella, seguido por una corte de animales, totalmente vestido de blanco. Le había dicho lo mismo, que ya no le iba a ver más, pero que él estaba muy bien, y a continuación le dio unos consejos para su vida. En ambos casos los consejos fueron únicos y distintos para cada una de las dos.

Podría reproducir aquí el testimonio de Vanessa, pero resultaría prolijo porque, sencillamente, fue el mismo, con todo lujo de detalles: la playa, el padre vestido de blanco, el séquito de animales, el consejo…

Sueños compartidos

Si los sueños dobles resultan desconcertantes, los sueños compartidos no se quedan atrás. Emy Jiménez, de Jaén (España), compartió escenario onírico con su mejor amiga cuando eran adolescentes y así me lo contó cuando supo que yo andaba investigando este tema:

> Mi mejor amiga Elena y yo compartimos sueño cuando éramos adolescentes. Soñamos que estábamos en mitad del campo y había una minicabaña donde yo tenía que ir metiendo gente, pero solo los podía meter de uno en uno antes de que empezara la tormenta. Yo llevaba unas chanclas y era lo único que veía si miraba hacia abajo. Empezaba a llover y cada vez corría más y la gente estaba más lejos… Elena estaba soñando lo mismo aquella noche, pero ella lo estaba viendo desde dentro de la cabaña… En aquella época, Elena y yo pasábamos entre catorce y veinticuatro horas juntas.

Déjenme adivinar lo que están ustedes pensando: puedo predecir y presentir sus reparos. Agárrense a la página, que todavía falta el triple salto mortal. Mi amiga M. Z., reconocida escritora española, me tendrá siempre dándole vueltas a esta intranquilizadora anécdota onírica que ella misma me confió:

> Hace años tuve una relación con un chico. Yo entonces estaba muy enamorada de él. Le presenté a mi jefe de entonces y empezamos a salir de fiesta un tiempo los tres juntos. Una noche que no habíamos quedado soñé que iba a un bar de Parla donde alguna vez había tomado unas cañas con él. Llegaba con un abrigo blanco largo y lo veía a él sentado a la barra, parecía triste y abatido. Detrás de él había un hombre negro y fornido, casi desnudo, mirándole muy mal. Llegué y me senté a su lado, pedí una cerveza y me pusieron una, pero

era de color rojo. Eché un trago, pero estaba caliente y sabía extraño, como si la hubieran mezclado con sangre. Él se echó a llorar de repente y me empezó a pedir perdón compulsivamente. Yo le pasaba la mano por la cara y le decía que lo perdonaba, que no se preocupase, y aunque en el sueño parecía saber por qué, en la realidad no lo supe hasta mucho después. De repente, sentí como si un tirón me sacase de mi propio sueño y me desperté. Por unos segundos hasta me pareció ver la cara del negro enorme en mi cuarto. Al día siguiente él me llamó para quedar y me contó que había soñado que entraba en el bar de Parla (el mismo de mi sueño) con un hombre negro y fornido, casi desnudo, detrás de él y me había visto en la barra vestida de blanco. Que se había sentado a mi lado y había pedido una cerveza, pero que le sirvieron un vaso de sangre y que cuando bebió se sintió muy culpable y empezó a llorar y a pedirme perdón, aunque él no comprendía por qué. Contó que yo le pasaba la mano por la cara y lo perdonaba, pero que luego desaparecía. Lo curioso del asunto es que no lo volví a ver más después de que me contara aquello, y con el tiempo descubrí que la noche del sueño se había acostado con mi jefe y que no dio señales de vida en casi nueve meses porque se le caía la cara de vergüenza.

Ni el célebre director de cine David Lynch podría haber creado una narrativa más extravagante, surrealista y estrambótica. Un sueño doble y un sueño compartido que, además, poseen un fuerte componente simbólico relativo a la situación sentimental de ambos, especialmente a la de él. ¿No es intrigante?

En ocasiones, hacerse una pregunta vale más que mil respuestas. Decía Khalil Gibran: "Confiad en los sueños, pues en ellos está oculto el pórtico de la eternidad". ¿Debemos confiar en los sueños dobles como mensajes sellados con un lacre especial? ¿Cómo de especial? Mucho, diría Cicerón, quien afirmaba que todo lo que es serio nos viene durante la noche.

Da la impresión de que el contenido de los sueños dobles compilados y de los que hemos reproducido algunos testimonios sea algo más que un mero apunte abstracto para aquellos que los relatan y definen como mensajes claros y reveladores. Pero también existe un margen inquietante de sueños dobles, cuyo mensaje no ha podido ser descifrado, en la mayoría de los casos debido a que la edad de los sujetos era muy temprana (niñez o adolescencia). Aquí destacarían los sueños en los que se comparte escenario y ambos soñadores se ven el uno al otro, como si los durmientes fueran actores de una misma película y se movieran en el mismo paisaje o morada.

Son muchas las incógnitas que quedan por despejar en la ecuación de los sueños dobles, pero ¿qué matemáticas tendríamos que usar? Habrá que seguir pensando hasta encontrar la fórmula y quién sabe si no sea en sueños también, como le sucedía al célebre matemático hindú Srinavasa Ramajunan, como logremos dar con el teorema.

¿Qué es un sueño doble?

Dos personas, generalmente hermanos, parejas sentimentales o amigos con una relación muy estrecha, tienen el mismo sueño la misma noche. No se trata de algo aleatorio que pueda achacarse al azar, sino de un sueño idéntico, gemelo, con una profusión de detalles que nos permitiría compararlo con la proyección de dos películas cinematográficas exactas. Existen, bajo mi punto de vista y a amparo de los testimonios recogidos durante los últimos años, diferentes tipos de sueños dobles que conducen a una clasificación: a) Aquellos sueños dobles en los que dos o más personas, por lo general hermanos o familiares, sueñan con un familiar que ha fallecido recientemente y que viene a despedirse de ellos en sueños, informar que se encuentra bien, dar un consejo, etc.; b) Dos o más personas, sin tener por qué compartir una relación de parentesco o amistad, sueñan sobre un acontecimiento cuyo carácter premonitorio parece confirmarse al tener lugar en la realidad inmediata; c) Sueños en los que dos o más personas, familiares, amigos íntimos o parejas sentimentales comparten el mismo escenario en sueños y ambos se ven a sí mismos y al otro formando parte de la escena; d) Sueños que un mismo sujeto tiene dos o más veces, así sean consecutivas o incluso dilatadas en el tiempo por el paso de varios años.

En la actualidad no existen estudios en el campo de los sueños dobles, salvo vagas menciones a tenor de los estudios sobre sueños premonitorios que varias personas tienen antes de que se produzca un acontecimiento, como el atentando contra las Torres Gemelas o los casos en los que los sujetos relatan haber recibido una visita de despedida en sueños por parte de algún familiar. Estos casos se han tomado siempre en consideración desde el punto de vista de las premoniciones, el espiritismo, entre otros. Llama mucho la atención que, a pesar de lo llamativos e impactantes que pueden llegar a ser los sueños dobles debido a la réplica de escenarios, detalles, colores y guion, estos no hayan sido estudiados desde el punto de vista de la neurología y otras disciplinas científicas, así como de la psicología, la antropología, la historia...

Es innegable que los sueños dobles se producen, aunque es de sospechar que la tasa de personas que descubre que ha tenido el mismo sueño que su hermano, pareja sentimental, amigo, etc., es muy baja debido a dos motivos fundamentales. El primero de estos viene dado por el índice de personas que al despertar no recuerdan lo que han soñado. El segundo radica en el hecho de que las personas no tienen la costumbre de hablar de sus sueños, teniendo en cuenta, además, que para confirmar el sueño doble debería de hablarlo con la misma persona con la que lo ha tenido. Se ha perdido la costumbre ancestral de contar los sueños, que solo persiste en algunas comunidades tribales y ámbitos religiosos (la tribu aborigen de los Auténticos de Australia, los seguidores de la fe Bahá'í, etc...), cuyas creencias sostienen que es necesario contar los sueños, pues su interpretación es esencial para el aprendizaje y guía del individuo, y en ocasiones incluso del grupo o la comunidad a la que pertenece.

Tu sueño es mi sueño. Indicios de telepatía onírica

Los estudios más vanguardistas de la ciencia y la psicología nos dicen que aprendemos soñando; que los sueños nos permiten encontrar la respuesta a problemas de la vida cotidiana, que son un proceso de reseteo para poner en orden todo lo que hemos ido asimilando durante el día, etc.

Hoy en día, universidades tan prestigiosas como la de Princeton investigan la telepatía desde un punto de vista científico. Albert Einstein, el hombre que obtuvo el Premio Nobel por su contribución a la física teórica, creía en la telepatía y, como él, toda una larga lista de genios y mentes maravillosas a lo largo y ancho de la historia de la humanidad. Si, como afirman los científicos, soñar es un proceso mucho más sofisticado que pensar, ¿puede ser la telepatía onírica tan sofisticada como para que dos mentes compartan una misma realidad virtual? Esta es una buena pregunta. Por otro lado, los acercamientos a los estudios de la telepatía, como los realizados en la Universidad de Manchester, revelan que cuanto más estrecha es la relación entre las personas, más alta es la probabilidad telepática, como, en efecto, parece que acontece también en los sueños dobles.

Sin embargo, si en el desarrollo de métodos de estudios sobre la telepatía se apunta a la clasificación entre emisores y receptores de la información, ¿quién es el emisor y quién es el receptor en los sueños dobles? ¿Acaso una entidad ajena? Shoghi Efendi (1896-1957), nieto de Abdu'l-Bahá, creía en la existencia de visiones verídicas con significados que algunas personas tienen, concebidas por la gracia de Dios y no por el ejercicio de facultades humanas. Entonces, esa realidad holográfica que es sembrada en los sueños de los durmientes de forma idéntica y replicada la misma noche, ese sueño doble que es pintando con los colores de la ensoñación, ¿de dónde procede? ¿De lo que llaman Dios? ¿Una inteligencia superior? ¿Seres del más allá? ¿Una madre nodriza capaz de amamantar con fantasías nuestro viaje por los senderos del sueño? ¿O nosotros mismos? ¿O tal vez todo es lo mismo?

Existe algún estudio en materia de telepatía onírica. En los laboratorios se lleva a cabo un experimento comúnmente utilizado para investigar los sueños de índole telepática que implica la observación del sueño de un voluntario durante varias noches. Cada vez que este entra en la fase REM, que es detectable por el movimiento ocular, se solicita a otra persona, que se encuentra en otra habitación, que se concentre en una fotografía seleccionada al azar, cuyo contenido es desconocido tanto para la persona concentrada como para el voluntario que está durmiendo. Al final de cada ciclo REM, el voluntario es despertado y se le pide que relate sus pensamientos oníricos. Estas pruebas han demostrado que, en muchas ocasiones, los sueños del voluntario están relacionados de manera directa con la imagen en la que se ha concentrado la otra persona colaboradora.

Si hay indicios de telepatía de un soñador-emisor hacia un vigía-receptor, ¿podría suceder al contrario? Sería interesante llevar a cabo estas mismas pruebas de laboratorio a la inversa con el fin de averiguar si podemos influir con nuestra mente en los sueños de los demás de la misma manera en que influyen los estímulos sensoriales externos (ruidos, temperatura, etc...). Pero, en el caso de los sueños dobles, nos encontraríamos, de nuevo, con una encrucijada difícil de resolver. ¿Son fruto de la telepatía, en este caso entre dos personas que están durmiendo (en cuyo caso todavía nos quedaría por determinar quién es el emisor y quién es el receptor)? ¿O son sueños en los que ambos soñadores se encuentran en una arena común? Tal vez, como decíamos antes, todo es lo mismo. O no, pero aborda cuestiones allí donde los símbolos son más eficaces que las palabras; es como poner herraduras en las patas de una mosca.

Hinduismo y Kabbalah ante los sueños dobles y la duplicidad del otro

Los sueños dobles son un asunto importante en el pensamiento hindú. Según la tradición, dos personas pueden tener el mismo sueño, algo que se constata cuando ambas así lo informan y se lo comunican. Los gurús del Tíbet y sus discípulos sueñan de forma consciente el mismo sueño en un ejercicio de unidad mental, cuyo fin es el de crear algo en el plano físico. Pero aquí estaríamos hablando de sueños inducidos o algo bastante parecido. Parvati es la diosa hindú de los sueños, pero también es la diosa de los nacimientos, de la magia, de la producción... Es decir, de todo lo que crea. Esto vendría a confirmar la idea de que, en efecto, la tradición hindú otorga a los sueños una capacidad creativa y el poder de crear algo en el plano material que antes no existía. Siguiendo esta lógica, los sueños pueden revelar algo que permanece oculto, pueden inspirar creatividad y hacer consciente lo inconsciente.

El enigmático matemático hindú Srinavasa Ramajunan tiene el mérito de haber descubierto él solo procesos matemáticos tan importantes e impactantes que han sido fundamentales, por ejemplo, para los nuevos estudios de las teorías de las cuerdas, entre otros; pero los estudiosos todavía se preguntan cuáles eran los métodos mentales empleados por él para desarrollar sus intuiciones. Ramajunan decía que la diosa Namagiri le inspiraba los teoremas matemáticos en sueños cada noche.

La Kabbalah judía otorga una importancia espectacular al contenido de los sueños. Así, el Zohar dice que un sueño sin interpretar es como una carta sin abrir, al tiempo que advierte que no hay sueño que no se entremezcle con algún asunto falso, convirtiéndose en una combinación de verdad y falsedad. Si una de las claves para constatar que un sueño doble ha tenido lugar es que uno de los soñadores comparta su sueño en voz alta ante otro soñador que confiesa asimismo haber soñado lo mismo esa misma noche, la mística judía plantea que, si bien es necesario descargar el sueño ante los amigos, es decir, contarlo, tiene que ser siempre ante amigos verdaderos. Los cabalistas son muy claros en este sentido. Debemos ser muy selectivos a la hora de discutir nuestros sueños, puesto que los extraños o compañeros casuales podrían distorsionar gravemente el significado del mensaje.

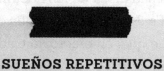

SUEÑOS REPETITIVOS

A veces los sueños se repiten, como si quisieran dar peso notarial a la certificación y crédito del mensaje que transmiten. Así, junto a los sueños dobles, esos sueños idénticos y gemelos que dos o más personas pueden llegar a tener al mismo tiempo con una profusión de detalles y similitud aplastantes, también encontramos sueños que se repiten en un individuo. Ya en la Antigüedad este tipo de sueños eran tomados como mensajes divinos a los que había que prestar especial atención. Si el sueño, además, llegaba a repetirse durante tres noches consecutivas, la convicción de que se trataba de un mensaje divino era confirmada por la insistencia triple del onírico heraldo. John H. Walton, Victor H. Matthews y Mark W. Chavalas en su libro *Comentario del contexto cultural de la Biblia – Antiguo Testamento*, resaltan los sueños dobles como aquellos a los que en el Cercano Oriente eran considerados como comunicaciones con los dioses. Estos autores ponen como ejemplo los sueños de hambruna del faraón, los sueños sobre la construcción del tiempo del rey sumerio Gudea, entre otros. Tener el mismo sueño dos noches consecutivas agrega peso al mensaje, mientras que una tercera noche confirma su confiabilidad.

SUEÑOS PREMONITORIOS

Los sueños premonitorios son aquellos en los que determinados individuos aseguran haber visto, de forma más o menos simbólica, hechos futuros que acaban sucediendo tanto en lo relativo a cuestiones del todo cotidianas y superficiales como en lo relativo a eventos globales, grandes catástrofes y tragedias. Se dice que el expresidente Abraham Lincoln tuvo un sueño antes de su asesinato en el que vio su funeral y despertó con una sensación de tristeza. Tras la tragedia del Titanic, muchas personas afirmaron haber soñado con el hundimiento. El escritor Mark Twain habría tenido un sueño premonitorio en el que veía a su hermano fallecido; poco después le llamaron para informarle de que su hermano había muerto en ese instante. La catástrofe del volcán de Armero también fue sucedida por una ola de testimonios de personas que aseguraban haber soñado previamente con lodos y ahogados. El atentado de las Torres Gemelas del 11S tampoco pasó desapercibido en lo que a sueños premonitorios se refiere.

CAPÍTULO 19

NIÑOS FERALES

Niños criados en aislamiento o condiciones extremas, en plena naturaleza, con la soledad por compañía y el consuelo de los animales salvajes que los aceptaron como un miembro más y los ayudaron a sobrevivir. Estos son los niños ferales, casos excepcionalmente raros que nos hacen preguntarnos qué nos hace humanos. El eterno debate entre naturaleza y cultura sigue abierto.

Al momento de escribir estas letras sigue reciente el caso que le dio la vuelta al mundo de los tres niños perdidos (entre ellos un bebé) durante cuarenta días en la selva colombiana. El planeta tenía el corazón en un puño, y gente de todo mundo supo lo que era la Amazonía, ese lugar de frondoso verdor inexpugnable más denso que la niebla, encrucijada de equívocos, el auténtico laberinto del Minotauro. Los militares pidieron la colaboración de los indígenas para peinar la zona. Con ellos descubrieron —descubrimos— una cosmovisión muy diferente a la occidental, donde los pactos con la selva y los seres que la habitan se tiñen de elementos maravillosos y mágicos.

Los encontraron algo desnutridos y con el cuerpo hecho un mapa de picotazos de toda clase de bichos. Respiramos con tranquilidad y nos preguntamos cómo habían sido capaces de sobrevivir solos durante tantos días. Por suerte, los protagonistas de esta pesadilla eran indígenas y tenían un vasto conocimiento de su entorno. La madre, que también iba en la avioneta en el momento del accidente, les proporcionó valiosas instrucciones antes de su última exhalación. Respiramos aliviados, por fin volvían a casa. Nos parecía un milagro que hubieran podido sobrevivir tantos días en la selva. Sin embargo, este caso de gran alcance mediático no es, ni de lejos, el más impactante en la historia de los niños perdidos en el bosque.

Decía el historiador griego Heródoto que el faraón egipcio Psamético dejó a dos bebés a cargo de un pastor, con la orden de criarlos sin mediar ni una sola palabra con ellos. Lo que pretendía con este experimento era indagar en el origen del lenguaje. Su teoría se basaba en que el idioma de primera palabra que pronunciasen estos bebés sería la lengua originaria. Uno de ellos balbuceó *bekos*, que en frigio significa pan, por lo que concluyó que la lengua anatolia era la primera lengua de la humanidad. En el siglo XV, Jacobo IV de Escocia abandonó a dos niños recién nacidos en la isla de Inchkeith, con la única compañía de una mujer sordomuda. Tenía el mismo propósito que el faraón. Obviamente, no hubo forma de que los niños lograran aprender a hablar en ningún idioma y fallecieron pocos años más tarde. Sí, el ser humano puede llegar a extremos crueles por saciar sus ansias de saber.

Los occidentales consideramos que el ser humano es un animal especial y hemos puesto mucho empeño en tratar de definir aquello que nos separa de las bestias y otros animales sociales, como los monos o los lobos. Si bien es cierto que los animales exhiben ciertos modos de cultura animal, es decir, de aprendizaje transmitido socialmente, nosotros sobresalimos mucho más en ese aspecto. Hay otro que compartimos con ciertas especies, como el lenguaje (la capacidad de comunicarnos), pero nosotros tenemos habla, el sistema de signos orales y escritos para comunicarnos dentro de un grupo. Por otro lado, somos unos mamíferos muy dependientes, pues mientras que un potrillo es capaz de ponerse en pie al poco de nacer, nosotros precisamos mucho más tiempo para terminar de desarrollarnos más allá del útero materno. Hemos evolucionado como especie sociocultural, y cuando un niño carece de los cuidados de sus seres queridos y la compañía de otros congéneres, no logra desarrollarse por completo.

VICTOR DE AVERYON: EL NIÑO SALVAJE

Un buen día, tres cazadores franceses se toparon con un niño desnudo en los bosques de Caune, cerca de los Pirineos. No fue fácil echarle mano y tampoco era la primera vez que los lugareños lo veían por los alrededores, buscando alguna bellota o raíz que echarse a la boca. Lo dejaron al cuidado de una viuda. No sabía hablar ni actuar con modales. A la semana se escapó y huyó a las montañas, donde por lo visto llevaba años viviendo a la intemperie, ya hiciera frío o calor, nevase o lloviese. Por algún motivo, los lugareños continuaron dándole caza, aunque siempre lograba volver a escaparse.

La noticia de su existencia llegó a los salones parisinos. El Gobierno ordenó su captura y posterior traslado a la capital del Sena. El objetivo, como solía suceder en el pasado, era indagar en los entresijos de la mente humana, tarea para la cual le asignaron un tutor. Este es el motivo por el que seguramente estamos ante el caso de "niño salvaje" más documentado y estudiado de la historia. La metodología aplicada fue impecable. De hecho, Victor de Averyon fue un empuje para la institucionalización de disciplinas como la pedagogía. Los investigadores franceses querían responder a una pregunta que en aquellos momentos le importaba mucho a la sociedad francesa: ¿había ocasionado la ausencia de contacto social una falta de moralidad en Victor? O, por el contrario, ¿poseería una moral natural en términos rousseaunianos?

Obtuvieron pocas respuestas, salvo la de que, tras años de educación, atención psicológica y cuidados, Victor fue incapaz de mostrar afecto alguno por sus cuidadores y se balanceaba como un animal de zoo. Se cayó la teoría del buen salvaje rousseaniano. Al cabo del tiempo, y a falta de resultados, los investigadores perdieron todo el interés y lo dejaron al cuidado de *madame* Guérin, quien se encargó de cuidarlo durante décadas gracias a una renta que el Gobierno de Francia le concedió.

Existe la posibilidad de que Victor tuviera un trastorno de espectro autista y este fuera el motivo por el que sus padres lo abandonaron. En aquellos tiempos, especialmente en entornos rurales, no era raro que los padres abandonaran a los hijos con deficiencias mentales. El infanticidio era una práctica común en estos casos y Victor tenía una gran cicatriz en el cuello, por lo que a lo mejor intentaron incluso asesinarlo.

¿Cómo llegó este niño a vivir en el bosque, en la más absoluta soledad? Jamás lo sabremos. Sin embargo, no todos los casos de niños ferales que conocemos son como el de Victor.

MARINA CHAPMAN: LA NIÑA MONO DE COLOMBIA

Si creían ustedes que estar cuarenta días perdidos en la selva amazónica era una tragedia es que todavía no conocen a Marina Chapman, la historia más conmovedora, triste e inspiradora que yo haya investigado jamás. Marina y yo nos conocimos en el programa de televisión *Más Allá*, dirigido y presentado por mi amigo y colega antropólogo Esteban Cruz. Posteriormente, entré en contacto con la hija de Marina, quien me facilitó la entrevista con su madre. En aquella época la mujer a la que ya todo el mundo conocía como "la niña mono" vivía en el Reino Unido, aunque no siempre fue así. De hecho, nació en Colombia, el país en el que vivió de pequeña. Tampoco está muy segura de que Marina sea su auténtico nombre ni recuerda muy bien cuál era su vida antes de vivir con los monos. Sí, han leído bien, los monos. Lo único que Marina sabía era que, cuando era pequeña, tal vez rondando los cinco años, se encontraba jugando en el campo cuando la secuestraron. Desgraciadamente, en Colombia el secuestro era una práctica habitual, en especial durante los violentos sucesos que siguieron al Bogotazo, en 1948, cuando varios aprovecharon para pescar en aguas revueltas y fueron muchos los niños desaparecidos. No sabemos por qué, pero Marina no acabó en manos de la guerrilla, ni de los paramilitares, ni de ningún grupo de narcobandoleros o red prostitución. Lo que ocurrió con ella fue algo del todo inusual: la soltaron en mitad de la selva.

No hace falta cerrar mucho los ojos para imaginar cómo fueron las primeras noches en la selva, pero la palabra "terror" podría ser un buen resumen. Echaba muchísimo de menos a su madre. Estaba sola, abandonada, y tenía tanto miedo que rezó para que sus secuestradores volvieran a por ella. Imagínense, cualquier cosa con tal de no estar sola. No hay nada peor para un *Homo sapiens sapiens* que la soledad. Somos capaces de soportar maltrato antes que estar solos. Pero Marina no estaba exactamente sola. Estaba rodeada de seres vivientes, la exuberancia de la vida a máximo volumen, los sonidos de la selva, las alimañas, los pájaros… Los monos, esos divertidos monos que colgaban de las ramas de los árboles y, aunque eran esquivos, día tras día fue ganándose su confianza hasta considerarla un miembro más de la tropilla primate.

Cuando Marina veía que los monos huían, ella huía con ellos, evitando así el peligro. Donde Marina veía que los monos bebían, ella bebía. Cuando se les caía comida durante el transporte, ella iba rauda a y veloz a escatimar la pieza. Fue así como logró sobrevivir. Los monos, cosa rara, bajaban a verla y acicalarla porque ella no podía subir a los árboles, y en una ocasión en la que se sintió gravemente enferma hasta llegaron a curarla, como ella misma me contó.

Hay que decir que durante los años (sí, he dicho años) que Marina Chapman vivió en la selva, siempre se dejó llevar por el instinto, o más bien, por el instinto de los monos. Por eso, cada vez que los furtivos se dejaban caer por allí, jamás se le ocurrió acercarse a ellos para pedir ayuda. Huía y se escondía, como hacían sus peludos amigos de cola larga. Les tenían auténtico pánico y ella también. Sin embargo, un buen día vio entre los furtivos, que hasta el momento siempre habían sido hombres, un rostro femenino y el botón de su corazón empezó a latir. Al fin y al cabo, el anhelo materno seguía latente. Creyó que por tratarse de una mujer no podía ser mala y, sin pensarlo dos veces, salió al encuentro de aquel hombre y aquella mujer.

La subieron a la camioneta. Marina creía que aquella mujer cuidaría de ella, se la llevaría a su casa. No pecó de ingenua, pues es lo que cualquier persona de bien habría hecho, pero no fue así. En lugar de eso, la vendieron a la dueña de un prostíbulo de Cúcuta, donde la pequeña soportó todo tipo de maltratos. Comprendió, en cualquier caso, que si se quedaba en aquel lugar sería carne de cañón y acabaría en la cama de algún cliente a la fuerza. Huyó a la menor oportunidad, pero en la calle solo le esperaba la miseria. Los seres humanos eran menos compasivos que los animales. Nadie le ofreció ayuda. Bueno, sí hubo alguien, Maruja, la cara amable de la humanidad, una mujer que la sacó de la calle y favoreció su adopción con una familia británica. Ahora entienden ustedes por qué Marina vivía en el Reino Unido cuando yo la conocí.

Con el correr de los años Marina, siendo ya madre, decidió contar su experiencia. Lo vivido fue relatado en un libro titulado *La niña sin nombre*, publicado en el 2014, y las primeras en quedarse con la boca abierta fueron sus hijas. Sí que lo tenía guardado… Y lo cierto es que, a partir de aquella confesión, entendieron muchas cosas de su progenitora. No todos le creyeron. Los científicos necesitaban pruebas. Los exámenes antropológicos forenses detectaron el marcador óseo que indicaba que durante los años que había pasado con los monos había sufrido los estragos de una dieta exangüe a base de fruta. Y resulta que los monos gracias a los cuales había sobrevivido eran capuchinos, porque al ser sometida a una especie de sofisticado polígrafo emocional capaz de identificar picos emocionales ante la visualización de imágenes, los científicos comprobaron que los picos emocionales que Marina sentía al ver fotos de monos capuchinos tenían niveles tan altos como los que experimentaba al ver las fotos de su propia familia (adoptiva). Diversos expertos y primatólogos constataron, además, que Marina no solo fue capaz de identificar la especie de monos con la que estuvo, sino que los datos que había proporcionado sobre ellos no podría haberlos sabido sin tener los conocimientos necesarios. Es más, Marina realizó ciertas observaciones relativas al uso de herramientas por parte de los capuchinos que los primatólogos desconocían hasta hacía poco.

National Geographic patrocinó un viaje de vuelta a Colombia de esta mujer en busca de sus orígenes. Marina visitó los lugares de su infancia, llegó hasta la casa donde los cazadores furtivos la dejaron e identificó a la mujer (ya fallecida) que la compró, a quien los vecinos de la zona recordaban como una persona de carácter violento. Desafortunadamente, no logró encontrar a sus verdaderos padres biológicos, aunque sí tuvo la oportunidad de regresar a la selva y ver a los amados capuchinos.

El hecho de que Marina tuviera vagos recuerdos de su vida con anterioridad a la selva es bastante significativo. Ya sabía hablar cuando la secuestraron, pero al quedar en situación de aislamiento, sin compañía de otro ser humano, se perdió una parte importante de la crianza, aquella que contribuye a construir nuestros recuerdos infantiles e identidad biográfica: los relatos que los cuidadores nos cuentan sobre nosotros mismos…

MARCOS RODRÍGUEZ: EL NIÑO LOBO

Si existe un animal social por excelencia en el reino animal de los mamíferos, aparte de los monos, es el lobo. El mismo mito sobre el origen y fundación de Roma se basa en la leyenda de esa loba Luperca que amamantó a dos niños, Rómulo y Remo. El lobo ha sido, también, fiel protagonista de historias de loberos y licántropos. Odiado y temido, pintado siempre como el malo feroz de los cuentos, tiene, en la otra cara de la moneda, un rostro benévolo en la literatura de niños salvajes criados por lobos.

Marcos Rodríguez tenía apenas siete años cuando su padre y su madrastra lo vendieron a un pastor de cabras de Sierra Morena en 1954. Víctima de malos tratos, solo pudo escapar del yugo de su amo cuando el cabrero murió. Fue entonces cuando Marcos, a quien hasta el momento el trato con humanos solo le había proporcionado golpes y dolor, decidió quedarse en el monte. Las noches de frío en la sierra helaban el alma y el hambre acechaba. En una de aquellas duras jornadas decidió resguardarse en una lobera donde varios lobeznos compartían calor. Cuando los padres lobunos regresaron y se encontraron con el extraño cachorro humano, hubo rugidos de amenaza. Marcos se echó las manos al cuello, aterrado, pensando que iban a hincarle los colmillos. Entonces sucedió algo increíble: los rugidos se transformaron en lametazos. Le dieron un trozo de carne recién cazada de sus propias fauces, y se convirtió en un miembro más de la manada.

Marcos se convirtió en un experto cazador junto a sus nuevos amigos, los lobos. Sabía moverse por la sierra, imitaba el sonido de las bestias y se vestía con las pieles de sus presas. Sabía esconderse, pero un cazador le vio una vez corriendo entre los matorrales y dio parte a las autoridades, y aunque no fue fácil encontrarle, al final dieron con él. Lo peor de todo, quizás, fue que lo llevaron con el mismo padre que se había deshecho de él vendiéndolo al pastor. Por suerte, al poco tiempo le llevaron a un convento en el que le prodigaron todo tipo de cuidados, aunque le costó adaptarse a comer comida cocinada, tan acostumbrado como estaba a comer carne cruda. Como en el momento de quedarse solo ya había adquirido la capacidad de hablar y cierto vocabulario, pudo recuperar el lenguaje e integrarse paulatinamente en la sociedad. Su historia resulta dura y fascinante. Sus condiciones de supervivencia económica actuales son algo difíciles. La Asociación de Amigos dos Arbores da Limia pusieron en marcha una campaña para ayudar a este hombre que tiene mucho que contar, y que siempre ha acudido gustoso a dar charlas a niños en colegios.

LA CULTURA NO ES PATRIMONIO EXCLUSIVO DEL SER HUMANO

Decimos que el ser humano es un ser cultural, pero tal y como aseguraba el antropólogo-biólogo William H. Durham, profesor de Biología Humana de la Universidad de Standford, la cultura no es patrimonio exclusivo de los humanos. Toda aquella conducta que no sea recibida por herencia genética, sino por aprendizaje social, es cultural.

¿FRAUDES? EL CASO DE AMALA Y KAMALA

Amala y Kamala fueron dos niñas salvajes encontradas en Bengala Occidental en 1920. Tenían uno y ocho años, respectivamente. Joseph Amrito Lai Singh, director y dueño del orfanato al que fueron a parar, relató en un periódico de Calcuta que estas niñas habían sido rescatadas de una guarida de lobos y que él personalmente se había dedicado a anotar durante uns década las observaciones, los procesos y avances llevados a cabo para la rehabilitación de estas niñas salvajes. Si hacemos caso a sus relatos, habían sido criadas por una madre lobo tan feroz como afectuosa y ellas tenían un olfato hiperdesarrollado hasta el punto de oler huevos a kilómetros, aullar para comunicarse, mostrar hábitos nocturnos, comer carne cruda, etc. Sin embargo, años más tarde, el médico del orfanato dijo que las afirmaciones de Singh eran falsas y se lo había inventado todo a fin de recaudar fondos para el orfanato.

FILMOTECA

Nell, película protagonizada por Jodie Foster, cuenta la historia de una mujer salvaje que ha vivido toda su vida en la naturaleza, sin contacto alguno que otros seres humanos. Cuando los científicos la descubren tratan de desentrañar el misterio de sus costumbres, mientras intentan enseñarle a hablar y a resinsertarla en la sociedad, pero ella tiene mucho más que enseñarles a ellos.

BONUS TRACK

COLECCIÓN DE PSICOFONÍAS

1. Psicofonía: "Sí, padre" – La Cornudilla: la aldea maldita

2. Psicofonía: "Duerme, amor" – San Ginés de la Jara

3. Psicofonía: Golpeteo rítmico - San Ginés de la Jara

4. Psicofonía: Susurro - San Ginés de la Jara

5. Psicofonía: "Tenemo'h que hacer" - San Ginés de la Jara

ÁLBUM DE FOTOS

© Archivo particular de la autora

El espejo encantando de Pinoso, donde se pueden apreciar los extraños símbolos que aparecieron sobre el cristal.

© Archivo particular de la autora

La autora fotografiando el espejo encantado.

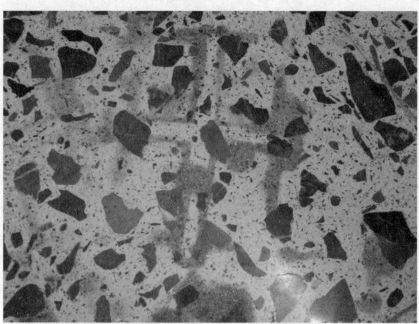

© Archivo particular de la autora

Teleplastia en forma de cruz en el suelo,
junto al mueble antiguo del espejo.

© Archivo particular de la autora

Hostal del cónsul, en ruinas.

© Archivo particular de la autora

La autora realizando pruebas de grabación en el hostal del cónsul.

© Archivo particular de la autora

Gran Hotel Bolívar.

La autora en la cama de su habitación en el Gran Hotel Bolívar.

"La casa de los ruidos".

© anamejia18, Getty Images

Armero, Colombia.

© PaoloGaetano, Getty Images

Estigmas de san Francisco.

© Lameiro. Wikimedia Commons

Santa Compaña
en Pontevedra.

© Lameiro. Wikimedia Commons

Santa Compaña en Pontevedra.

© Archivo particular de la autora

Lago Ness.

© Archivo particular de la autora

La autora en el lago Ness.

Newstead Abbey.

Ventana desde el interior de Newstead Abbey.

© Archivo particular de la autora

Casa Matusita.

© Archivo particular de la autora

La autora en la Casa Matusita.

© Archivo particular de la autora

Vampiro de Sozopol.

© Archivo particular de la autora

Kit cazavampiros.

©Rusty MacDonald. Foto cedida por Michelle Bellanger

La vampira real
Michelle Bellanger,
entrevistada por la autora.

© Archivo particular de la autora

Ouija encontrada en el hostal del cónsul.

© Archivo particular de la autora

La autora consultando el tomo de la hemeroteca del *Diario Sur*, noticia del 29 de marzo de 1977.

© Archivo particular de la autora

Tomo de la hemeroteca del *Diario Sur*, noticia del 29 de marzo de 1977.

EPÍLOGO

Si han llegado al final de este libro sin mirar debajo de la cama, les aplaudo la valentía. Pero si no han podido evitar el escalofrío en la nuca, les felicito, porque esa inquietud ante lo desconocido nos hace humanos, y es la que nos ha permitido abrir una puerta tras otra, y descubrir que el mayor misterio es estar aquí y ahora.

Gracias por leer.